ゐ
凛
羽

活版印刷三日月堂

海からの手紙

ほしおさなえ

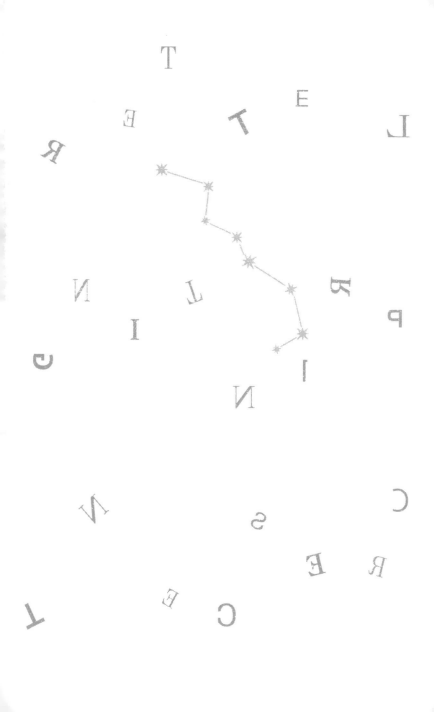

Contents

ちょうちょうの朗読会《ろうどくかい》……5
あわゆきのあと……83
海からの手紙……159
我《われ》らの西部劇《せいぶげき》……237

扉写真撮影　帆刈一哉
扉写真撮影協力　九ポ堂

ちょうちょうの朗読会

1

月に一度の朗読講座《ろうどくこうざ》が終わり、三咲《みさき》、遥海《はるみ》、愛菜《まな》といっしょに教室を出る。そのとき、講師《こうし》の黒田《くろだ》先生に呼《よ》び止められた。

「ちょっと相談があるの」

先生が笑顔で言う。

「なんでしょうか？」

三咲《みさき》が答えた。

「突然《とつぜん》なんだけど……。あなたたち四人で朗読会《ろうどくかい》をしてみない？」

先生の言葉に四人で顔を見合わせた。

「朗読会《ろうどくかい》……ですか？」

三咲《みさき》が訊《き》いた。

わたしたちは川越《かわごえ》のカルチャーセンターで開かれている黒田敦子《あつこ》先生の朗読講座《ろうどくこうざ》を受けている。遥海《はるみ》と愛菜は二年前から。三咲《みさき》は一年半前、わたしは一年前からで、みんなこの講座《こうざ》で知り合った。

わたしは図書館司書。人と話すのが苦手で、ひとりで図書室にいることが多い子どもだった。それが高じて司書になったのだが、仕事となれば、本を読んでいるだけ、というわけにはいかない。利用者からの質問《しつもん》もあるし、会議や研修会《けんしゅうかい》もある。なにより苦手なのが、子どもへの読み聞かせだった。当番制《とうばんせい》で回ってくるのだが、いつも苦労していた。それを克服《こくふく》したくて、この講座《こうざ》に通いはじめたのだ。

三咲《みさき》は小学校の教師《きょうし》。遥海《はるみ》は専門学校《せんもんがっこう》でナレーションを学び、遊園地の場内アナウンスの仕事をしている。愛菜《まな》は子ども英語教室の講師《こうし》で、大学時代まで演劇部《えんげきぶ》にいた。職業《しょくぎょう》も動機もちがうが、二十人以上いる受講生《じゅこうせい》のなかで二十代は四人だけ。自然と仲良くなり、講座《こうざ》が終わったあとはいつも四人で食事に行っていた。

「実は、いい機会があるのよ。『kura』の朗読会《ろうどくかい》なんだけど……」

黒田先生は、二ヶ月に一度、川越《かわごえ》のkuraという蔵《くら》カフェで朗読《ろうどく》イベントを行っている。夏は怪談《かいだん》、冬はクリスマス関係、と季節に合わせた内容《ないよう》で、わたしたちも何度か聴《き》きに行ったが、いつも満員の人気イベントだ。

「kuraの利用客には地元の親子連れも多いのよね。朗読会《ろうどくかい》に興味《きょうみ》はあるけど、子どもがいるからちょっと、っていう人もけっこういるんですって。それで店主さんと相談して、だったら親子で楽しめる企画《きかく》にしたらどうかな、って」

先生がじっとわたしたちを見た。

「でね、親子連れを意識《いしき》するなら、読み手が若《わか》い方がいいんじゃないか、と思って。それにあなたたち、それぞれ子ども相手のプロでしょう?」

「それはまあ……」

「でも、無理です。kuraのイベントなんて……」

愛菜《まな》が手をぶるぶる振《ふ》った。

「子どもはもちろん、若《わか》いお父さん、お母さんにとっても親しみやすいと思うの。新鮮味《しんせんみ》もあるし」

「そうでしょうか……」

三咲《みさき》が自信のない声になる。

「イベントはチャージ制《せい》。ワンドリンクとそのあとのオーダーはお店にはいるけど、ちゃんと出演料《しゅつえんりょう》は払《はら》います、って店長さんは言ってたわよ」

「出演料《しゅつえんりょう》?」

「わたしたちに、お金を払《はら》ってもらうような朗読《ろうどく》ができるんでしょうか」

「それに、もしお客さんがひとりも来なかったら……」

三咲《みさき》たちが口々《くちぐち》に言うと、先生が息をついた。

「たしかに、無料だったら読み手も気が楽よね。でも、それっていいことなのかしら。ちょっと下手《へた》でも許《ゆる》してほしい。そういう甘《あま》えにつながるんじゃない？」

先生の言葉に三咲《みさき》たちは口をつぐんだ。

「最初からそんなに大勢《おおぜい》は無理かもしれない。でも、来てくださった方が、また聞きたい、と思ってくれれば、少しずつ増《ふ》えていくものよ。それに、練習時間も必要だし、準備《じゅんび》にもお金がかかる。無料でやっていたら続かない」

「でも……」

「大丈夫《だいじょうぶ》よ。がんばって練習してきたし、わたしも練習を見るから」

みんな黙《だま》りこむ。

「じゃあ、やってみようか」

しばらくして三咲《みさき》が言った。えっ、と思った。

「そうだね。せっかくのチャンスだし」

「ここまで練習してきたんだもんね。なんとかなるなる」

愛菜《まな》も遥海《はるみ》も乗り気になっている。でもわたしは……。

自信がない、と言い出せないまま、いつのまにかいっしょに参加することになっていた。

2

次の週、黒田先生に連れられてkuraに行った。正直、迷《まよ》っていた。子どもも楽しめる朗読会《ろうどくかい》。すごく惹《ひ》かれる企画《きかく》だし、三咲《みさき》たちの朗読《ろうどく》を聞きたい、とも思う。でも自分が読むとなると……。とてもできるとは思えないし、わたしだけ辞退《じたい》させてもらおう、と思っていた。

kuraは「大正《たいしょう》浪漫《ろまん》夢《ゆめ》通《どお》り」という洋風建築《けんちく》や土蔵造《どぞうづく》りが並《なら》ぶ美しい通りにある重厚《じゅうこう》な建物だ。大きな商家の店蔵《みせぐら》を改築《かいちく》したものらしい。

店主の渋沢《しぶさわ》さんは五十代半ば。黒田先生の大ファンで、五年前から定期的に黒田先生の朗読会《ろうどくかい》を開くようになった。

「子ども歓迎《かんげい》の雰囲気《ふんいき》を出すには、皆《みな》さんのような『うたのおねえさん』みたいな方が読むのはすごくいいと思うんですよ。皆《みな》さん、先生や司書さんだという話もうかがって、それなら安心だな、って」

渋沢《しぶさわ》さんが言った。

「そうですね、みんな子どもと接《せっ》するのは慣《な》れている方だと思います。でも、朗読《ろうどく》会《かい》をするのははじめてなので……緊張《きんちょう》します」

三咲《みさき》が答える。

「ええ、黒田先生から聞きました。でも、それもよいような気がするんです。慣《な》れてる人だと、なんていうか、いかにも子どもイベント、っていう感じになってしまうでしょう？　それもちょっとちがう気がしましてね」

「そうね。子連れの方も歓迎《かんげい》だけど、いつものお客さまにも来てほしい。大人《おとな》だけでも聞くことができる内容《ないよう》にしたいわね」

「子どもでもわかる。大人《おとな》の心にも響《ひび》く。そういう内容《ないよう》がいいな、と思っているんです」

どんどん話が進んでいく。辞退《じたい》したいなどと言い出せる雰囲気《ふんいき》じゃない。

「では、子どもの本がいいかもしれませんね。わたしは教師《きょうし》なので児童文学もよく読みますが、そういう作品、たくさんあると思います。子どものころ読んだものでも、大人《おとな》になってから読むと別のものが見えたり……」

三咲《みさき》が言った。

「たとえば、小学校三年生の国語に『ちいちゃんのかげおくり』という作品が出てくるんです。戦争で家族を失って、最後には自分も死んでしまう女の子の話です」

はっとした。『ちいちゃんのかげおくり』は、わたしの大好きなあまんきみこさんの作品だ。『ちいちゃんのかげおくり』もすばらしい作品で、何度読んでも見事だなあ、とため息が出る。

「家で音読の練習をさせるんですが、家族の方からいつも『子どもの音読を聞いていて泣いてしまった』という声をいただきます」

「じゃあ、『車のいろは空のいろ』はどうかしら。『ちいちゃんのかげおくり』と同じ、あまんきみこさんの」

黒田先生の言葉に、心臓《しんぞう》がつかまれたような気がした。『車のいろは空のいろ』は、たくさんあるあまんさんの本のなかでもわたしがいちばん好きな作品集なのだ。あまんさんのデビュー作で、短いお話八編《べん》からできている。

主人公はタクシー運転手の松井《まつい》さん。松井さんが運転するタクシーに、いろんなお客さんが乗ってくる。みんな人間に見えるけど、実は子ぎつねだったり、山ねこだったり、くまだったり。不思議なお客さんを乗せるたびに、松井さんも不思議な世界に引き込《こ》まれてしまう……そんなお話だ。

「『白いぼうし』が入っている短編集《たんぺんしゅう》ですね。全編《ぜんぺん》読んだことはないんですが……」

三咲《みさき》が言った。「白いぼうし」は『車のいろは空のいろ』のなかの一編《ぺん》で、小学校四年生の教科書に載《の》っている。

「タクシーの運転手さんが出てくるお話だよね。なんとなく覚えてる」

愛菜《まな》が言った。

「あ、あの……」

思わず声が出た。みんながこっちを向く。

「『車のいろは空のいろ』、いいと思います」

緊張《きんちょう》したが、意を決して言った。

「お話のひとつひとつは十ページくらいですから、子どもでも飽《あ》きない。全編《ぜんぺん》で一時間ちょっとくらいで読めると思いますし……」

そこまで言って、息を整えた。

「『車のいろは空のいろ』は名作です。あたたかくて、深くて……。わたしも『白いぼうし』が好きだったんです。大学生のときたまたま図書館で『車のいろは空のいろ』を見つけて読んで……。驚《おどろ》きました。こんなに短くて深い物語があるのか、って。子どもも楽しい。けど、大人《おとな》が読むと深く響《ひび》く。ぴったりだと思います。もしできるなら、わたし、読みたいです」

一気に言ってしまってから驚《おどろ》いた。「わたし、読みたいです」？　なにを言ってるんだろう？　さっきまで自信がない、辞退《じたい》しよう、と考えていたのに。

「そうね。かわいいお話、愉快《ゆかい》なお話、悲しいお話。バリエーションがあるし、詩的なところもあって、声に出す楽しみ、聴《き》く楽しみがある作品がそろってる」

黒田先生がにっこり笑った。愛菜《まな》も遥海《はるみ》も、それに渋沢《しぶさわ》さんも全編《ぜんぺん》を読んだことはないらしい。まずはそれぞれ読んでから、ということになった。

そのあと朗読会《ろうどくかい》の日程《にってい》や、当日までのスケジュール、準備《じゅんび》に関するあれこれを相談した。朗読会《ろうどくかい》は七月最初の金曜の夜。七時開場、七時半開演《かいえん》。宣伝《せんでん》はkuraのサイトとチラシで行う。五月の連休明けまでに演目《えんもく》を決定。それから読みの分担《ぶんたん》を決めて練習。衣装《いしょう》や台本なども自分たちで準備《じゅんび》する。五月の終わりと六月の終わりの二回、黒田先生に見てもらう。

「あと、当日お客さまに配るプログラムもあなたたちで用意してね」

プログラムとは、当日の演目《えんもく》や出演者《しゅつえんしゃ》の名前、会の概要《がいよう》を記したもので、作品の内容紹介《ないようしょうかい》やお客さまへのメッセージが書かれていることも多いらしい。そういえば黒田先生の会でも毎回リーフレットが配られていた。

「簡単《かんたん》なものでも、あった方がいいですよ。記念になりますし、早くいらしたお客さまが開演《かいえん》までのあいだ眺《なが》めたりできますし」

先生と渋沢《しぶさわ》さんに言われたことをひとつずつメモした。

「グループ名も決めた方がいいかもね」

先生が言った。

「四人の連名でもいいけど、せっかくだからグループ名をつけた方がいいんじゃない？　バンドみたいに、四人の雰囲気《ふんいき》が伝わるようなのを」

「みんなの頭文字を取るとか……？」

遥海《はるみ》が首をひねる。

「そういうんじゃなくて、もっと日本的な響《ひび》きの方がいいんじゃない？」

愛菜《まな》が言った。

「覚えやすくて、ありきたりじゃなくて、あなたたちらしいの」

先生は気軽に言うが、覚えやすくて、ありきたりじゃない、ってなかなかむずかしい。しかも、わたしたちらしい？　これは難題《なんだい》だ。

「わかりました。いますぐは無理なので、あとで考えます」

三咲《みさき》が言った。

「六月半ばには告知《こくち》したいですから……五月末までには決めてくださいね」

渋沢《しぶさわ》さんがカレンダーを見ながら答えた。

kuraを出て、黒田先生と別れた。四人で一番街《いちばんがい》を通り、駅に向かって歩く。

「わたしたちの朗読会《ろうどくかい》かあ」

三咲《みさき》が大きく息をつく。

「ほんとにやることになっちゃったよ。どうしよう、めちゃ緊張《きんちょう》する」

遥海《はるみ》が両手で頬《ほほ》を押《お》さえた。

「打ち合わせも緊張《きんちょう》したよ〜」

愛菜《まな》が可愛《かわい》らしい声で叫《さけ》んだ。

「わたし、できるかな」

ぼそっとつぶやいた。

「大丈夫《だいじょうぶ》だよ」

愛菜《まな》がわたしの肩《かた》を叩《たた》いた。

「そう……かなあ」

どうして「読みたいです」なんて言っちゃったんだろう。『車のいろは空のいろ』の世界をみんなに届《とど》けたい。そう思ったのはほんとうだ。だけど、読むのがわたしでいいのか。それはまた別の問題だ。

「終わったらなんか急にお腹《なか》すいて来た」

遥海《はるみ》がお腹《なか》を押《お》さえる。

「ほんとだ」

「なんか食べようよ」

「駅ビルのビュッフェがいい！」

遥海《はるみ》が声を上げる。

「いいね。あそこ、前から気になってたんだ」

愛菜《まな》がくすくす笑いながら言った。


お店に入って席に通されるなり、みんな料理コーナーに向かった。

「そういえば、kuraって、お客さんどれくらい入るんだっけ？」

料理を山盛《やまも》りにしたお皿を前に、遥海《はるみ》が言った。

「さっき数えた感じ、椅子《いす》は五十脚《きゃく》くらいだったけど」

「でも、黒田先生の朗読会《ろうどくかい》のときって、立ち見もいたよね」

「一度受付手伝ったけど、八十人くらい入ってたよ」

三咲《みさき》が言う。

「は、八十？　そんなに……？」

遥海《はるみ》が目をぱちくりする。

頭がくらくらした。八十人？　そんなにたくさんの人の前で読む？

「それは黒田先生の場合でしょ。わたしたちは新米だし、席がだいたい埋《う》まればいいんじゃない？」

「それでも五十人だよ？　そんなに来るかな？」

「だれも来なかったらどうしよう」

「なに言ってるのよ。黒田先生が言ってたでしょ？　お客さまを集めるのも大切なことだって。いい会を作れば、だんだんお客さまも増《ふ》えていく、って」

三咲《みさき》が諭《さと》すように言った。

「そうだよね。kuraの朗読会《ろうどくかい》には常連《じょうれん》さんもいるんだし、三咲《みさき》の学校とか、小穂《さほ》の図書館とか、わたしの英語教室でも宣伝《せんでん》して、子連れの人に声かけて……」

愛菜《まな》が言った。

「よし、わかった！」

遥海《はるみ》ががたん、と席を立った。

「わたしも人集め、がんばる！　あの会場にふさわしい朗読会《ろうどくかい》にする！」

まわりのお客さんがちらっとこっちを見ている。

「遥海《はるみ》……」

愛菜《まな》が遥海《はるみ》を横から突《つつ》いた。

「あ……。えーと、飲みもの取ってくるね」

引っ込《こ》みがつかなくなったのか、遥海《はるみ》は苦笑いしながら飲みもののコーナーに歩き出し、三咲《みさき》も愛菜《まな》もわたしも大笑いした。


次の日の夜、三咲《みさき》からメールが来た。学校の図書室で借りて、早速『車のいろは空のいろ』を読んだらしい。「とてもいい、わたしもこれをぜひ読みたい」と書かれていた。なんだかうれしかった。自分の好きなものを「いい」と言ってくれる人がいる。心がつながったような気がした。
四、五日して愛菜《まな》と遥海《はるみ》からもメールが来た。ふたりとも「とてもよかった」と書いていて、演目《えんもく》は『車のいろは空のいろ』と決まった。
できるかもしれない、と思った。自信はないけど、このメンバーでならがんばれるかもしれない。それに、読み聞かせに対する苦手意識《いしき》を克服《こくふく》したくて朗読《ろうどく》を習いはじめたのだ。怖《こわ》いけどやってみよう、と思った。

3

週末、読み合わせをするため、区の施設《しせつ》に集まった。

「『小さなお客さん』の子ぎつねの兄弟、かわいいよねえ」

「『山ねこ、おことわり』とか『シャボン玉の森』は、工夫すれば面白《おもしろ》く読めそう」

「『くましんし』もよかったなあ。歌のところで泣きそうになっちゃった」

「わかる。あそこ、すごくよかった」

「そういえば、『うんのいい話』とか『ほん日は雪天なり』にも歌みたいなところが出てくるよね。あそこ、どうしよう」

みんなが口々《くちぐち》に感想を言う。

「小さなお客さん」は自動車にはじめて乗った子ぎつねの兄弟の話。「うんのいい話」は釣《つ》り人の魚の話。「白いぼうし」は男の子の帽子《ぼうし》に捕《つか》まった蝶々《ちょうちょう》の話。「シャボン玉の森」は松井さんが小さくなったり大きくなったりする話。「山ねこ、おことわり」には山ねこの医者が、「くましんし」にはくまの夫婦《ふうふ》が、「ほん日は雪天なり」にはふたたびきつねが登場する。

『車のいろは空のいろ』について語り合えるのがうれしくて、心がはずんだ。

「わたしは……『すずかけ通り三丁目』が好きなんだ」

わたしが言うと、みんなふっと黙《だま》った。

「ああ、あれはすごいよね」

三咲《みさき》がうなずく。

「うん。読んでて泣いちゃった」

「あんなに短いのにね」

遥海《はるみ》も愛菜《まな》もしんみり言う。

四十歳《さい》くらいの女の人がタクシーに乗ってきて、「すずかけ通り三丁目」に行ってほしいと言う。だが松井さんは「すずかけ通り」なんて聞いたことがない。「白《しら》菊《ぎく》会館のちかく」と言われ、そのあたりならよく知っているのに、と思いながら車を走らせる。

ビル街を走っているうちに、いつのまにかビルがひとつもなくなって、赤や緑の屋根の家が建ち並《なら》ぶ通りに出る。お客は車を降《お》り、しばらく待っていてくれ、と言う。お客が入っていった家から楽しそうな笑い声が聞こえてくる。

松井さんが大きなすずかけの木の下で待っていると、お客が帰ってくる。戦争が終わるまでは、ずっとあの家で暮《く》らしていた、と言う。空襲《くうしゅう》が来て、町は火の海になった。彼女《かのじょ》は三歳《さい》だった息子《むすこ》ふたりを連れて逃《に》げ回ったが、気がついたときは町は焼け野原。子どもはふたりとも死んでいた。

それから二十二年が経《た》った。お客を乗せて駅前に戻《もど》り、ふりかえると、乗っていたのはさっきの女の人ではなく、小さなおばあさん。おかげでむかしのうちに帰ることができました、と言って車を降《お》り、去っていく……。

「ほんと、黒田先生が言ってた通り、いろんなタイプのお話が入ってるんだよね。かわいい話、愉快《ゆかい》な話、不思議な話、しみじみする話。そのなかに『すずかけ通り三丁目』みたいな話も入ってる。そこがいいんだよね」

愛菜《まな》が言った。

「どうやって読もうか？　ひとり二編《へん》ずつ読む、っていうのもありだけど」

遥海《はるみ》が本を見る。

「その方が家で練習しやすいけど、ひとりが一編《ぺん》通して読むと、単調になっちゃうんじゃないかなあ」

三咲《みさき》が首をひねる。

「そうだね。やっぱり、役柄《やくがら》で読み手を分けて、演劇《えんげき》っぽく読んだ方がメリハリがついていいんじゃない？」

「子どももその方がわかりやすいし、入りやすいよね」

「じゃあ、役柄《やくがら》で読み手を分けるやり方にしよう。その分練習は大変だけど、新米なんだからそれくらい努力しないとね」

三咲《みさき》が笑った。

「分け方としては、地の文、松井さんをひとりずつ。ほかのふたりがお客さんを分《ぶん》担《たん》、ってところかな。あとは、だれがなにを読むか……」

「松井さんっていくつくらいなんだっけ？」

「どこかに田舎《いなか》から出てきて数年って書いてあったけど……」

愛菜《まな》がページをめくる。

「『すずかけ通り三丁目』に、弟が二十五歳《さい》、って書いてあるよ」

わたしは言った。

「ってことは、二十代後半？　三十まではいってない感じかな」

「もっと上のイメージだったけど……わたしたちと同じくらいなんだね」

「性格《せいかく》はどんな感じだろ？」

「いい人……だよね？」

遥海《はるみ》が言うと、愛菜《まな》が、そうだね、と言って笑った。

「誠実《せいじつ》で、やさしい感じかな」

「落ち着いてる。だから二十代より上に見えるのかも」

「中肉中背《ちゅうぜい》……いや、どっちかっていうと、小柄《こがら》な感じ？」

「軟弱《なんじゃく》じゃないけど、いかつい感じでもないね」

だんだん松井さんの人物像《じんぶつぞう》が出来上がってくる。

いろいろ読んでみて考えよう、ということになり、最初のお話「小さなお客さん」を役柄《やくがら》を入れ替《か》えながら読んだ。

「やっぱり地の文は遥海《はるみ》がいいかなあ。なめらかだし、聞きやすいし」

三咲《みさき》が言った。

演劇経験《えんげきけいけん》のある愛菜《まな》とアナウンスのプロである遥海《はるみ》は、三咲《みさき》やわたしとは全然実力がちがう。ふたりとも声に独特《どくとく》の魅力《みりょく》があり、聞いているだけで心地よい。ただ、それぞれ得手不得手《えてふえて》はある。演劇《えんげき》出身の愛菜《まな》はセリフが得意《とくい》で地の文が苦手。逆《ぎゃく》に遥海《はるみ》は地の文は流暢《りゅうちょう》に読むが、セリフが苦手らしい。

「そうかなあ……。たしかにうまいんだけど……」

愛菜《まな》が首をひねる。なんとなくわかる気がした。

「わたしは三咲《みさき》がいいと思った」

思い切って言ってみた。

「あ、わたしもそう思った」

遥海《はるみ》も顔を上げる。

「え、どうして？」

三咲《みさき》が首をかしげた。

「遥海《はるみ》の声だとなめらかすぎてとっかかりがない気がするんだよね……なんか、つるっとしちゃう、っていうか」

考えながら言う。

「そうだね。この話には、三咲《みさき》の素朴《そぼく》な読みの方が合ってる気がする」

愛菜《まな》もうなずいた。

「わたしは松井さんをやってみたいなあ」

遥海《はるみ》が言った。

「いいと思うよ。さっきの遥海《はるみ》の松井さん、ちょっととぼけた感じで、いい味出てたよ。そしたらさ、地の文は三咲《みさき》、松井さんは遥海《はるみ》。で、わたしと小穂《さほ》でお客さんを分担《ぶんたん》する。それでどう？」

愛菜《まな》がわたしたちを見回す。

愛菜《まな》とわたしでは、愛菜《まな》の方が少し声が高くて、かわいらしい。だから子ぎつねの弟や蝶々《ちょうちょう》は愛菜《まな》がいいだろう、ということになった。「うんのいい話」の釣《つ》り人や「白いぼうし」の最初のお客さんはわたし。

最初の三編《ぺん》の自分の持ち分をマーカーで記すと、早速読み合わせをはじめた。


「おにいちゃんのいうとおりだよ。やっぱり足がこわれたんだね」

「すぐうしろで、かわいい子どもの声がしました」

「まるくたって、足さあ。わかったろ」

「でも、この足、毛がはえてないね」

「すりきれたんだよ。そんなことが、まだ、わかんないんかなあ、おまえは」


「小さなお客さん」の子ぎつねの兄弟の会話を読みだしたとたん、愛菜《まな》のうまさに圧倒《あっとう》された。担当《たんとう》が決まったのはついさっき。だから、練習してきたわけじゃない。

それなのに、もうすっかり子ぎつねの弟になりきっている。

なんであんなに生き生きと読めるんだろう。ちょっとうらやましくなる。愛菜《まな》と遥海《はるみ》はもちろん、三咲《みさき》も学校の先生だけあって、声が通るし滑舌《かつぜつ》もいい。最近はどんどんうまくなって、黒田先生にも褒《ほ》められている。

それに比《くら》べるとわたしは……。練習中も何度も噛《か》んでしまった。講座《こうざ》でも、読み方が安定しない、とよく叱《しか》られている。そのたびに自分は朗読《ろうどく》に向いていないのかもしれない、と思う。それでも続けているのは、朗読《ろうどく》することで作品を精読《せいどく》できるからだ。だれの言葉か、どんな気持ちで言っているのか。感想を書くよりずっと深く作品を読めるし、自分のなかにしっかりと刻《きざ》まれる。

ああ、でも、わたしももうちょっとうまく読めたらなあ。

「小穂《さほ》、どうしたの。小穂《さほ》の番だよ」

遥海《はるみ》の声で我《われ》に返った。

練習が終わってからみんなでkuraに寄《よ》った。kuraには軽食もあるし、もう一度店の雰囲気《ふんいき》を見ておきたかった。

「『車のいろは空のいろ』、いいお話ですねえ。朗読会《ろうどくかい》が楽しみです」

渋沢《しぶさわ》さんも本を読んだらしく、うれしそうに言った。

「ところで、グループ名は決まりましたか?」

「あ、すっかり忘《わす》れてました」

遥海《はるみ》がはっとした顔になる。

「そうだ、グループ名、考えなくちゃ」

三咲《みさき》も忘《わす》れていたらしい。そう言って頭を抱《かか》えた。

「まあ、まだ時間はありますから。ゆっくり考えてください」

渋沢《しぶさわ》さんは笑ってカウンターの奥《おく》に入っていった。

「どうしよう。なにも考えてなかったね」

愛菜《まな》が困《こま》った顔になった。

「黒田先生の教え子だから……そういうのがわかる感じがいいんじゃない？」

三咲《みさき》が言う。

「そうだね。うーん、『黒』をつけるとか？」

「じゃあ、『黒豆』！」

遥海《はるみ》が言うと、愛菜《まな》が笑った。

「黒田先生の弟子。小さいから『豆』。どう？」

遥海《はるみ》はなぜか得意《とくい》そうだ。

「まあ、悪くないけど……。なんか、お正月みたいじゃない？」

三咲《みさき》が苦笑いする。

「ダメかあ」

遥海《はるみ》ががっくりとうなだれた。

「いやいや、ダメってわけじゃないよ、候補《こうほ》ね、候補《こうほ》」

三咲《みさき》がなだめる。それからいくつか案を出したが、ぱっとしたのは出ない。

「あと、プログラムはどうする？」

愛菜《まな》が言った。

「ああ、それもあったね。なにを書けばいいんだっけ」

「当日の演目《えんもく》とか出演者《しゅつえんしゃ》の名前……それに作品紹介《しょうかい》やメッセージが書いてあることも多い、って」

メモを見ながら言った。

「子どももいるって考えると、イラストとかがはいってた方がいいのかなあ」

「そんなの、だれが描《か》くのよ」

「学校のプリントならいくらでも作ったことあるけど……。朗読会《ろうどくかい》のプログラムってどんなデザインにしたらいいんだろ？」

「せっかくだから、少しおしゃれなのにしたいよねえ」

遥海《はるみ》がそう言ったとき、同僚《どうりょう》の結婚式《けっこんしき》の招待状《しょうたいじょう》のことを思い出した。

今年の春、同僚《どうりょう》が結婚《けっこん》した。彼女《かのじょ》は海外赴任《ふにん》になった新郎《しんろう》について行くことになり、図書館をやめてしまったのだが、その結婚式《けっこんしき》の招待状《しょうたいじょう》が素晴《すば》らしかったのだ。白黒のシンプルな印刷だが、不思議な手触《てざわ》りと深みがあった。みんな、素敵《すてき》ですね、と言っていた。あれ、活版印刷《かっぱんいんさつ》って言ってたっけ……。

友人代表で、招待状《しょうたいじょう》作りを手伝ったというデザイナーさんがスピーチしてたんだ。新婦《しんぷ》の家に伝わる活字、一セットしかない活字を利用して作った活版《かっぱん》印刷だ、って。そして印刷所は川越《かわごえ》にある、って。

「ねえ、活版《かっぱん》印刷、って知ってる？」

わたしは三人に訊《き》いた。

「活版《かっぱん》印刷？　なに、それ？」

遥海《はるみ》が首をひねる。

「むかしの印刷でしょ？　ちょっと表面がボコボコしてるような？」

三咲《みさき》が言う。

「いま流行《はや》ってるんだよ。活版《かっぱん》印刷の名刺《めいし》、見たことある。手触《てざわ》りがあって、素敵《すてき》だった」

愛菜《まな》が言った。

「この前の同僚《どうりょう》の結婚式《けっこんしき》の招待状《しょうたいじょう》が活版《かっぱん》印刷だったの。古臭《ふるくさ》い感じは全然なくて、白黒なんだけど、すごく印象的《いんしょうてき》で……」

三咲《みさき》と遥海《はるみ》はぴんと来ない表情《ひょうじょう》だ。あのよさを言葉で説明するのはむずかしい。シンプルだけど、文字自体に雰囲気《ふんいき》がある。静かで、でも力強い感じ。

「デザインより先に、文面じゃない？　作品紹介《しょうかい》にお客さまへのメッセージ……。ああ、その前にグループ名か。なんだか、やることいっぱいだなあ」

三咲《みさき》がぼやく。

「練習だってまだまだこれからだし」

「大丈夫《だいじょうぶ》かな。ほんとにわたしたちだけで朗読会《ろうどくかい》なんて、できるのかな」

遥海《はるみ》がため息をつく。遥海《はるみ》より愛菜《まな》より三咲《みさき》より、問題はわたしだ。不安で頭がぐるぐるした。あと二ヶ月でちゃんと読めるようになるんだろうか。大好きな作品だけに、自分のせいで失敗するのが怖《こわ》かった。

4

kuraを出て仲町《なかちょう》交差点の近くまで来たとき、結婚式《けっこんしき》のスピーチを思い出した。

――この招待状《しょうたいじょう》の印刷を請《う》け負ってくれたのは、三日月堂《みかづきどう》という印刷所で、川越《かわごえ》の鴉山《からすやま》神社の近くにあります。

鴉山《からすやま》神社。たしか、仲町《なかちょう》交差点から少し行った路地を入ったところだったはずだ。

「さっき話した活版《かっぱん》印刷なんだけど……。印刷所、この近くだと思うんだよね」

「え、ほんと？　行ってみたい」

愛菜《まな》が目を輝《かがや》かせた。

「別にいいよ。このあと用事があるわけじゃないし」

三咲《みさき》が言うと、遥海《はるみ》もうなずいた。交差点を通り過《す》ぎ、広い通りから路地に入る。

店はだんだん少なくなり、家と畑ばかりが広がっている。

「ここじゃない？」

鴉山《からすやま》神社のはす向かいにある白い建物の前に立ち、遥海《はるみ》が言った。「活版《かっぱん》印刷三《み》日月堂《かづきどう》」。三日月《みかづき》にとまったカラスの絵のついた看板《かんばん》が立てかけられている。

「え……なにこれ、すごい」

なかをのぞきこんだ遥海《はるみ》が固まった。

扉《とびら》のガラス越《ご》しに壁《かべ》いっぱいの棚《たな》が見えた。その棚《たな》にぎっしり小さな四角いものが詰《つ》まっている。そして、奥《おく》にはごつい機械が何台も……。

「川越《かわごえ》にこんなところがあるなんて、知らなかった」

三咲《みさき》が呆然《ぼうぜん》と言った。

「どうする？」

「どうする、って……。まだ頼《たの》むかどうかも決めてないし、内容《ないよう》もなにも決まってないんだよ。今日《きょう》はちょっと……」

入口前で四人で顔を見合わせていたときだ。

「三日月堂《みかづきどう》になにか御用《ごよう》ですか？」

うしろから声がして、振《ふ》り返ると男の人が立っていた。

この人、どこかで……。だれだっけ？　図書館によく来る人？　それとも……。

「あ、あの、すみません。お店の方ですか？」

三咲《みさき》が訊《き》いた。

「ああ、僕《ぼく》は、店の人じゃ、ないんだけど。でも、ときどきここに来て、活版《かっぱん》印刷のことを勉強してる。ええと、つまり、見習い中、かな」

男の人は、子どもっぽい顔でにこっと笑った。そのとたん、思い出した。

「あ、もしかして、この前の雪乃《ゆきの》さんの結婚式《けっこんしき》の……」

三月の結婚式《けっこんしき》のときスピーチした人。招待状《しょうたいじょう》を作るまでの経緯《けいい》を話していた人だ。

「あ、そうです。結婚式《けっこんしき》、出てたんですか？　雪乃先輩《ゆきのせんぱい》のお知り合い？」

「ええ、同じ図書館に勤《つと》めていて……」

「そうですか。僕《ぼく》、金子《かねこ》って言います。デザイナーをしていて……」

金子さんが頭をかいた。

「あのときの招待状《しょうたいじょう》をデザインしたんですよね」

「ああ、いや、活版《かっぱん》印刷は素人《しろうと》で……。ここの弓子《ゆみこ》さんといっしょに作ったんですよ。以来、活版《かっぱん》印刷にはまってしまって、勉強させてもらってるんです」

金子さんは照れくさそうに笑う。

「皆《みな》さんは、なにか作りたいものがあるんですか？」

「まだ具体的になにかお願いする、ってわけじゃないんです。ただ、ちょっと作りたいものがあって……」

「なるほど。じゃあ、せっかくだから、なかを見ていったらどうですか？　頼《たの》むかどうかは、またあとで考えるってことで」

気軽な感じで扉《とびら》を開け、どうぞどうぞ、と手招《てまね》きした。

部屋の壁一面《かべいちめん》に活字の棚《たな》が並《なら》んでいる。三咲《みさき》もわたしも息を呑《の》んで立ち尽《つ》くした。棚《たな》に詰《つ》まった、小さな銀色の四角……。

「これが、全部活字？　そうか、活版《かっぱん》印刷って……」

三咲《みさき》が棚《たな》を見回す。

「つまり、このひとつひとつを並《なら》べて本を作ってた、ってこと？」

「嘘《うそ》でしょ？　でも、コンピュータとかなかったころはこういうのを並《なら》べるしかなかったのか……。えええ、でも……」

遥海《はるみ》が棚《たな》に目を近づけた。

「うわ、小さい。あ、でもほんと、字だ。嘘《うそ》、信じられない」

「驚《おどろ》きますよね。僕《ぼく》も最初はびっくりしました。これが全部文字か、って」

金子さんが笑った。

「ああ、金子さん、いらっしゃい」

女の人の声がした。古めかしい機械の向こうに女の人が立っていた。

「ああ、この人がここの店主さんで、月野《つきの》弓子さん」

金子さんが言った。店主さん？　わたしたちと同じくらいじゃないか。この人がこの古い印刷所を切り盛《も》りしてるなんて……。

「うしろの方たちは？」

弓子さんがわたしたちの方を不思議そうに見た。

「お店の前で会ったんです。この方は雪乃《ゆきの》さんと同じ図書館で働いている方で、あの招待状《しょうたいじょう》のことを覚えてくれてたんです」

金子さんがわたしを指して言った。

「ああ、雪乃《ゆきの》さんの」

「作りたいものがあるとかで、店に入るか迷《まよ》ってるみたいだったんで、お誘《さそ》いしたんです」

「すみません、まだどうするかはっきり決めてないんですが、外から見て、驚《おどろ》いてしまって。これ、印刷機なんですか？　すごい古い機械ですよね」

弓子さんの前の機械をさし、遥海《はるみ》が言った。

「一九六〇年代のものです。手《て》キンって言って、レバーで引くだけ、完全に手動で動力もない印刷機です。でも、まだまだちゃんと動きますよ」

「この印刷所、いつからあるんですか？」

三咲《みさき》が訊《き》いた。

「創業《そうぎょう》は昭和初期。曾祖父《そうそふ》が起こしたんです」

弓子さんが言った。

「昭和初期？」

金子さんが目を丸くする。

「川越《かわごえ》は空襲《くうしゅう》に遭《あ》わなかったので、建物も無事だったんですよ」

弓子さんが答える。

「戦後復興《ふっこう》するにつれて、印刷の仕事もどんどん増《ふ》えていったみたいで……。伝票類、名刺《めいし》、ハガキ、本、冊子《さっし》、なんでも刷ってた、って。それで増築《ぞうちく》して、機械も増《ふ》えて、職人《しょくにん》さんも増《ふ》えて……」

「何人くらい働いていたんですか？」

「当時は活字を拾う人、組む人、機械を動かす人……それぞれ職人《しょくにん》さんが何人もいた、っていう話ですから、祖父母《そふぼ》のほかに十人とか二十人とか……そのくらいはいたんじゃないでしょうか」

「そうだったんですね……」

ここにそんなに人が……。不思議な気持ちで部屋を見回した。

「いまは手《て》キンと校正機《こうせいき》、小型《こがた》の自動機くらいしか使ってませんが、そのころは大きな機械がいくつも動いてたそうですから、相当うるさかったと思います」

弓子さんが苦笑する。

「大きな機械って、あれですか？」

遥海《はるみ》が自家用車ほどある大きな機械を指して言った。歯車やローラーがたくさんついた巨大《きょだい》な機械だ。

「あれも動いてましたし、ほかに大型《おおがた》の自動機が二台。複写《ふくしゃ》ものの印刷にはその機械が欠かせなかったらしくて」

「複写《ふくしゃ》ものって……？」

「重ねて複写《ふくしゃ》する伝票です。あれは線が少しでもずれたら使いものにならない。そういうのが得意《とくい》な機械があったんです。ただ、扱《あつか》える職人《しょくにん》さんも限《かぎ》られていて……伝票類の印刷が減《へ》って、職人《しょくにん》さんがやめた時点で機械も処分《しょぶん》したそうです」

「そうか、ここにまだあと二台機械が……」

金子さんが部屋のなかを見回した。

「わたしが物心ついたころには、職人《しょくにん》さんはほとんどいなくて、祖父母《そふぼ》だけで細々《ほそぼそ》とやってました。それでもそのころはまだ仕事があったんです。わたしも子どものころからよく手伝ってました」

「手伝いって、なにをしてたんですか？」

「文選《ぶんせん》……活字を拾う仕事がいちばん多かったです。祖父《そふ》は組版《くみはん》が専門《せんもん》でしたから、大学に入ってから、組版《くみはん》と校正機の使い方も少し教えてもらいました。そのころはもう職人《しょくにん》さんがいなくて、祖母《そぼ》が肩《かた》を痛《いた》めてからは、手《て》キンと小型《こがた》自動機を使う印刷も任《まか》されてました」

弓子さんが笑った。

「あ、ごめんなさい、ついおしゃべりしてしまいました。それで、作りたいものってなんですか？」

弓子さんがわたしたちを見た。

「実は、わたしたち、ちょっとしたイベントを企画中《きかくちゅう》で……そのプログラムを作ろうと思っていて……」

三咲《みさき》が詰《つ》まりながら答える。

「イベント？　どんなイベントなんですか？」

金子さんが即座《そくざ》に訊《き》き返してきた。

「朗読会《ろうどくかい》なんです」

愛菜《まな》が恥《は》ずかしそうに答える。

「朗読会《ろうどくかい》?」

金子さんが興味《きょうみ》しんしんという顔になった。

「はい」

「なにを読むんですか?」

「ええと、あまんきみこさんの『車のいろは空のいろ』っていう作品で……」

三咲《みさき》が答えた。

「あ、知ってます。小学校の教科書に載《の》っていた『白いぼうし』の……」

弓子さんが言った。

「あの話、大好きでした。大人《おとな》になってから全編《ぜんぺん》読みました。いいお話ですよね」

「『白いぼうし』……? どんな話でしたっけ?」

金子さんが首をかしげた。

「タクシーの運転手さんが主人公のお話です。道にぼうしが落ちていて、運転手さんが拾い上げたら、なかに入っていた蝶々《ちょうちょう》が逃《に》げて行って……」

「……覚えてないなあ」

金子さんが宙《ちゅう》を見上げた。

「それで、そのお話を四人で読むんですか？」

「ええ、地の文、運転手さん、お客さんで読む人を変えて……」

「なるほど。面白《おもしろ》そうですね。ラジオドラマみたいだ」

金子さんがうなずく。

「ちょっとちがうかもですけど……」

愛菜《まな》が戸惑《とまど》ったような口調で答えた。

「聞いてみたいなあ。少しだけ、読んでみてもらえませんか？」

金子さんが言った。

「え？　いま、ここで……ですか？」

「あ、すみません、つい……。簡単《かんたん》にできるものじゃないですよね」

金子さんが頭をかいた。

「いえ、できます。少しなら。台本も持ってますし」

三咲《みさき》が言った。ええっ、と思って三咲《みさき》を見る。

「だって、本番では人前で読むんだし、ほかの人の意見も聞いてみたいし」

「そうだね……やってみようか」

遥海《はるみ》もなぜかうなずく。もうこうなったらやぶれかぶれだ。カバンから台本を出し、「白いぼうし」を読むことにした。この作品では、わたしは最初にタクシーに乗るお客さんと帽子《ぼうし》の持ち主の男の子を読むことになっていた。

印刷機の横の少し広い場所に並《なら》んで立つ。テキストを開くとどきどきして、手が震《ふる》えた。「白いぼうし」は客のセリフからはじまる。つまり、わたしからだ。

目をあげ、印刷所を見回す。壁《かべ》にそびえる活字の棚《たな》。印刷機やいろいろな機械。

――そのころは大きな機械がいくつも動いてたそうですから、相当うるさかったと思います。

工場なんだな、ここは。戦前から何人もの職人《しょくにん》さんがここで仕事をしていた。なぜかそのときのにぎやかな情景《じょうけい》が目に浮《う》かぶような気がした。

「白いぼうし」

タイトルを読む三咲《みさき》の声が響《ひび》いた。

「これは、レモンのにおいですか？」

わたしが読む。

「ほりばたでのせたお客のしんしが、はなしかけました」

「いいえ、夏みかんですよ」

地の文を読む三咲《みさき》、運転手の松井さんのセリフを読む遥海《はるみ》。

目の前にすうっと道が伸《の》びる。戦後の道。こんな工場があちこちにあったのかもしれない。舗装《ほそう》されていない道もまだまだたくさんあっただろう。土埃《つちぼこり》の立つそんな道をタクシーに乗って走っていく。

活字の並《なら》んだ棚《たな》にわたしたちの声が吸《す》い込《こ》まれ、するりと物語の世界に入った。


そうして、結局一編《ぺん》丸ごと全部読んでしまった。

ぱちぱちと拍手《はくしゅ》の音がした。金子さんと弓子さんが拍手《はくしゅ》していたのだ。ふわあっと現実《げんじつ》に戻《もど》り、力が抜《ぬ》けた。

「これまであんまり馴染《なじ》みがなかったですけど、朗読《ろうどく》っていいものですね」

金子さんが目を閉《と》じ、うんうん、とうなずく。

「聞いているうちに、僕《ぼく》も思い出しましたよ、このお話。たしかに小学校の教科書で読んだ。ぼうしに書いてあった『たけ山ようちえん　たけのたけお』っていう男の子の名前を妙《みょう》に良く覚えてます」

「皆《みな》さん、いい声ですよね。『これは、レモンのにおいですか？』の一言で、わあっと世界が変わって……物語のなかに入って、いっしょにタクシーに乗ってるような気持ちになりました」

弓子さんが言った。

「黙読《もくどく》してるのとも、演劇《えんげき》を見てるのともちがう。新鮮《しんせん》ですね、この、耳から物語が入ってくる感じ」

金子さんは、自分の言葉を確《たし》かめるように言った。

「声って不思議ですよね。僕《ぼく》は、目で見たものより音や匂《にお》いの方が近く感じるんです。リアルって言うのかな。音は鼓膜《こまく》の震《ふる》えで感じる。匂《にお》いも、粘膜《ねんまく》と空気のなかの粒子《りゅうし》の接触《せっしょく》でしょ？　味覚や触覚《しょっかく》と同じで、物質的《ぶっしつてき》なんだ。それに比《くら》べると、視《し》覚《かく》は光が作った像《ぞう》だから、夢《ゆめ》とか幻《まぼろし》みたいで……。手触《てざわ》りがない。それに、生《なま》の声はやっぱりいいですよね。空気の震《ふる》えのなかにいっしょにいる気がして」

変わったことを考える人だなあ、と思った。だけど、言いたいことは少しわかる。ぼんやりとあの招待状《しょうたいじょう》のことを思い出していた。

「僕《ぼく》が活版《かっぱん》に惹《ひ》かれるのも、手触《てざわ》りがあるからなんですよ。普段《ふだん》はコンピュータで仕事してるけど、コンピューターの画像《がぞう》には触《ふ》れられないでしょう？　ここには活字がある。出っ張《ぱ》ってるところにインキがついて、紙に押《お》す。触《さわ》ってる感触《かんしょく》がある。そこがいいんです」

金子さんが活字の棚《たな》を見回す。手触《てざわ》り。触《さわ》ってる感触《かんしょく》。その言葉にどきっとした。

三咲《みさき》や遥海《はるみ》にも、あの不思議な魅力《みりょく》を持った招待状《しょうたいじょう》を見てもらいたいと思った。

「あの、すみません、この前の招待状《しょうたいじょう》ってありますか？」

わたしは訊《き》いた。

「ありますよ。ちょっと待ってくださいね」

弓子さんが引き出しから招待状《しょうたいじょう》を取り出し、テーブルに置いた。三咲《みさき》と遥海《はるみ》が招《しょう》待状《たいじょう》を手にとる。印刷されているのは新郎新婦《しんろうしんぷ》が作った短い文と、船のデザインだけ。でもなぜかしんとして美しい。

「素敵《すてき》だね」

三咲《みさき》がため息をついた。

愛菜《まな》と遥海《はるみ》もじっと見入っている。

「活版《かっぱん》印刷ってもっと古臭《ふるくさ》いものかと思ってましたけど、ちがうんですね」

遥海《はるみ》が言った。

「そうなんですよ。いま見ると、逆《ぎゃく》に新鮮《しんせん》じゃないですか？　手作り感があって。文字、というか、印刷されたもの自体に雰囲気《ふんいき》があるから、デザインがシンプルでも魅力《みりょく》的に映《うつ》る。それに意外といろいろなことができるんですよ」

金子さんが身を乗り出す。

「プログラムはどんなものを考えているんですか。あ、これは別に三日月堂《みかづきどう》で作るとかそういうことではなく……」

「正直、まだなにも決まってなくて……」

三咲《みさき》が苦笑いする。

「でもわたし、活版《かっぱん》印刷、いいような気がしてきました」

遥海《はるみ》が言った。

「朗読《ろうどく》も声だけの世界だから、文字だけで勝負っていうのもいいかも、って」

「声と文字。たしかにいい組み合わせかもね」

三咲《みさき》もうなずく。

「ちょっと思ったんですが……」

弓子さんが言った。

「朗読《ろうどく》をそのまま持ち帰れるようなものがいいんじゃないでしょうか」

「朗読《ろうどく》をそのまま持ち帰る？」

遥海《はるみ》が訊《き》いた。

「ええ。作品の一節を数行抜《ぬ》き出して刷るんです。あとでそれを見たら、皆《みな》さんの声を思い出せる気がするんです」

「いいですね、それ」

金子さんが言った。

「皆《みな》さんがいちばん大切だと思う部分だけを刷ることで、浮《う》かびあがるものがあるかもしれない」

「費用《ひよう》はどれくらいかかるんでしょうか」

三咲《みさき》が訊《き》いた。

「紙の大きさや種類、入れる文字の量で変わりますが……あと、何枚《なんまい》くらい刷りますか?」

「多めに見積もって七十部くらいです」

ハガキサイズに両面印刷ということでだいたいの見積もりを出してもらった。出せない額《がく》ではない。

考えてみます、と言って三日月堂《みかづきどう》を出た。

5

何度かみんなで練習をして、後半の朗読《ろうどく》の分担《ぶんたん》もすべて決まった。わたしの担当《たんとう》は「すずかけ通り三丁目」の女の人、「くましんし」のくま、「ほん日は雪天なり」のきつね数匹《すうひき》……。

どの役もむずかしいが、とくに悩《なや》んだのは「すずかけ通り三丁目」のお客さんだ。自信がなかった。小さな子どもをふたり亡《な》くした悲しみ。焼け野原を見たときの気持ち。演《えん》じられる自信がなかった。

愛菜《まな》が読んだ方がよいのではないかと思った。だけど、愛菜《まな》は「これは小穂《さほ》が読んだ方がいい」と言って譲《ゆず》らなかった。

――どうして？　愛菜《まな》の方がうまいのに。

――どうしても。理由はうまく言えない。けど、小穂《さほ》が読んだ方がいいと思う。わたしがこの話を好きだと言ったからかもしれない。でも、だからこそみんなにちゃんと伝えたい。表現力《ひょうげんりょく》のある愛菜《まな》が読んでくれた方が、お客さんにも伝わる。だが、三咲《みさき》と遥海《はるみ》も「これは小穂《さほ》の方がいい」と言う。

家で何度も練習した。でもこのお客さんだけは、いくら練習してもどう読んだらいいのかわからないままだった。

五月の終わりの日曜日、黒田先生の家で朗読《ろうどく》を聞いてもらうことになった。

川沿《かわぞ》いに並《なら》ぶ一軒家《いっけんや》のなかに「黒田」の表札を見つけ、インタフォンを押《お》す。庭に面した居間《いま》に通され、ソファに座《すわ》った。木の葉の隙間《すきま》から差し込《こ》んだ日差しがちらちら揺《ゆ》れる。静かだった。

「小さなお客さん」、「うんのいい話」、「白いぼうし」。そこまで読んだところで、ちらっと先生を見た。渋《しぶ》い顔で、じっと目を閉《と》じている。あれは、まだまだ、という表情《ひょうじょう》だ。

頭のなかがぐるぐる回る。この状態《じょうたい》で読めるんだろうか、次の「すずかけ通り三丁目」。

見るんじゃなかった。先生の方、見るんじゃなかった。

「すずかけ通り三丁目」

タイトルを読む三咲《みさき》の声が響《ひび》いた。次はわたし。お客さんの言葉だ。

「すずかけ通り三丁目までいってください」

声が震《ふる》えた。

タクシーが白菊《しらぎく》会館に近づいていく。

台本を持つ手が震《ふる》え、心臓《しんぞう》のどきどきがどんどん激《はげ》しくなっていく。

お客さんが小さな家に入り、しばらくして戻《もど》ってくる。

「あのあたりは、ひばりがきてなくほど、しずかなところでしたよ。でも……、昭和二十年の春から、〝空襲《くうしゅう》〟がはじまりました」

ああ、なんかちがう。落ち着いて、深呼吸《しんこきゅう》して……。言い聞かせてみたが、気持ちだけ上《うわ》すべりしている。

「やっと、りんどう公園にたどりついたとき、せなかの子どもも、だいていた子どもも……」

「お客はしばらくだまってから、いいました」

しんでいたのです。そう読まなければならなかった。なのに、声が出ない。

「すいませんっ」

台本で顔を押《お》さえ、しゃがみこんだ。


「小穂《さほ》、どうしたの？」

黒田先生が心配そうに言った。

「すみません。どうしても……うまく読めなくて」

小さな声で答える。消えてしまいたい気持ちだった。

「ちゃんと読みたいんです。みんなに伝わるように。だけど、できない」

「あのね、小穂《さほ》……」

先生がため息をついた。

「どう読んだらいいかわからなくなるときってあるわよね」

「黒田先生でもそんなこと、あるんですか？」

三咲《みさき》が訊《き》いた。

「あるわよ。この人物の抱《かか》えているものがわからない、って悩《なや》むこともあるし、わかる、と思っても演《えん》じられないときもある。人の気持ちを想像《そうぞう》できる、ってことと、それを演《えん》じられる、っていうのは別だからね」

「そうですよね」

愛菜《まな》がうなずく。

「でも、最後は自分で決めるしかないのよ、朗読《ろうどく》は。演劇《えんげき》みたいに演出《えんしゅつ》がいるわけじゃないから、全部最後は自分で決める」

その言葉にはっとして顔を上げた。

「結局、登場人物のほんとの気持ちはだれにもわからないのよ。わたしたちは作者じゃない。ううん、作者だって全部わかってないかもしれない。完璧《かんぺき》な答えなんてどこにもない」

先生がくすっと笑った。

「小穂《さほ》、この場面が大切だと思うんでしょう?」

「はい。練習しているときも、いつも泣きそうになります」

「ということは、この言葉に揺《ゆ》さぶられているのよ。小穂《さほ》の心はちゃんと、この人の気持ちを受け止めている」

「そうなんでしょうか」

「演《えん》じられるかはまた別だけどね」

じっとわたしの目を見つめた。

「『こう読めばよくなる』なんていう方法はない。たったひとつの正解《せいかい》もない。そんなのがあるんだったら、機械でもできる。小穂《さほ》のなかにいるその人の声を、外に送り出す。みんな、それを聞きに来るんだから」

わたしのなかのその人の声……?　よくわからず、ぼうっと台本を見下ろした。

「あと一ヶ月ちょっとか……」

先生が腕組《うでぐ》みをする。

「うん、まだまだ大丈夫《だいじょうぶ》。今日《きょう》はとにかく練習しましょう。ばっちりしごくわよ」

楽しそうに言って笑った。

先生の家を出たときには、すっかり日が暮《く》れていた。結局、お昼すぎからみっちり五時間、休憩《きゅうけい》もほとんどなしで朗読《ろうどく》の稽古《けいこ》をしていた。家を出たときには四人ともへろへろで、ただ黙々《もくもく》と歩いた。

「わたし、読めるかな」

うつむいてつぶやく。

「読めるよ」

愛菜《まな》の声がした。

「わたしね、思うの」

愛菜《まな》が静かに言った。

「小穂《さほ》はだれよりも本の内容《ないよう》を捉《とら》えようとしてる、って。黒田先生に言われたみたいに、わたしは型《かた》にはまりすぎてるのよね。子どもならこう、若《わか》い女性《じょせい》ならこう、おばあさんならこう。いくつかのパターンがあって、すぐその癖《くせ》にはまってしまう。いつも思うんだ、小穂《さほ》みたいに探《さぐ》りながら読んでみたい、って」

「そう……なの？」

思わず訊《き》き返す。

「みんな、悩《なや》みはあるんだよ」

愛菜《まな》が言った。

「わたしなんて、心が入ってない、って」

遥海《はるみ》がぼやく。アナウンサー出身の遥海《はるみ》の朗読《ろうどく》は、流暢《りゅうちょう》だが、感情《かんじょう》の起伏《きふく》が弱い、とよく言われていた。

「わたしは……まっすぐで馬鹿正直すぎる、って」

三咲《みさき》がため息をつく。

「いつも言われてることだけどさ。馬鹿正直、って言われると……凹《へこ》むよ」

「黒田先生、テンション上がると容赦《ようしゃ》ないから。馬鹿正直、はないよね」

遥海《はるみ》がははは っと笑った。

「遥海《はるみ》、なに笑ってんの?」

「あ、ごめん。ただちょっと……講座《こうざ》を受けはじめたころに黒田先生に言われたことを思い出して……あのときとまったく同じだなあ、って」

そういえば……。愛菜《まな》は演劇《えんげき》の定型《ていけい》に縛《しば》られている。遥海《はるみ》は流暢《りゅうちょう》すぎて深みがない。三咲《みさき》は生真面目《きまじめ》すぎてふくらみがない。わたしは声が前に出ていない。

――もっとお客さまの方に心を開くの。本と自分だけの世界になっちゃダメ。

何度も言われたが、なにをどうしたらいいかわからなかった。悩《なや》んで悩《なや》んで、できない、もうやめたい、と思った。でも……。

――けどね。小穂《さほ》が作品の内容《ないよう》を深く探《さぐ》ろうとしてるのはわかる。それも大事なことよ。

あのとき先生はそう言ってぽんと肩《かた》を叩《たた》いてくれた。

「わたしたち、あのときと全然変わってないのかもね」

「ほんとだ。少しは上達したかと思ってたけど、全然変わってない」

三咲《みさき》も遥海《はるみ》も笑った。

「けど、楽しいよね」

愛菜《まな》がぼそっと言った。

「うん。楽しい。習いはじめたときは、仕事に役立てられたら、くらいの気持ちだったけど、いまは朗読《ろうどく》自体が楽しい」

三咲《みさき》が笑う。

「心が解放《かいほう》されるっていうのかな。絵を描《か》いたり、歌を歌ったりしたときみたいな、心が躍《おど》る感じ」

遥海《はるみ》が言った。

「夢中《むちゅう》になれるよね。子どものときみたいに。別の世界に飛んでいって、別の人になって、別の世界を生きてる感じ」

愛菜《まな》が空を見上げる。

「それに、『思った通りにできない』とか『もっとうまくなりたい』みたいな悔《くや》しい気持ち、大人《おとな》になると忘《わす》れちゃうんだよね。心が鈍《にぶ》くなってる。けど、朗読《ろうどく》してるときって、人前にむき出しで立ってるっていう緊張感《きんちょうかん》があって……怖《こわ》いけど、生きてる、って感じがする」

三咲《みさき》の言葉にどきっとした。

怖《こわ》いけど、生きてる。怖《こわ》いのか、三咲《みさき》でも。

「小穂《さほ》は小穂《さほ》らしく読めばいいんだよ」

三咲《みさき》がにこっと笑う。

「それにねえ、朗読会《ろうどくかい》で命まで取られるわけじゃないし」

遥海《はるみ》が、ははは、と笑った。

「そうだね」

わたしも少し笑った。

「三咲《みさき》には三咲《みさき》の、遥海《はるみ》には遥海《はるみ》の、小穂《さほ》には小穂《さほ》の魂《たましい》があるんだよね。声を聞いていると、それがわかる」

愛菜《まな》が息をつく。

「魂《たましい》？」

遥海《はるみ》が首をかしげる。

「そう。魂《たましい》。魂《たましい》が声になって飛んでく。朗読《ろうどく》ってそういうものかな、って」

「愛菜《まな》、詩人だね」

遥海《はるみ》が笑った。

「そういえば、古代ギリシアでは息も魂《たましい》も蝶《ちょう》も同じ言葉だって読んだことがある」

わたしは言った。

「なに？」

愛菜《まな》が首をかしげる。

「プシュケー」

ローマ神話のキューピッドの矢で射《い》られた娘《むすめ》の名前と同じ。息、魂《たましい》、そして、蝶《ちょう》。

「素敵《すてき》だね。声になった言葉って、蝶《ちょう》みたいだし。ひらひら宙《ちゅう》を舞《ま》っていく感じ」

愛菜《まな》が目を閉《と》じる。

「ねえ、それ、わたしたちのグループ名にいいんじゃない？」

遥海《はるみ》が言った。

「プシュケー?」

三咲《みさき》が訊《き》く。

「ううん、日本語の『蝶《ちょう》』の方」

「漢字だと硬《かた》いから、ひらがなで『ちょうちょう』はどう?」

「やわらかくていいね」

「それに、蝶《ちょう》の羽って四枚《まい》じゃない? わたしたちも四人」

「ほんとだ。ちょうどいい。じゃあ、『ちょうちょう』に決定!」

遥海《はるみ》が弾《はず》むように言った。

「それとね。わたし、プログラム、やっぱり三日月堂《みかづきどう》にお願いしたいと思った」

愛菜《まな》が言った。

「コピーで作ればもっと安いってわかってるけど、しっかり作ってみたいの。三日《みか》月堂《づきどう》の活字で刷ったらどうなるか、見てみたい」

遥海《はるみ》も三咲《みさき》もうなずく。わたしも同じ気持ちだった。

「印刷する一節は『すずかけ通り三丁目』から選ばない?」

三咲《みさき》が言う。

「タクシーに戻《もど》ってきたお客さんが空襲《くうしゅう》のことを語るシーン……」

愛菜《まな》が静かにつぶやく。

「わたしもそこがいいと思うな」

「ほかにもたくさん素晴《すば》らしいシーンはあるよ。これがチラシや案内状《あんないじょう》だったらまたちがうと思う。もっと入り口になるような箇所《かしょ》を選ぶ。けど、朗読会《ろうどくかい》が終わったあと、ふり返りたいのはここだと思う」

三咲《みさき》がきっぱりと言った。

つながっている、と思った。みんなこの部分を大切に思っている。そんな大切な言葉を読むのを、わたしに任《まか》せてくれたんだ。重いけど、うれしかった。ひとりで読むんじゃない、みんなで読むんだ、と思った。


ハガキ一面に入る分量を考え、抜粋《ばっすい》する箇所《かしょ》を決めた。裏側《うらがわ》に入れる内容《ないよう》と合わせてメールで三日月堂《みかづきどう》に送ると、すぐに返信が来た。引き受けてくれるらしい。まずは文字を組んでみて、それから相談、ということになった。

数日後、仕事の帰りに一番街《いちばんがい》を歩いていると、三日月堂《みかづきどう》のことを思い出した。プログラムはどうなっているんだろう。気になって寄《よ》ってみることにした。

扉《とびら》を開けると、弓子さんが活字の棚《たな》を見上げている。

「あの」

「あ、小穂《さほ》さん」

弓子さんがちらっとこっちを見る。

「どうしたんですか？」

「いえ、プログラム、どうなっているのかな、と思って……」

「少し待っていてください。実はいま、活字を拾ってるんです。皆《みな》さんのプログラムのための……」

話しながら、棚《たな》の前をすいすい横に歩いていく。左手に金属《きんぞく》の細長い箱のようなものと紙を持ち、右手で棚《たな》から活字を拾っている。

近づいて、弓子さんの手のなかを見た。箱のように見えたが、箱じゃない。位置を調整できる仕切りのついた金属《きんぞく》の板のようなものだ。なかにきれいに活字が並《なら》んでいる。

いっしょに持っているのは、パソコンからプリントアウトした紙だった。わたしが送った文面だ。紙を見ながら、すごいスピードで棚《たな》から活字を見つけて抜《ぬ》き出し、並《なら》べていく。

「これは……？」

弓子さんの持っているものをさして訊《き》いた。

「組版《くみはん》ステッキって言うんです。ふつうはまず文選箱《ぶんせんばこ》っていう木の箱に活字を入れることが多いんですけど、今回はそれほど長くないので、直接《ちょくせつ》ステッキに並《なら》べちゃってます」

弓子さんの目が棚《たな》の上をすべり、目的の活字を選び出す。ステッキを少し傾《かたむ》け、活字が倒《たお》れないように片側《かたがわ》の仕切りに寄《よ》りかからせながら、親指で押《お》さえる。

活字の間に隙間《すきま》はなく、ぴったりと並《なら》んでいた。一行並《なら》べ終わると、横の棚《たな》にあった細長い板を入れ、次の行を並《なら》べ始める。

「その板は？」

「インテルって言います。印刷された文字は行と行の間が少し空いているでしょう？　それはこのインテルを挟《はさ》むからなんです。これは活字の二分の一の幅《はば》。改行で下が空いた場合には、込《こ》めものというのを入れます。これで空白を作るんです」

「ああ、なるほど。隙間《すきま》をあけとくわけにはいかないんですね」

隙間《すきま》があったら活字が倒《たお》れてしまう。ぎっしり並《なら》んでいないといけないのだ。

「そちらが込《こ》めものです」

弓子さんの視線《しせん》の先に、四角く小さな金属《きんぞく》が山のように入ったストックボックスがたくさん重ねられている。

「ずいぶんたくさんあるんですね」

「箱ごとに全部大きさがちがうんですよ。文書のなかにはいろんな長さの空白が出来ますから、いろんな大きさの込《こ》めものが必要なんです。活字は印刷するたびに磨《ま》耗《もう》しますが、インテルや込《こ》めものは磨《ま》耗《もう》しません。だから、長く使える。そこにあるのはすべて祖父《そふ》のころから使ってるものなんです」

台の上にステッキを置き、両側から押《お》さえながら、活字の塊《かたまり》を持ち上げる。

「うわあ、そんなんで大丈夫《だいじょうぶ》なんですか？」

細い四角柱の束なのだ。真ん中が抜《ぬ》けてしまわないかひやひやした。

「ちゃんと押《お》さえてれば大丈夫《だいじょうぶ》ですよ」

弓子さんは笑った。束を台に置くと、棚《たな》から紙を出してきた。

「裏面《うらめん》はもう組み上がってるんです」

細長い紙をテーブルに置く。

「はじめはハガキサイズのつもりだったんですが、少し余裕《よゆう》をもたせてこの大きさにしてみました。Ａ４を三つ折りにした形で、費用《ひよう》はあまり変わりません」

ちょうちょうの朗読会《ろうどくかい》
車のいろは空のいろ
作　あまんきみこ

その文字を見たとき、ちょっとじんとした。ちょうちょうの朗読会《ろうどくかい》。わたしたちの朗読会《ろうどくかい》。黒い文字がひとつずつくっきりと刻《きざ》まれ、静かな声が聞こえてくるようだった。

「どうでしょう？　この形でいいでしょうか？」

「はい。いいと思います。読みやすいし、とてもきれいです。紙のサイズもよいと思います」

「よかった。あと、誤植《ごしょく》がないか、しっかりチェックしてくださいね。わたしの方でも確認《かくにん》してますけど、なにしろ一本ずつ活字を拾って並《なら》べたものですから」

そうなのか、とあらためて思った。コンピュータのデータを入稿《にゅうこう》するのとはちがうのだ。演目《えんもく》、朗読者《ろうどくしゃ》の名前、会の概要《がいよう》。まちがいがないか何度も眺《なが》めた。

「今日《きょう》小穂《さほ》さんが来てくれて助かりました。実は抜粋《ばっすい》の方をどう組んだらいいかちょっと悩《なや》んでいたんです」

「文字の配置のことですか？」

「ええ。文字の大きさ、行間《ぎょうかん》やまわりの余白《よはく》をどう取るか。スペースに余裕《よゆう》があるので、いろいろな組み方ができます。でもいろいろ考えて、結局オーソドックスな組み方がいいような気がして……」

弓子さんが天井《てんじょう》を見上げる。

「祖父《そふ》はいつも言ってました。印刷物はきれいで透明《とうめい》じゃないといけない、って」

「きれいで、透明《とうめい》？」

「きれい」はわかる。でも「透明《とうめい》」というのは？　謎《なぞ》めいた言葉に戸惑《とまど》った。

「印刷物というのは、言葉を読者に伝えるための道具ですよね。にじみやズレがあると、目がそこで止まってしまう。だから、きれいでないといけない。それに、あまりに凝《こ》った形に組んでしまうと、文字自体が主張《しゅちょう》しすぎてしまう。読み手に、文字がそこにあることを意識《いしき》させてしまう。内容《ないよう》に入ってもらうためには、意識《いしき》させてはいけないんだ、って」

少しわかった気がした。

「むかしの職人《しょくにん》はにじみやかすれやムラのない印刷を目指してきた。凹《へこ》んでるのがいい、とか、罫線《けいせん》がずれたり、活字が少し曲がったり、にじみやかすれが出ているのが味わいがある、って言う人もいますけど、むかしの職人《しょくにん》が聞いたら奇妙《きみょう》に感じると思いますよ。怒《おこ》る人もいるかもしれない。下手《へた》なのがいいのか、って」

弓子さんが笑った。

「いまのオフセット印刷はほんとにきれいで、透明《とうめい》です。でも、文字がほんとうにすべて均一《きんいつ》になってしまうと、なんだか物足りなくなる。活版《かっぱん》を知らない若《わか》い人も、活版《かっぱん》印刷を新鮮《しんせん》に思う」

「わたしもあの招待状《しょうたいじょう》を見たときに思いました。なんというか、すごく……あたたかいな、って。手触《てざわ》りがある。作った人がいる、って思える」

「祖父《そふ》の印刷物はちっとも凹《へこ》んでなかった。にじみやかすれもなかった。だけどいまのオフセットともちがいます」

「どうしてちがうんでしょうか？」

「組版《くみはん》にはたくさんの活字が並《なら》びます。印刷所には同じ母型《ぼけい》で作った活字がそろってますから、『の』なら『の』で、すべて同じ形をしています。でも、物質《ぶっしつ》としては複数《ふくすう》あるわけですから、みんな完全に同じ、ってことはない」

「目には見えない微妙《びみょう》なちがいがある、ってことですね」

「ええ。データではなく『もの』ですから。活版《かっぱん》印刷の特性《とくせい》はほかにもいろいろあるのでなにが理由かはっきりは言えませんが、たしかに活版《かっぱん》の文字には手触《てざわ》りがある。ものがそこにある、という気配がある」

弓子さんは台の上の活字をそっとなでた。

「だけど、文字が文字として主張《しゅちょう》しすぎてもいけない。きれいで透明《とうめい》。なかなか兼《か》ね合いがむずかしいです」

気まじめな顔で言って、少し笑った。

「皆《みな》さんのプログラムも、本からの引用の方は内容《ないよう》を際《きわ》だたせたいと思いました。だから、文字はふつうの書籍《しょせき》と同じ大きさ、余白《よはく》は上下左右均等《きんとう》に、という形で組みはじめたんですけど、ほんとにそれでいいのか、確信《かくしん》がもてなくて……」

弓子さんがわたしを見た。

「そうだ、小穂《さほ》さん、せっかくだから、活字、組んでみませんか？」

ステッキと紙を差し出す。

「いいんですか？」

「ええ。いまここまで組みましたから、次はここからですね」

弓子さんが紙の上の行頭をさす。

でも、むすこをおもうときだけは、ちゃんと、このわたしも、もとのわかさにもどる気がするんですよ。……おもしろいものですね。

わたしたちが抜粋《ばっすい》した部分の最後の文章だった。

「このお話……すばらしいですよね」

弓子さんがつぶやく。

「はい。でも、いまだにどう読んだらいいかわからなくて……。わたし、このお話でお客さんを読むことになってるんです。こんなふうに読みたい、という形はあるのに、実際《じっさい》に読むと、全然ちがうような気がして……」

「不思議ですね」

弓子さんが微笑《ほほえ》んだ。

「本には文字しかない。色も形も重さもない。でも、その言葉が、わたしたちのなかで色や形や重さを持ったものになる」

「そうですね」

「言葉って、種のようなものかもしれません」

「種？」

「小さいけど、まくと根が出て、芽が出て、葉が出て、花が咲《さ》いて……。小さな種のなかに木や草が丸ごと入ってる」

「ほんとですね」

小さな種になっているから、本という小さな器《うつわ》に入れることができる。そして、わたしたちの心にまかれ、芽を出し、大きな木になる。

「心のなかには、この人の声があるんです。本を読んでいるとそれが聞こえてくる気がする。だけど、つかまえようとすると実体がない」

「むずかしいものなんですね。言葉を声にするのって」

弓子さんが言った。

「わたし、もともと人前でしゃべったりするのが苦手なたちなんです。朗読《ろうどく》をはじめたのもそれを克服《こくふく》するためで……」

「そうなんですか？」

弓子さんが目を丸くした。

「はい。朗読《ろうどく》は楽しいんです。どうやって読むか考えるでしょう？　感想を書くより、深く作品を読める気がするんです。ほかのメンバーと本の感想を話し合うのも、自分とはちがう読み方と出会えて面白《おもしろ》いですし」

三咲《みさき》、遥海《はるみ》、愛菜《まな》。考え方も表現《ひょうげん》の仕方もみんなちがう。そういう読み方があるのか、とびっくりすることも多かった。

「みんなの朗読《ろうどく》を聞くのも好きなんです。自分でも声に出すのが楽しくなってきました。でも、大勢《おおぜい》の前で朗読会《ろうどくかい》をすることになるなんて……」

ため息をつく。

「そうだったんですか」

弓子さんがふふっと笑った。

「ほかの三人みたいにうまくないですから。愛菜《まな》は演劇《えんげき》出身、遥海《はるみ》はアナウンスの専門家《せんもんか》、三咲《みさき》は学校の先生。みんな声に魅力《みりょく》がありますし……」

「わたしは小穂《さほ》さんの声もいいと思いましたよ」

「え？」

「澄《す》んだ声とはちがいますけど、渋《しぶ》くて、深くて。このお話のお客さんには合ってると思います」

「そうでしょうか」

子どものころから自分の声が嫌《きら》いだった。発声も発音も。

ふう、とため息をつき、活字の棚《たな》の前に立った。

「で」「も」「、」「む」「す」「こ」「を」「お」「も」「う」「と」「き」「だ」「け」

小さな活字をひとつずつ拾い集めていく。弓子さんはすいすい拾っていたが、目的の字を探《さが》すのは思いのほか大変で、時間がかかった。

ステッキには一行の長さが設定《せってい》されている。下まで行ったらインテルをはさみ、改行する。

不思議なものだ。活字はここに確《たし》かに存在《そんざい》する。だが「文」というものはない。「意味」もない。活字で文を組んでも、バラせば元のひとつひとつの活字に戻《もど》ってしまう。なのに、刷り上がった文からは、思いが浮《う》かび上がってくる。声が浮《う》かび上がってくる。その人がそこにいるような気がする。

並《なら》べ終わり、ステッキを手渡《てわた》すと、弓子さんは活字をぎゅっと押《お》してそろえ、台の上に並《なら》べた。前に組んだ部分と合わせ、大きな金属《きんぞく》の枠《わく》にはめこみ、まわりをネジでしめる。

「刷ってみましょうか」

弓子さんが言った。

「もうこれで刷れるんですか」

「ええ」

弓子さんはうなずき、前に手《て》キンと呼《よ》んでいた機械に版《はん》をセットした。上の円盤《えんばん》にインキを出し、レバーを引く。ローラーが動いてインキがのびてゆく。紙をセットし、レバーをぎゅっとおろした。紙のうえに文字が浮《う》かびあがった。何枚《まい》か試《ため》し刷りをしたあと、白い紙を置く。

「どうぞ。引いてみて下さい」

弓子さんに言われてレバーをにぎり、ぎゅっと引いた。重い。下げられるところまで押《お》し下げ、ゆっくりと戻《もど》した。

「ああ、刷れてる」

文字が並《なら》んでる。しんとして、美しかった。きれいで、透明《とうめい》。それでいて、手触《てざわ》りがある。

松井さんの目のまえに、すずかけ通りが見え、ずらっとならんでいた並木《なみき》の大きな葉がほのおをふいて、もえはじめました。赤やみどりのやねが、オレンジ色のすさまじいほのおにつつまれています。

町が燃《も》えてゆく。読んでいると苦しくなる。きっと、地の文を読む三咲《みさき》も苦しいはずだ。松井さんを読む遥海《はるみ》も苦しいはずだ。文字を見ているとみんなの声が浮《う》かんで、涙《なみだ》が出そうになった。

「この形でいいでしょうか。文字の大きさ、行間、余白《よはく》……。気になることがあったらなんでも言ってください。組み直しますから」

弓子さんが言った。

「いえ。この形でよいと思います。紙を細長くしたことで余白《よはく》も大きく取れて……。すばらしいです。きれいで、透明《とうめい》。その言葉通りだと思います」

「ほんとですか？　ありがとうございます」

弓子さんがほっと息をついた。

両面刷ったものを四部作った。これでわたしたちがチェックしたあと、細かい調整をして、本刷りにする、と言われた。

弓子さんがお茶をいれてくれた。静かな印刷所を見まわしていると、はじめてここに来て朗読《ろうどく》したときのことを思い出した。

あのときはなぜか、にぎやかだったころの印刷所が目に浮《う》かぶ気がした。たくさんの職人《しょくにん》さんがいて、あちこちで機械が動いている。

「あの大きな印刷機、もう動かないんですか」

部屋の真ん中の巨大《きょだい》な機械を指して訊《き》いた。

「いいえ、動くと思います。祖父《そふ》が引退《いんたい》するとき、きれいに手入れしてカバーをかけておいたので。でも、この機械、わたしはひとりで扱《あつか》ったことがないんです。いつもお前が触《さわ》ると壊《こわ》れる、って言われて……」

弓子さんは笑った。

「でも……」

「どうかしましたか？」

「あ、いえ……。ただ、もう祖父《そふ》はいないんだな、って」

少しさびしそうに笑う。悪いことを訊《き》いてしまったと思い、言葉につまった。

「動かしてみようかな」

意外な言葉に少し驚《おどろ》いた。

「大事な機械だから壊《こわ》しちゃいけない。ずっとそう思ってきました。祖父《そふ》に触《さわ》るな、って言われてましたし。でも、もう祖父《そふ》はいない。わたしがここの主人なんです」

じっと印刷機を見る。

「機械を壊《こわ》したら使えなくなる。だけど、このままだれも使わないんだったら、同じことですよね。それに、大きな版《はん》でたくさんの枚数《まいすう》を刷るためには、あの機械を動かさなきゃダメなんです」

弓子さんはぐるっと部屋のなかを見回し、少し微笑《ほほえ》んだ。

「いまできることだけをやってたんじゃ、ダメなんですよね。できることを広げないと。活版《かっぱん》の印刷機は新しいものは作られてない。いまある機械を再利用《さいりよう》するしかないんです。持っている人が使わなければ」

「そうですね」

「だいたい、壊《こわ》れたって怒《おこ》る祖父《そふ》はもういないんです」

弓子さんがくすっと笑う。なんだか胸《むね》がぎゅっとなった。

「わたしが決めるしかない。ここはもうわたしの工場ですから」

わたしが決めるしかない。

そうだよなあ。なぜか急にほっと力が抜《ぬ》けた。

——最後は自分で決めるしかないのよ、朗読《ろうどく》は。

——小穂《さほ》は小穂《さほ》らしく読めばいいんだよ。

——朗読会《ろうどくかい》で命まで取られるわけじゃないし。

先生やみんなの言葉が頭のなかに響《ひび》いた。

わたしは三咲《みさき》にも遥海《はるみ》にも愛菜《まな》にも黒田先生にもなれない。

わたしらしくしか読めないんだから。

――『こう読めばよくなる』なんていう方法はない。たったひとつの正解《せいかい》もない。

そんなのがあるんだったら、機械でもできる。小穂《さほ》のなかにいるその人の声を、外に送り出す。みんな、それを聞きに来るんだから。

――三咲《みさき》には三咲《みさき》の、遥海《はるみ》には遥海《はるみ》の、小穂《さほ》には小穂《さほ》の魂《たましい》があるんだよね。声を聞いていると、それがわかる。

それでいいのかもしれないなあ。

声、魂《たましい》、ちょうちょう。

「そうだ、小穂《さほ》さん、言い忘《わす》れてました。朗読会《ろうどくかい》、行きます。金子さんも行くって言ってました。予約、できますか？」

「できます。ありがとうございます」

うれしくて、ぺこっと頭を下げた。

6

三人に試《ため》し刷りを送った。みんなとても気に入ったようで、誤植《ごしょく》がないか確認《かくにん》し、早速本刷りをお願いすることになった。

六月の最後の日曜日、三日月堂《みかづきどう》でプログラムを受け取った。

素晴《すば》らしい仕上がりだった。

端正《たんせい》で、気負ったところがない。それでいて強かった。

みんな言葉を失い、しばらくじっと見入っていた。

弓子さんにお礼を言い、黒田先生の家に向かう。みななにか思うところがあったのだろう。家に着くまでだれもなにも言わなかった。

今日《きょう》はリハーサルのつもりで、舞台《ぶたい》に上がるところからすべて本番通りに行うことにした。

順番に舞台《ぶたい》に上がり、礼をする。お客さまの方を見る。台本を開く。読み始める。

聞き慣《な》れたはずの三人の声が、なんだかいつもと変わって聞こえた。「小さなお客さん」、「うんのいい話」、「白いぼうし」、そして「すずかけ通り三丁目」。

小さな家に入ったお客さんが松井さんのタクシーに戻《もど》ってきて……。

「あのあたりは、ひばりがきてなくほど、しずかなところでしたよ。でも……、昭和二十年の春から、〝空襲《くうしゅう》〟がはじまりました。

七月の〝大空襲《くうしゅう》〟のとき、三十機のB29が、町の空をとびまわり、しょうい弾《だん》をつぎつぎにおとしました。あちらもこちらも火事になり、町は、もう火の海でした。

三さいだったふたりのむすこを、わたしは、ひとりをせおい、ひとりはだいて……ええ、ふた子だったのですよ……にげまわりました。……やっと、りんどう公園にたどりついたとき、せなかの子どもも、だいていた子どもも……」

「お客はしばらくだまってから、いいました」

「しんでいたのです」

「松井さんの目のまえに、すずかけ通りが見え、ずらっとならんでいた並木《なみき》の大きな葉が、ほのおをふいて、もえはじめました。赤やみどりのやねが、オレンジ色のすさまじいほのおにつつまれています」

「どの家もすっかりもえてしまったつぎの朝、黒と茶いろのやけ野原に、あの白菊《しらぎく》会館が、たったひとつ、ぽつんとのこっていたのです」

「赤のしんごうを見て、ブレーキをかけてから、松井さんはいいました」

「もし、お子さんが生きていられたら、もう、二十五さいですね。わたしのおとうとと、ちょうどおない年ですから――」

「いいえ、うんてんしゅさん。むすこたちは何年たっても三さいなのです。母おやのわたしだけが、年をとっていきます。

でも、むすこをおもうときだけは、ちゃんと、このわたしも、もとのわかさにもどる気がするんですよ。……おもしろいものですね」


知らない女の人の声がした。ああ、この声だ、と思った。いつもこのお話を読むとき、頭のなかに響《ひび》いている声。

一瞬後《いっしゅんご》、それが自分の声と気づいた。


「みんな、ずいぶん上達したわね。なにかあったの？」

全部読み終わると、黒田先生がくすっと笑った。

「え、いえ……。特別なにかがあったってわけじゃ……」

三咲《みさき》が困《こま》ったように言い、四人で顔を見合わせた。

「若《わか》さの特権《とっけん》かな?」

先生がふふふっと笑った。

「そうだ、これを……」

遥海《はるみ》がカバンからプログラムを出した。

「朗読会《ろうどくかい》のプログラムです。今日《きょう》受け取ってきたんです」

手渡《てわた》すと、先生は、へえ、と言って、表紙を撫《な》でた。

「素敵《すてき》。これ、もしかして、活版《かっぱん》印刷?」

「はい、そうです。川越《かわごえ》に活版《かっぱん》印刷の工場があって、そこにお願いしたんです」

遥海《はるみ》がうれしそうに答える。

「川越《かわごえ》に活版《かっぱん》印刷の工場が……」

意外、という顔になり、紙を裏返《うらがえ》す。

「でも、むすこをおもうときだけは、ちゃんと、このわたしも、もとのわかさにもどる気がするんですよ。……おもしろいものですね」

その声にはっとした。先生の声だった。

「『すずかけ通り三丁目』。わたしもとても好きな作品なの」

先生が大きく息をついた。

「わたしが朗読《ろうどく》をしようって決めた作品」

「そうなんですか?」

わたしが訊《き》くと、先生がゆっくりうなずいた。

「わたしには祖母《そぼ》がいてね。この話のお客さんと同じくらいの年で、夫を戦争で亡《な》くした。祖母《そぼ》は年を取ってから目が不自由になって。本が好きな人だったから、よく、本を読んでって言われたの。それで、この本も……」

先生の手元に、古い本があった。『車のいろは空のいろ』だ。

「あるとき祖母《そぼ》に、これを読んでちょうだい、って言われたの。この話がすごく好きだったから、って。子どもの本だし、軽い気持ちで読み始めたのよ。でも、すずかけ通りまで来て……」

先生はそこで息をついた。

「泣いちゃったのよ、空襲《くうしゅう》の場面で。読み続けられなくなって、祖母《そぼ》を見たら、祖母《ぼ》も泣いてた。祖母《そぼ》が泣いたとこなんて見たことがなかった。強い人だったのよ、子どもたちをひとりで育てて、弱音なんて吐《は》いたこともない。それなのに、ぽろぽろ泣いて、恥《は》ずかしいね、って笑ってた」

目尻《めじり》に涙《なみだ》がにじんでいた。

「わたしに読んでほしかったんだって。読めば自分の気持ちをわかってもらえると思ってた、って。わたしがいまのあなたたちくらいの年だったころのことよ」

すずかけ通りの赤や緑の屋根が、黒と茶色の焼け野原になる。

川越《かわごえ》は空襲《くうしゅう》にあわなかったけれど、わたしたちの足元には悲しみが刻《きざ》まれている。

「だから、あなたたちに読んでもらいたかったの。若《わか》い人とその子どもたちに聞いてもらいたかった。朗読《ろうどく》って、読み手だけのものじゃないのよね。聞き手といっしょにその世界に行く。そういうもの」

先生はそう言って、プログラムをじっと見た。

「ほんと、とてもきれいね。静かで、凜《りん》としている」

四人でうなずいた。

朗読《ろうどく》、やっててよかった。

先生やみんなと会えた。こういう話をする仲間ができた。それはすごいことだ。

――いまできることだけをやってたんじゃ、ダメなんですよね。

弓子さんの声が響《ひび》いた。その通りだ。できることを広げようとしたとき、世界も広がる。

あと少し。頑張《がんば》ろう。集まった人たちといっしょに、物語の世界に行くのだ。

並《なら》んだ黒い文字から声が聞こえてくるようだった。

あわゆきのあと

1

セミがみんみん鳴いている。暑いなあ、と思う。

きょうは土曜日。やることもないし、外に出ればだれかと会えるかも、と思って、なんとなく外に出た。けど、だれとも会えなかった。

しかも、あまりにも暑い。このまま外にいると溶《と》けてしまいそうなレベル。ヒマでもなんでも、エアコンのきいた部屋にもどりたい。でも、家に帰ったら、どうせ母さんに、まず宿題やれ、とか言われるに決まっている。

ぼくは、外が明るいうちは勉強しない主義《しゅぎ》なんだ。母さんは何度言ってもそのことがわからない。

「田口《たぐち》さん。なにしてるの？」

声がして、ふりかえると中谷《なかたに》先生がいた。中谷三咲《みさき》先生。ぼくの担任《たんにん》の先生だ。

「なに、って、ただぶらぶらしてるだけです。ぼくの家、こっちなんですよ」

細い道の先を指さした。

「へえ、そうなんだ。きょうは、暑いね。梅雨《つゆ》が明けて、急に暑くなったよね」

中谷先生はカバンからハンカチを出し、汗《あせ》を拭《ふ》いた。

「中谷先生は？　なにしてるんですか？」

考えてみれば、休みの日に学校の外で先生と会うなんてめずらしい。

「うん、ちょっとこっちに用があってね。あ、そうだ、お母さんにこの前はありがとう、って伝えておいて」

「母さんに？　なんのことですか？」

「田口さんのお母さん、この前、朗読会《ろうどくかい》に来てくれたでしょ？　読み聞かせサークルの人といっしょに」

「ああ」

あれか、と思った。ぼくの母さんは、小学校の「読み聞かせサークル」に入っていて、この前、中谷先生たちの朗読会《ろうどくかい》を聞きに行ったのだ。

「なんか、すごくよかった、って言ってましたよ」

「ほんと？」

中谷先生がうれしそうな顔になった。

「中谷先生もお友だちもみんな上手《じょうず》だった、って」

——広太《こうた》にもわかる内容《ないよう》だったよ。ほら「白いぼうし」って、四年生のとき、国語の教科書に載《の》ってたでしょ？　広太も音読練習してたじゃない？

――ああ、あの、ちょうちょが夏みかんになるやつ……。あったね、そんなの。

――会場も素敵《すてき》だったし、中谷先生、すごくかっこよかったわよ。優菜《ゆうな》ちゃんはお母さんといっしょに来てたのよ。広太も連れて行けばよかったかな。

――あー、いえ。けっこうです。

　家でそんなことを話した。ほんとはちょっとだけ興味《きょうみ》はあったんだ。中谷先生が舞台《ぶたい》に立つっていうことに。優菜《ゆうな》も次の日、すごくよかった、って言ってたし。だけど、さすがに行くのはちょっと……。そういう静かな会にいると、途中《とちゅう》で暴《あば》れたくなるに決まってる。

「うれしいなあ。お母さんにお礼言っといて」

　中谷先生が言った。

「今日《きょう》は、あの会のプログラムを作ってくれた印刷所さんにお礼に行くの」

「ああ、あの、このくらいのやつですか？」

　ぼくは両手の親指と人差し指で、細長い四角を作って言った。

「そうそう、このくらいの」

　中谷先生も指で同じ大きさの四角を作り、くすっと笑った。

そういえば、母さんはあの紙を何度も大事そうに眺《なが》めていた。

――これはね、カッパンインサツっていうんだって。

――ふうん。

カッパンインサツというのがなんなのかわからない。ふつうの印刷とはちがう、特別な印刷なんだろう、と思ったけれど、そのまま聞き流してしまった。

「じゃあね」

中谷先生が手を振《ふ》る。

「あ、はい」

ぼくはお辞儀《じぎ》した。顔を上げたとき、中谷先生はもうぼくに背中《せなか》を向けて、歩いて行ってしまっていた。少しうしろ姿《すがた》を見ていたけれど、なんとなく気になって、こっそり先生のあとをつけてみることにした。

先生はそのカッパンインサツの印刷所とかいうところに行くわけだ。それがなんなのかちょっと気になったし、なによりすることがなくてヒマだった。少し距離《きょり》を置いて、先生に気づかれないようにつけた。これが尾行《びこう》か、とどきどきした。

先生が立ち止まったのは、鴉山《からすやま》神社の近くの白い建物の前だった。先生は入口を開けて入っていった。扉《とびら》はガラス張《ば》りで、近づいたら見つかってしまう。それで、少し離《はな》れた物陰《ものかげ》に隠《かく》れ、扉《とびら》のなかをのぞいた。

「なんだ、あれ。すげえ」

ちょっとびっくりした。ガラスの扉《とびら》の向こうは壁一面《かべいちめん》木の棚《たな》で、そこにはなんだかわからないが無茶苦茶小さな四角いものがぎっしり詰《つ》まっている。なんだかえらく古そうなもので、でもって、なんかえらくカッコよかった。

もっと近くで見たい。道を渡《わた》り、近づこうとしたとき、扉《とびら》の向こうで人が動いた。女の人だ。先生のほかに何人かいる。

「わわわっ」

思わず逃《に》げた。別にばれちゃいけないことなんてないんだけど。だけど、なにを話したらいいかもわからないし、とにかく走って逃《に》げた。

しばらく走ってから、あんなものがこんなところにあるなんて全然知らなかったなあ、と思った。


次の日、ぼくはもう一度ひとりでその印刷所の前まで行ってみた。今日《きょう》は中谷先生もいないだろうし。昨日《きのう》見たあのすごい棚《たな》の正体を知りたかったのだ。

ガラス戸の横に看板《かんばん》があって、「活版《かっぱん》印刷三日月堂《みかづきどう》」と書いてあった。ああ、なるほどね、カッパンインサツ。活版《かっぱん》印刷って書くのか。

店のなかは薄暗《うすぐら》い。ガラスにおでこをくっつけて、なかを見た。

「わああ、すごい」

昨日《きのう》見えた棚《たな》がガラスの向こうの壁《かべ》だけじゃなくて、部屋一面に広がっている。そのなかに鉄みたいな小さな四角がぎっしり詰《つ》まっている。そして、えらく古そうな機械がどーんと置いてある。

「カッコいい……」

鉄かどうかわからないけど、重そうな金属《きんぞく》でできていて、歯車やネジみたいなものがたくさんついている。博物館で見た古い機械そのままだ。

あれ、なにするものなんだろうな。

そう思ったとき、なにかが動いた。奥《おく》の方に人がいる。女の人だ。母さんより若《わか》い。たぶん、中谷先生くらい？　エプロンをかけて、髪《かみ》をうしろに結んだ女の人が、円盤《えんばん》のついた機械をいじっている。

機械の横のレバーをぐっと下ろす。かがんで下から小さな紙を取り上げる。そして一枚《まい》新しい紙をセットし、レバーを下ろす。

なんだかどきどきした。

そうか、活版印刷《かっぱん》って、あれのことなんだ。あの古い機械で印刷するのか。重そうだし、家にあるプリンターとは全然ちがう。

すごいなあ。女の人を見た。慣《な》れた動きで印刷を続けている。うちの母さんと同じような背《せ》だし、腕《うで》だって細い。あんなごつい機械を動かすような人に見えない。

女の人が顔を上げ、窓《まど》からの光が当たった。色が白くて、ほっそりして、目がきれいだった。どきんとして、扉《とびら》から離《はな》れ、家に向かって走り出した。

2

夏休みになった。でも塾《じゅく》の夏期講習《こうしゅう》があるから、去年までみたいに遊んでばかり、というわけにはいかなかった。

四年生まではよかったよなあ。塾《じゅく》の帰り、公園の前を歩きながら、そう思った。あのころは裕太《ゆうた》や宗介《そうすけ》や翔《しょう》たちと朝からずっとここで遊んでたっけ。秘密基地《ひみつきち》作ろうとか言って、茂《しげ》みにいろいろ持ち込《こ》んだりしてさ。

木登りにハマったこともあった。なにがあるってわけでもないけど、おやつとか飲み物とか持って木の上にいると、なんか楽しかった。ああ、あれは、木の上に毛虫がたくさんいるのを見つけて、やめたんだっけ。

そういえば公園には虫、たくさんいたなあ。セミの抜《ぬ》け殻《がら》とか死骸《しがい》とか集めたこともあった。雨上がりにはよくミミズが死んでた。ぼくたちはそれをミミズのミイラと呼《よ》んでいた。あれ、不気味だったなあ。からからに干《ひ》からびて、アリが群《むら》がってたりして。それに、なかが空っぽなんだ。部屋みたいに分かれてるんだけど、のぞくとなにも入ってない。どうやって生きてるんだろう、って怖《こわ》くなった。

裕太《ゆうた》はサッカーチーム、宗介《そうすけ》は野球チーム。ぼくと翔《しょう》は塾《じゅく》に入って、あんまり外で会うことはなくなった。公園を見ても、もっと小さい子しかいない。黙《だま》って通り過《す》ぎ、三日月堂《みかづきどう》の様子をのぞきに行くことにした。

あれからときどきヒマがあると三日月堂《みかづきどう》をのぞいた。お姉さんはいつもお店のなかにいる。いつもひとりで、棚《たな》からなにか取り出したり、机《つくえ》に向かっていたり、円盤《えんばん》がついた機械を動かしたりしている。

休みになる前、学校で中谷先生に活版《かっぱん》印刷のことを聞いた。

——いまはコンピュータがあるけど、むかしは活字という小さいものを並《なら》べて本を作ってたのよ。って言っても、先生も知らないむかしの話だけどね。

中谷先生はそう言って、写真を見せてくれた。三日月堂《みかづきどう》のなかの写真だった。活字がぎっしり入った棚《たな》。それを並《なら》べたもの。印刷機。お姉さんの写真もあった。お姉さんの名前が弓子さんっていうことも、中谷先生に聞いた。

あの棚《たな》が活字の棚《たな》なんだな、とか、いまは活字を並《なら》べてるんだな、とか、中谷先生の写真を思い出しながら考えた。弓子さんと目が合ってしまったこともあって、そういうときはとりあえずダッシュで逃《に》げた。

三日月堂《みかづきどう》の前に立ち、なかをのぞこうとしたとき、急に扉《とびら》が開いた。思わずとびのく。なかから男の人が出てきた。お祖父《じい》さんくらいの人で、店のなかに向かって、じゃあ、お願いしますよ、と言って、扉《とびら》を閉《し》めた。去っていくその人を眺《なが》めて道にぼうっと立っていた。

「ねえ、君」

うしろから女の人の声がした。うわ、と思ってふりかえる。弓子さんがいた。

「あ、すいません」

逃《に》げる構《かま》えで早口に謝《あやま》った。

「よくここに来てるよね?」

「あ、あ、すいません、べ、別に、えーと……」

怪《あや》しいものじゃない、みたいなことを言いたかったのだが、その言い方でいいのかよくわからなくて詰《つ》まった。

「もしかして、印刷機に興味《きょうみ》があるの？」

「え、えーと」

興味《きょうみ》はある。けど、そう答えるのがなぜかはずかしかった。

「なか、入ってみる？」

弓子さんがぼくの目の高さにかがんで言った。

「あ、いえ……だ、大丈夫《だいじょうぶ》です」

ぼくが言うと、弓子さんは笑った。

「大丈夫《だいじょうぶ》、ってなにが大丈夫《だいじょうぶ》なの？」

そういえば、叔母《おば》さんにも言われた。「お茶いる？」って訊《き》かれて「大丈夫《だいじょうぶ》です」って答えた。いらない、っていう意味だったんだけど、叔母《おば》さんは「いるの、いらないの、どっちなの？　いまの子はなんでも『大丈夫《だいじょうぶ》』なんだね」と笑った。

「え、ええと、入らなくて、大丈夫《だいじょうぶ》です」

最後の方、声が小さくなった。

「遠慮《えんりょ》しなくていいよ。ちょっとだけ見ていったら？」

弓子さんは扉《とびら》を開いた。扉《とびら》の外から見ていた世界がうわーっと目の前に広がって、ちょっとぼうっとした。活字がぎっしり詰《つ》まった棚《たな》。古い大きな機械。これはちょっと……いや、かなり、すごい。

扉《とびら》から首を突《つ》っ込《こ》み、部屋のなかを見回す。

これが、全部、字……？

棚《たな》に詰《つ》まった活字がこっちに押《お》し寄《よ》せてくる気がした。

「すごい……かっこいい」

魔法使《まほうつか》い……いや、錬金術師《れんきんじゅつし》……？　とにかく、ふつうじゃない。

――むかしは活字という小さいものを並《なら》べて本を作ってたのよ。

中谷先生の言葉を思い出した。活字を並《なら》べて……？　まさか。ってことは、ここに入ってる小さな四角いやつを一個《こ》ずつ並《なら》べて、文章を作ってた、ってこと？　本一冊分《さつぶん》？

「活版印刷《かっぱんいんさつ》、って、もしかして、ここにある字を並《なら》べて印刷するんですか？」

ぼくが言うと、弓子さんはびっくりしたような顔になった。

「よく知ってるのね」

「あ、中谷先生に聞いたんです。ぼくの、学校の担任《たんにん》の先生で……」

「中谷先生、って、もしかして、三咲《みさき》さん？」

弓子さんはますます驚《おどろ》いた顔になる。ぼくはうなずいた。

「そうか、三咲《みさき》さん、学校の先生、って言ってたもんね。五年生の担任《たんにん》だって。名前、なんていうの？　わたしは、月野弓子」

知ってるよ、と言いそうになって、口を閉《と》じた。中谷先生に聞いて知ってたけど、なんだかはずかしい。

「中谷先生に、言う？」

「言われたら困《こま》るの？」

ぼくはぶるぶると首を横に振《ふ》った。

「別に困《こま》らないけど……ただ、なんとなく思っただけ。ぼくは、田口広太です」

「ふうん。広太くんか」

弓子さんはふふふ、と笑った。

「そうよ、ここにあるのが活字。これを一本ずつ並《なら》べるの。ほら、こんなふうに」

弓子さんは金属《きんぞく》のケースを差し出した。活字とか金属《きんぞく》の板みたいなものがぎっしり並《なら》んでいる。

「かっこいいですね」

「そう？」

弓子さんがちょっと得意《とくい》そうな顔になった。

「さっきの人、お客さんですか？」

店から出て行った男の人のことを思い出して訊《き》いた。

「そうよ」

「なにを注文したんですか？」

「名刺《めいし》。注文、っていうか……もう注文はもらってて、試《ため》し刷りをしたものの確認《かくにん》にいらしたのよ。ほら、これ」

弓子さんは、円盤《えんばん》のついた機械の方に行く。鉄でできた、重そうな機械だ。

「これ、印刷機なんですか？」

「ええ。印刷機、っていっても、要するに大きなハンコみたいなものね。ここに活字があるでしょ？　こんなふうに並《なら》べたのを『版《はん》』っていうの」

弓子さんが機械の下の方を指さす。

「こっちに紙を置いて、このレバーを引くと……」

活字の反対側に紙を置き、機械の横のレバーを引く。ローラーが動いた。

紙を乗せた側が活字の方にぎゅっと押《お》し付けられる。

「ほら、できた」

レバーを戻《もど》すと、紙を乗せた側が元の位置に戻《もど》り、紙に文字が写っていた。

「ほんとだ。ハンコみたい」

弓子さんに手渡《てわた》された小さな紙を見る。

「名刺《めいし》だ」

名前と住所と電話番号、メールアドレス。書かれてるのはそれだけ。

「名刺《めいし》、ぼくも、学校のパソコンの授業《じゅぎょう》で作ったこともあります」

「へえ。パソコンの授業《じゅぎょう》があるの？」

「ありますよ。今どき、パソコンができないと、仕事できないでしょう？」

「ははは、それもそうだね」

弓子さんが笑った。

「でも、この人の名刺《めいし》、なんで会社名がないんですか？　お父さんは、名刺《めいし》って仕事で使うものだって……」

父さんの名刺《めいし》には会社の名前とか、マークとか、部署《ぶしょ》の名前とか、いろんなものが書かれている。それに、住所や電話番号もうちのじゃなくて、会社のだ。だけど、この人の名刺《めいし》に書かれているのは、ふつうの家の住所みたいに見える。

「そうか、広太くんのお父さんは会社員？」

「はい」

「じゃあ、そう思うよね。でも、会社に勤《つと》めている人ばっかりじゃなくて、世の中にはいろんな仕事があるんだよ。さっきの人は、もともと高校の先生でね。定年退《たい》職《しょく》されたんだけど、これから別のお仕事を始めるから名刺《めいし》が必要なんですって」

「別の仕事？」

「天文台のボランティア」

天文台。大きな望遠鏡があって、宇宙《うちゅう》とか星とかのことを調べるところだ。

「広太くんの作った名刺《めいし》はどんなの？」

「学校の名前と学年と組と名前と、あとマークを入れて……でも、これに比《くら》べたら全然ダメだった。紙もぺらっぺらだし、字もなんかカッコよくなくて……」

ここの名刺《めいし》は紙も厚《あつ》くて、画用紙みたいにちょっとざらざらしてて、その上にくっきり文字が印刷されているから、すごくかっこいい。

「ここでは子ども用の名刺《めいし》は作ってないんですか？」

「うーん、子どもには贅沢《ぜいたく》かな……ちょっと高いしね」

弓子さんが笑った。

「やっぱり、高いんだ」

「でも、そういえば『ファースト名刺《めいし》』っていうのを頼《たの》まれたことがあったっけ」

「ファースト名刺《めいし》？」

「赤ちゃん用の名刺《めいし》。出産の祝いに、生まれたの子の伯母《おば》さんに頼《たの》まれたの。住所も電話番号も苗字《みょうじ》もなんにもない、ほんとに名前だけの名刺《めいし》」

「へええ」

「『この世に生まれた』って、人生でいちばん初めのイベントでしょ。いちばん大きなイベントかもしれない。で、そのときのプレゼントが『名前』。みんな生まれてきたら必ず『名前』をもらう。それを記念して名刺《めいし》を贈《おく》りたいって」

「でも、なんで名前だけなの？　苗字《みょうじ》や住所は決まってるでしょ？」

「その人が言うには、人間、生まれたときは手ぶらで、なにも持ってない。苗字《みょうじ》とか住所とか肩書《かたが》きとかだんだん持ち物が増《ふ》えてくるんだ、って」

「赤ちゃんは名前だけ、か。じゃあ、小学生のぼくは、苗字《みょうじ》と名前ぐらいかな」

「そうかもね」

弓子さんはふふっと笑ってから、そうだ、と言った。

「苗字《みょうじ》と名前だけの名刺《めいし》なら、そのうちワークショップを開いてもいいかな」

「ワークショップ？」

「ときどきここでやってるのよ。来た人に活版印刷《かっぱんいんさつ》の体験をしてもらって、できたものを持ち帰ってもらうの。自分で活字を拾って、並《なら》べて、印刷までするのよ」

「さっきの古い機械を使うんですか？」

「そう。これで印刷するの。けっこう力がいるのよ」

弓子さんは機械のレバーをぐっと下げた。かっこいいなあ。やってみたい。

「もし夏休みにできたら、自由研究になるかも。実際《じっさい》に作ってるところの写真を撮《と》って、活版《かっぱん》印刷のやり方をまとめて、出来上がった名刺《めいし》をつければ、自由研究になるでしょ？　ぼく、友だちも呼《よ》びますよ」

「そうねえ。でも、お金がかかるから、おうちの人と相談してからよ」

「わかってます。それに、母さんもやりたい、って言うかもしれない」

「夏休みの終わりごろだったらできるかな。日程《にってい》、考えてみるね」

やった、と思った。これで今年の自由研究は完璧《かんぺき》だ。お金がかかると言っても、自由研究のためなんだし、母さんも賛成《さんせい》してくれる気がする。

あの機械を動かせるんだ。

鈍《にぶ》く光る機械を見ながら、なんだかどきどきした。

3

日曜日、母さんが出かけていたので、父さんとふたりで川越《かわごえ》水上公園に行った。ウォータースライダーが三つもあって、流れるプール、波のプールもある天国のようなプールだ。しかも県営《けんえい》だから値段《ねだん》も安い。

なかでも、くねくねしたチューブ型《がた》のスライダーが面白《おもしろ》くて、何度もすべった。父さんも、プールに来る前は、俺《おれ》は疲《つか》れてるし、並《なら》ぶのだるいから流れるプールで浮《う》かぶくらいにしとく、とか言っていたくせに、結局全部いっしょにすべった。

プールサイドの売店でラーメン食べたり、かき氷食べたり。直線スライダーで競争したり。閉園間際《へいえんまぎわ》までいて、出るときには父さんと「やりたいことはすべてやったな」と言い合った。

帰りはファミレスに寄《よ》った。

「実はさ、ちょっと、広太に話したいことがあるんだ」

ご飯を食べ終わるころ、父さんが妙《みょう》に真面目《まじめ》な顔で言った。

「なに？」

「来週、富山《とやま》に行くだろう？」

「うん。お墓《はか》まいりでしょ？」

富山には父方の家の墓《はか》がある。それで、毎年お盆《ぼん》には富山に行って、お墓《はか》まいりをする。車で行って、向こうで一泊《ぱく》。たいてい帰りに金沢《かなざわ》とか能登《のと》とか、岐阜《ぎふ》県や長野《ながの》県のどこかに寄《よ》って観光して帰ってくる。

お墓《はか》まいりは退屈《たいくつ》だ。お寺で長いお経《きょう》を聞いているあいだ、じっとしていなくちゃならないし、ちょっと面倒《めんどう》くさい。でも、そのあとの食事会はふだん会わないいとこにも会えるし、帰りの家族旅行は楽しい。

「今年はいつもとちょっとちがうんだ。ひいじいちゃんの十三回忌《かいき》でね。ひいじいちゃんが亡《な》くなったのはお盆《ぼん》に近い時期だったから、少し前にずらして、十三回忌《かいき》の法事をすることになった。いつもは来ない親戚《しんせき》も来る」

「十三回忌《かいき》？」

「亡《な》くなって十二年目。亡《な》くなったときの法要が一回目だから、十三回忌《かいき》は十二年目にやるんだ。ややこしいよなあ」

父さんは言った。ひいじいちゃんは、ぼくが生まれる前に亡《な》くなった。だから、ぼくは会ったことがない。ひいばあちゃんは、ぼくが小学校に上がるまで生きていたから、ちゃんと覚えているんだけど。

「で、それとは別に、もうひとつ、すごく大事な話があるんだ」

父さんはじっとぼくを見た。

「あのな、広太。いままで話してなかったんだけど……」

そこで少し黙《だま》った。いつになく真剣《しんけん》な顔なので、ぼくも黙《だま》っていた。

「実は……。広太には、お姉さんがいたんだ」

「え？」

お姉さん……？　いた？

「いた？」

「うん。亡《な》くなったんだ。生まれてすぐに」

「そうなの？」

「生まれて三日で亡《な》くなったんだ。もともと内臓《ないぞう》に障害《しょうがい》があったんだって。生まれるまでわからなかった、って先生は言ってた」

「そう……なんだ」

なんだかぼうっとした。急にちょっと怖《こわ》いような、悲しいような気持ちになった。

「今まで黙《だま》っていて、ごめんな」

父さんが言った。

「う、ううん、いいよ、別に……」

もごもごと答える。父さんがなぜあやまるのか、よくわからなかった。でも、知らなかったことが、いや、大切なことを教えてもらっていなかったことが、なんとなくのけ者にされてるみたいでちょっと嫌《いや》だった。

「それでな。その遺骨《いこつ》、実はずっとうちにあったんだ」

「えっ？」

遺骨《いこつ》、って骨《ほね》？　それがうちに？

「そんなのどこに……？」

「父さんと母さんの部屋にあるんだ。遺骨《いこつ》っていっても、赤ちゃんのだから、すごく小さいものだよ」

「お墓《はか》に入れなくて、いいの？」

「うん。いいんだってさ。入れても、お家に置いておいてもいい、って言われた。母さんが、まだいっしょにいたい、って言ったんだ。ひとりでお墓《はか》に入れるのはかわいそうだから、って。だから、しばらく家に置くことに決めた」

なんだか気持ちがひんやりとした。これまでふつうに暮《く》らしていたあの家に、骨《ほね》がある。小さい骨《ほね》がある。家がなんだかちがうものみたいに思えてくる。

「けど、前から話してたんだ。そろそろ骨《ほね》をお墓《はか》に納《おさ》めてもいいんじゃないか、って。それで、この十三回忌《かいき》に、一度お墓《はか》を開けて、納骨《のうこつ》することになった」

大事な話、っていうのは、このことだったんだな。さっきまでの楽しい気持ちがなくなって、胸《むね》のなかがずんと重くなった。

なんで重くなったのか、よくわからない。姉さんがいたこと、生まれてすぐに死んじゃったこと。骨《ほね》が家にあったこと。全部はじめて聞く話で、もちろん楽しい話じゃない。けど、亡《な》くなったのはもうずっと前のことだ。

それに、ぼくは一度も会ったことがない。いままでそんなことはないものとして生きてきた。

「わかったよ」

「大丈夫《だいじょうぶ》か?」

父さんが言った。この場合の「大丈夫《だいじょうぶ》」はどういう意味なんだろう。この前の弓子さんとの話を思い出して、ちょっと思った。

「うん。大丈夫《だいじょうぶ》」

ぼくはテーブルの上のお皿を見ながら言った。

「よかった。ずっと、いつ話そうか、考えてたんだ。広太がわかる歳《とし》になってから、って思ってたけど、広太ももう、十一歳《さい》だもんな」

父さんの声がする。七月十五日で十一歳《さい》になった。お皿の上に残ったブロッコリーのかけらを見ながら、うん、とうなずいた。

「むかし、おじいちゃんが言ってた。人間、十歳《さい》になれば、感情《かんじょう》の元はすべてそろう、って。成長して複雑《ふくざつ》になることはあっても、基本《きほん》は全部持ってるんだ、って」

そうなのか、と思った。でも、よくわからない。悲しいのとも怖《こわ》いのともちがう、変なもやもやが胸《むね》のなかに広がっていた。


そのあとは、旅行の話になった。今年は白川郷《しらかわごう》というところに寄《よ》る、世界遺産《いさん》の合掌造《がっしょうづく》りっていう建物を見るんだよ。父さんはそう言って、スマホで合掌造《がっしょうづく》りの写真や説明を見せてくれた。

家に帰ると、母さんの方が先に帰ってきていて、テレビを見たり、お風呂《ふろ》に入ったり、いつもと同じような時間が過《す》ぎた。さっき感じたずんとした重いものは消えて、なんでもないことのように思えた。

だけど……。自分の部屋でベッドに入り、目を閉《と》じて眠《ねむ》ろうとしたとたん、急に頭のなかに、小さな丸い壺《つぼ》が浮《う》かび上がってきた。

なんだろう、この壺《つぼ》。どこかで見た……。

思い出した。

あれは小さいころ、奥《おく》の部屋の隅《すみ》の棚《たな》のなかで見つけたやつだ。

あのころは、まだ前の家だった。マンションで、ここよりずっと狭《せま》かった。

母さんが掃除《そうじ》してたか、料理してたか、とにかく忙《いそが》しそうで、ぼくはヒマになって和室の棚《たな》の扉《とびら》を片《かた》っ端《ぱし》から開けて、なかをのぞいていた。

母さんの服とか化粧品《けしょうひん》とかアクセサリーとか、父さんの文房具《ぶんぼうぐ》とか、わけのわからない見たことのないものがたくさんあって、わくわくした。

そのうち、棚《たな》の上にもうひとつ小さな棚《たな》があるのに気づいた。そこまで背《せ》が届《とど》かなかったぼくは、椅子《いす》を持ってきてその上にのり、棚《たな》を開けた。棚《たな》のなかにはポツンと壺《つぼ》がひとつ置かれ、まわりにはお菓子《かし》や古い小さなおもちゃが並《なら》んでいた。

なぜかすごく怖《こわ》くなって、だけど、すごく気になって、怖《こわ》いのにじっと見ていた。きれいな色の飴《あめ》やお菓子《かし》。女の子が髪《かみ》につけるリボン。小さなぬいぐるみ。子ども用だけど、ぼくのものじゃないのはたしかだ。だって、全部女の子用だったから。

――なにしてるの？

うしろから声がした。ふりかえると、母さんがいた。

――ダメよ。危《あぶ》ないでしょ。

母さんはそう言って、ぼくを抱《だ》いて床《ゆか》に下ろした。

――ねえ、ママ、あれ、なに？

ぼくは棚《たな》をさして訊《き》いた。

――いいの。

母さんはそれだけしか答えなかった。だけど、なんとなくその顔が怖《こわ》くて、ぼくはそれ以上訊《き》かなかった。

そのあとすぐに引っ越《こ》しして、いまの家に来た。あの棚《たな》は見えるところにはなかったし、ぼくもそのころには棚《たな》のことを忘《わす》れてしまっていた。いや、思い出さないようにしていたのかもしれない。

あれは、あの小さな丸い壺《つぼ》は、姉さんの遺骨《いこつ》だったんじゃないか。

今日《きょう》の父さんの話を思い出し、ぶるぶるっとした。

赤ちゃんのときに死んでしまった姉さん。だから、あの丸い壺《つぼ》のまわりには、お菓子《かし》や女の子用のおもちゃや、アクセサリーが置いてあったんだ。

もやもやが胸《むね》の下の方でぐううっとふくらんで、苦しくなる。吐《は》き出したくなる。

きょうだいがいた。

きょうだいが死んだ。

このもやもやはなんだろう。会ったこともないんだから、悲しかったり、苦しかったりするのはおかしい。もしかしたら、そういう大事なことをこの家で自分だけが知らなかった、ってことが嫌《いや》なのかもしれない。

たとえば、ぼくは今日《きょう》のプールがすごく楽しかった。朝からずっと浮《う》かれていて、行ってるあいだもずっと楽しくて、次にどのスライダーにするか、ってことばかり考えていた。父さんもそうだと思っていた。

でもちがったんだ。父さんはもしかしたら、プールにいるあいだずっと、このことをぼくにどう話そうか考えていたのかもしれない。それどころか、今日《きょう》ぼくをプールに連れて行ってくれたのも、これを話すためだったのかもしれない。

母さんがいないときをねらって……というか、あらかじめ母さんと相談して、父さんとぼくがふたりのときにこの話をする、って決めてたのかもしれない。

ちょっとだけ、だまされた気がした。なんだかいやな気がした。父さんにも母さんにも悪気がないのもわかる。姉さんのことを言わなかったのも、ぼくがいろんなことがわかるようになるまで待ってただけ。

けど、なんか嫌《いや》だ。

この家に、ぼくの知らないものがたくさんある気がした。あの丸い壺《つぼ》。父さんの気持ちも、母さんの気持ちも、これまでは全部わかってる気がしてたのに、ほんとはいろんなことが隠《かく》されていた。それがどうしようもなく、嫌《いや》だった。


目覚まし時計が鳴って、起き上がった。今日《きょう》は塾《じゅく》がある。

なかなか眠《ねむ》れなくて、ずっと暗い天井《てんじょう》を見ていた。気がつくと明るくなっていたから、たぶん途中《とちゅう》で眠《ねむ》ったんだろう。

リビングに出ると、母さんがいた。テーブルにお弁当《べんとう》と朝ごはんがあった。父さんはもう会社に行ってしまったらしい。母さんに、おはよう、と言われたけど、ぼくは答えなかった。一言もしゃべらず、家を出た。八時前なのにもう暑くて、歩いているだけで汗《あせ》が出る。

なんであんな態度《たいど》をとっちゃったんだろう?

なんだか、わけもなくいらいらしていた。だから口をきかなかった。母さんはなにも悪くない。わかっているのに、いらいらをぶつけないと気がすまなかった。母さんにあたったって、どうしようもないのに。

そういう自分が嫌《いや》で、またしてもむしゃくしゃして、塾《じゅく》に向かって走った。

4

塾《じゅく》から帰って、鍵《かぎ》を開ける。父さんも母さんも仕事でいない。家のなかも暑くて、すぐにエアコンをつけた。昨日《きのう》からのことが気になって、遊びに行く気もしない。自分の部屋のベッドにごろんとなって、あーあ、とため息をついた。

しばらくごろごろしたあと、思い立って、父さんと母さんの部屋に入った。あの小さな棚《たな》はどこにもない。目につくところには。あまり入ったことのないウォークインクロゼットのなかも探《さが》したけれど、棚《たな》はなかった。

あの棚《たな》、なくなっちゃったのかなあ。そしたら、壺《つぼ》はどこにあるんだろう。クロゼットの奥《おく》？　だけど、そんなところにしまいこんでしまうのは、ちょっと変だ。

ふと、部屋の隅《すみ》の母さん用の机《つくえ》に目が行った。机《つくえ》の端《はし》、壁沿《かべぞ》いに木の箱が置かれている。ちょうどあの丸い壺《つぼ》が入るくらいの大きさだ。少し怖《こわ》い気もしたが、そうっと蓋《ふた》を開けた。

あった……。

息がもれた。見覚えのある小さな壺《つぼ》は、記憶《きおく》よりずっと小さかった。それを囲《かこ》むように、お菓子《かし》、小さなぬいぐるみ、かわいいリボン。前に見たのと同じだ。

不思議と、あまり怖《こわ》くなかった。前見たときに感じたような怖《こわ》さも少し感じたけれど、むしろかわいらしいような気がした。母さんは、いまもずっとこれを大切にしてるんだ。そう思うと、なぜかほっとした。

姉さん……ずっと赤ちゃんのままの姉さん。

壺《つぼ》に指をのばす。でも、触《さわ》っちゃいけない気がした。

こんなこと、恥《は》ずかしくてだれにも言えないけど、箱のなかがどこか知らない世界につながって、開けているとそこに引き込《こ》まれてしまう気がした。ぱたん、と蓋《ふた》を閉《と》じ、部屋を出た。


夜、父さんはいなかった。残業で、夕飯は外で食べてくるらしい。

母さんとふたりで向かい合って座《すわ》る。朝のことを気にしているのか、母さんは話しかけてこなかった。テレビもつけなかったので、すごく静かだった。

「あのさ」

もくもくとごはんを食べている母さんに言った。

「母さんの机《つくえ》の上に木の箱があるでしょ？」

そう訊《き》くと、母さんはなにも言わずにうなずいた。

「あのなかに入ってる丸い壺《つぼ》。あれが、お骨《こつ》なのかな」

「そうだよ」

母さんはすぐに答えた。次になにを言えばいいかわからなくて、じっと黙《だま》った。

「なんで今まで教えてくれなかったの？」

今度は母さんが黙《だま》った。

「ぼくがいろんなことわかるようになるまで待ってたんだよね。父さんから聞いた。それはわかるんだ。だけど……」

だけど、なんなのか。なにを言いたいのか自分でもわからず、そこで止まった。

「ごめんね」

母さんが小さな声で言った。

「それはね、わたしにとってはすごくつらいことだったの」

母さんは、どこか遠くを見た。え、と思った。いつもとすごくちがっていた。魂《たましい》をうばわれた、というのは、こういう顔かも、と思った。

「いつ話したらいいかわからなかった。あまり小さいころは、ほんとはお姉ちゃんがいた、って言ったら混乱《こんらん》するだろうし、意味もわからないだろうし、だから、ちゃんとわかるまで待とう、と思ってたんだけど、そしたら今度は『死』っていうのがあまりにも衝撃《しょうげき》が大きい気がして、急いで言わなければならないことじゃないから、先のばしにしてしまったんだよね」

母さんはぼんやりと言う。

「二年生のとき、自分が生まれたときのことを親にインタビューする、っていう授業《じゅぎょう》があったでしょ？　あのときちょっと話そうかとも思ったんだよね。でも、結局どう言ったらいいかわからなくて、そのままになっちゃった」

「そうか……」

「前の家に住んでたころ、広太があの壺《つぼ》を見つけちゃったこともあって……」

「覚えてるよ。ひとりで椅子《いす》に乗って、棚《たな》を開けて……」

「あのときも、ちょっと話そうかな、と思ったのよ。考えたら、あのとき話せばよかったのかもしれない。下手《へた》に隠《かく》さないで。あのとき話さなかったから、きっかけがなくなって、どんどん先送りになっちゃって」

うつむいて、息をつく。

「ううん、ちがう。きっと、わたしが話せなかったんだよね。口にすることができなかった。『あわゆき』がもういないことはわかってたし、そのあと広太が生まれて……もう大丈夫《だいじょうぶ》だって、思ってたのにね」

「あわゆき？」

ぼくは訊《き》いた。

「その子の名前」

母さんが答えた。

その子は、ぼくの姉さんは、「あわゆき」という名前だった。生まれたのは、ぼくが生まれる一年前。

難産《なんざん》で、何時間もがんばったけれど、結局帝王切開《ていおうせっかい》になり、母さんは子どもが生まれてすぐに眠《ねむ》ってしまった。目がさめるとすぐにお医者さんがやってきて、お子さんはそんなに長く生きられない、と言った。

なにを言われているのかわからなかった。生まれたばかりなのに、そんなことわかるわけがない、とお医者さんに食ってかかった。父さんも、駆《か》けつけたお祖母《ばあ》ちゃんも、一生懸命《いっしょうけんめい》なだめたけど、どうにもならなかった。母さんも父さんも、ほとんど抱《だ》っこすることもできないまま、三日後に子どもは死んでしまった。

「もう、なにがなんだかわからなくなって、でも、病院から言われたの。市役所に出生届《しゅっしょうとどけ》と死亡届《しぼうとどけ》を出してください、って。三日だけでも生きていたから、両方出さなくちゃいけないんです、って」

母さんが泣きそうな顔になる。

「わたしはもうそんなの書く気力もなかったから、父さんが書くって言って、書類に向かったの。で、『名前、どうしようか』って。候補《こうほ》はいろいろあったのよ。だけど、ちゃんとその子の顔を見てから決めよう、って言ってたの。なにも答えられずにいたら、『じゃあ、あわゆきにしようか』って、父さんが言った」

母さんが天井《てんじょう》を見上げた。

「『あわゆき』ってね、わたしが出した候補《こうほ》だったの。予定日が三月だったからね。前の年の三月に少しだけ雪が降《ふ》ったのを思い出して。ひらがなで『あわゆき』。響《ひび》きもいいし、字で書いた感じもかわいくて、わたしはすごく気に入ってたんだけど、父さんには『すぐ消えちゃいそうでよくない』って反対されてたんだ」

ほんとにすぐ消えちゃったんだ。胸《むね》のなかにまたもやもやが広がってくる。

「抱《だ》っこしたとき、ほやほやっとして、淡雪《あわゆき》みたいだと思ったんだ。父さんに『ほんとにそれでいいの？』って訊《き》いたら、『いいよ』って」

　母さんはちょっと泣いていた。

「『あわゆき』の名前を紙に書いたのは、その二回だけかもしれないなあ。出生届《しゅっしょうとどけ》と死亡届《しぼうとどけ》。書きながら『ごめんね』って謝《あやま》った。もしかしたら、わたしがそんな名前を考えたから、すぐに消えちゃったのかな、って」

「そんなこと、ないよ」

　ぼくは言った。

「わかってるよ。そんなの、関係ないって。お医者さんも、先天的な異常《いじょう》でだれのせいでもない、って言ってたしね。けど……信じられなかったんだよね。理由もなく赤ちゃんが死んじゃう、なんてことが」

「壺《つぼ》のまわりに、お菓子《かし》とか、おもちゃとか置いてあったでしょ？」

「うん。おもちゃはね、生まれる前にお祝いでもらってたものなの。捨《す》てられなくて。まだ小さいんだから、わたしが守ってやらないと、ってずっと思ってた」

「お墓《はか》に入れなかったのも？」

「だって、暗いところに入れて、だれにも会えなかったら寂《さび》しいでしょう？　ずっとこの家にいっしょにいようって。父さんもなにも言わなかった。だけど、広太が十歳《さい》になったころからかな。あわゆきも向こうの世界で眠《ねむ》らせてあげた方がいいのかも、って思うようになったの」

母さんは言った。見たことのない表情《ひょうじょう》だった。悲しいとか、さびしいとか、そういうのとは少しちがっていて、なんだか知らない人みたいに見えた。

「それで、父さんと相談して、お墓《はか》に納《おさ》めてもらうことにしたんだ。でも、ほんとはまだ少し迷《まよ》ってる。あわゆきがさびしがるかなあ、って」

母さんはちょっと笑った。

「変な思いさせて、ごめんね。もっと早くに、ちゃんと話しておけばよかったね」

「大丈夫《だいじょうぶ》だよ」

母さんの方がずっと辛《つら》かったはずだ。

「壺《つぼ》のことも驚《おどろ》いたけど、小さいころから気になってたことが解決《かいけつ》して、すっきりした。姉さんがいた、っていうのは、まだぴんと来ないけど」

母さんは笑った。いつもの顔で、ほっとした。

だけど、夜寝《ね》ようとすると、またあの小さな壺《つぼ》のことを思い出してしまった。

「あわゆき」

名前があったのか。そう思うと、昨日《きのう》はぼんやりしていたその子が、ちゃんと身体《からだ》のある人間のように思えてくる。怖《こわ》いような、苦しいような、もやもやとしたものがふくらんで、吐《は》き出そうと思っても吐《は》き出せない。

あわゆきが生まれたのは、ぼくが生まれる一年前だった、と母さんは言った。正《せい》確《かく》には、あわゆきが三月生まれ、ぼくが七月生まれだから、一年と四ヶ月だ。

胎児《たいじ》が母親のお腹《なか》にいるのは、一年くらいだったはず。ということは、あわゆきが亡《な》くなってわりとすぐに、ぼくの元が誕生《たんじょう》した、っていうことだ。

じゃあ、もし……あわゆきが生きていたら？

もしかしたら、ぼくはこの世にいなかったのかもしれない。

ぼくがいない世界。

ときどき、死ぬってどういうことなんだろう、と思う。死んだら、どこに行くんだろう？　天国、っていう人もいるけど、ぼくは信じない。人間は死んだら終わりだ。なにもなくなるんだ。

でも……なにもない、ってなんだ？　真っ暗いなかにふわふわ浮《う》かんでいる感じ？　いや、それもちがう。だって、なにもないんだから。浮《う》かんでいるぼくもいないんだから。真っ暗なだけじゃない、その空間そのものがないんだから。

なにもない。考えるとぞっとした。

ぼくがいない世界。最初からどこにもいない。これは、もっと怖《こわ》い。怖《こわ》くて、何度も時計を見て、寝返《ねがえ》りを打った。全然眠《ねむ》れない。闇《やみ》のなかで、ぼくの目玉だけがぎょろぎょろ光っている気がした。

身体《からだ》がなくなって、目玉だけが宇宙《うちゅう》空間みたいなところを飛んでいる。宇宙《うちゅう》空間だと思ったけれど、星もなくて、真っ黒じゃない、紫《むらさき》や赤の渦《うず》がぐるぐる巻《ま》いて、これは星雲というものだろうか、と思った。

はっと気がつくと、ぼくは野原みたいなところにいた。足元に白い花がたくさん咲《さ》いている。見上げると、空にはさっきの紫《むらさき》や赤の渦《うず》がぐるぐる巻《ま》いていた。

歩きはじめようとして、変だ、と気づいた。なぜかぼくはスカートをはいているのだ。スカートじゃない、白いワンピース。あれっ、と思った。髪《かみ》も長くて、頭に手をやると、リボンみたいなものまでついている。手も足も、女の子みたいに細い。

ああ、女の子になってる。ぼくは気づいた。白い花びらがひらひらと舞《ま》って、きれいだなあ、と思う。だけど、まわりにはだれもいない。気づくと空がどんどん暗くなってくる。紫《むらさき》や赤の渦《うず》も消えて、真っ黒になってくる。

さああっと自分の手が砂《すな》になって消える。

ぼくはもう、死んでるんだ、と気づく。

怖《こわ》くて叫《さけ》びたくなるけど、声が出ない。

白い花がふわあっと舞《ま》い上がり、じゅわっと溶《と》ける。

花じゃない、雪だ。

そう気づいたとき、うわあっ、と声が出て、目が覚めた。自分の叫《さけ》び声の最後が聞こえて、いつもの部屋にいる、と気づいた。心臓《しんぞう》がどきどきしていた。部屋のなかを見回し、思った。あれは、夢《ゆめ》だったんだ。しばらくなにが起こったのかわからなくて、夢《ゆめ》と現実《げんじつ》がごっちゃになっていた。

ぼくは、寝《ね》てたんだ。眠《ねむ》りに落ちる前のことを思い出した。死ぬこととか、自分がいない世界のことを考えていて、目が冴《さ》えて、眠《ねむ》れなくなった。だけど、結局、眠《ねむ》ってしまったんだ。眠《ねむ》って、夢《ゆめ》を見た。

たぶん、あわゆきのことを考えてたからなんだろう。女の子になった夢《ゆめ》を見たのは。まわりにあった白い花みたいな雪のことも、あわゆきの名前を聞いたから。

そう考えると、すごく単純《たんじゅん》なことに思えた。けど、まだどきどきしていたし、砂《すな》になって消えていくときの恐怖《きょうふ》は全然消えなかった。

枕元《まくらもと》の目覚まし時計を見ると、一時だった。眠《ねむ》れない、と思って何度も時計を見ていたとき、最後は十二時すぎだった気がする。そこからもう夢《ゆめ》だったのかもしれないが、あれが十二時すぎだったとしたら、たいして眠《ねむ》ってない、ってことだ。汗《あせ》びっしょりだったし、喉《のど》も渇《かわ》いた。ぼくは起き上がり、引き出しから新しいシャツを出して、着替《きが》えた。水を飲もう、と部屋を出た。

リビングのあかりがついている。キッチンからかたかたと音がした。

母さん？

それとも、父さんが帰ってきたのかな？

キッチンをのぞくと、父さんが冷蔵庫《れいぞうこ》のドアを閉《し》めているところだった。

「広太？　どうしたんだ？　まだ起きてたのか？」

ちょっと驚《おどろ》いたように言った。

「ううん。寝《ね》てたんだけど、目が覚めちゃって」

「ああ、ごめん、父さんが音立てたから？」

「ちがう。ちょっと変な夢見《ゆめみ》て、起きた。で、なんか、目が冴《さ》えちゃって」

「じゃあ、なんか飲むか？　牛乳《ぎゅうにゅう》飲むと眠《ねむ》くなる、って母さんが言ってたな」

「わかった」

ぼくは自分のコップを出し、牛乳《ぎゅうにゅう》を入れた。

「あわゆき、っていう名前だったんでしょ?」

父さんが、え、という顔になった。

「夜、母さんと話したんだ。姉さんのこと」

父さんはうなずいたまま、なにも言わない。ぼくも黙《だま》って牛乳《ぎゅうにゅう》を飲んだ。

「母さんにも病院にも責任《せきにん》はない。運命だったんだよ。それでも母さんは自分を責《せ》めてた。ずっと泣いてたんだ。三日しかいっしょにいなかっただろう? だから、まわりにもあまりわかってもらえなくてね。まだ若《わか》いから、次がある、って言われて。励《はげ》ますつもりで言ってくれてるんだろうけど、母さんにとってはそういう問題じゃなかったんだよなあ。次はある。けど、それはあわゆきじゃない」

ずっと泣いてた。母さんが……。

「三日だもんなあ。まだ目も開いてない。この世界にあるものをなにも見ないうちに消えてしまった……」

父さんが宙《ちゅう》を見上げた。

「広太の妊娠《にんしん》がわかってから、母さんも少し変わったんだ。ちゃんと食事するようになったし、笑うようになった。前のことがあるから、すごく神経質《しんけいしつ》になってたけど、広太は元気に生まれて……あのときは、ほんとうにうれしそうだった。広太のことは大事に大事に育てたんだよ、俺《おれ》から見れば過保護《かほご》に思えるくらい」

父さんは、ちょっと笑った。ぼくも無理やり笑顔を作った。

「あわゆきのことも、ずっと自分が守らないと、と思っていたみたいで。母さんの気のすむまで、それでいい、と思ってた。今回は、母さんから言ってきたんだ。そろそろお墓《はか》に入れてあげましょう、って」

「母さんもそう言ってた。向こうの世界でゆっくり眠《ねむ》らせてあげたい、って」

「そうか……母さん、どんな感じだった？」

「まださびしそうだった。少し迷《まよ》ってる、って言ってた」

ぼくは言った。

「まあ、そうだよな。いちおうお寺さんには話してあるけど、母さん次第、って父さんは思ってる」

「わかった」

「さあ、寝《ね》よう。牛乳《ぎゅうにゅう》が効《き》いて、きっと眠《ねむ》れるよ」

父さんがぼくを見る。なんだか少し安心した。

5

ほんとうに牛乳《ぎゅうにゅう》が効《き》いたのかはわからない。でも、そのあとはすぐに寝《ね》てしまった。次の朝は少し眠《ねむ》かったけど、いつも通り塾《じゅく》に行った。

だけど、もやもやはまだ消えない。ちょっと気持ちがゆるむと、あの壺《つぼ》と、壺《つぼ》のまわりのおもちゃが浮《う》かんでくる。死とか「なにもない」こととかへの恐怖《きょうふ》。ぼくのすぐ横に世界の破《わ》れ目があって、向こうにはなにもない。

父さんや母さんに隠《かく》し事されて嫌《いや》だった、みたいな気持ちはなくなったけど、父さんと母さんがすごく辛《つら》い思いをしたこと、自分がそれに気づかずにいたことを思うと、苦しくなる。ぼくだけが子どもでバカみたい、とか、なにもできないことが辛《つら》い、とか、そういうことじゃない。世界にはどうしようもないことがあるってことがのしかかってきて、重くて重くて、たまらなかった。

塾《じゅく》から帰って、カバンを家に置く。父さんも母さんも仕事でいない。家にひとりでいるのが嫌《いや》で、外に出た。でも、友だちと遊ぶ気にもなれない。

そうだ。あそこに行ってみよう。

なぜか弓子さんの顔が頭に浮《う》かび、三日月堂《みかづきどう》に向かった。

ガラス越《ご》しにお店のなかを見る。お客さんはいないみたいだ。弓子さんはひとりで機械を動かしている。この前見た、円盤《えんばん》のついた機械だ。手を休め、顔を上げた弓子さんと目が合った。

「広太くん、どうしたの？」

弓子さんが近づいてきて、扉《とびら》を開けた。

「別に、用ってわけじゃ、ないんですけど……」

もごもごと答えた。

「なか、入ったら？　この前のワークショップのことも相談したいしね」

弓子さんが言って、手招《てまね》きした。

「いまね、一仕事終わったから、休憩《きゅうけい》しようと思ってたところなの。お茶いれるけど、広太くんも飲む？」

「あ、はい。飲みます」

大丈夫《だいじょうぶ》です、と答えようとして、やめた。けっこう喉《のど》が渇《かわ》いていた。

弓子さんはいったん店の奥《おく》に行き、グラスに入った麦茶を持って出てきた。

「いま、あの機械を動かしてましたよね？　なにを刷ってたんですか？」

「この前のお客さんの名刺《めいし》。あのあとちょっと調整して、いまようやく本刷りが終わったところ」

弓子さんが刷り上がった名刺《めいし》を見せてくれた。文字の横に小さな星が並《なら》んでいる。

「あ、オリオン座《ざ》」

思い出して、言った。星座《せいざ》のオリオン座《ざ》だ。保育園《ほいくえん》のころ先生に習って、リボンみたいな形だから、みんな「おリボン座《ざ》」だと思い込《こ》んでいた。オリオンがギリシャ神話の神さまだと知ったのは、小学三年生くらいだっただろうか。

「そう、オリオン座《ざ》。あのお客さん、わたしの父と友だちだったの。大学で同じ天文研究室にいてね。卒業してからは高校の先生をしてたの。うちが印刷所だって聞いてて、就職《しゅうしょく》してからうちに名刺《めいし》を作りに来たことがあったんですって」

「弓子さんのお父さんも印刷所で働いてるの？」

「ううん。ここをやってたのは祖父《そふ》。父も大学を出て、高校の先生をしてたのよ」

「そうだったんだ」

「この前広太くんが来たときは、文字だけの名刺《めいし》だったでしょ？　でもそれじゃさびしいかな、って思って、小さいころ、その人からオリオン座《ざ》のことを教えてもらったのを思い出した。星の活字があるから、それをオリオン座《ざ》の形に並《なら》べてみよう、って。サンプルを見せたら、気に入ってもらえて」

ふふっと笑った。

「わたしにオリオン座《ざ》を教えたときのこと、覚えていてくれたみたい。『弓子ちゃん、あのとき、おリボン座《ざ》だと思い込《こ》んじゃったからなあ』って。ほら、似《に》てるでしょ、リボンの形に」

「ほんと？　保育園《ほいくえん》で習ったとき、ぼくもおリボン座《ざ》だと思った」

「そうだよね、みんな思うよね」

弓子さんと同じ。なぜかちょっとうれしかった。

「なんだか、なつかしかったなあ。父と話してるみたいで」

「その人、似《に》てるんですか？　弓子さんのお父さんと」

「ううん。顔は全然似《に》てない。星が好きだからかな。子どものころ、その人が父と星の話をしているのを見て、同じ種族だ、と思っていたんだよね。その記憶《きおく》が残ってる。あ、ごめんね、わけのわからないこと言っちゃったね」

弓子さんが笑った。だけど、ちょっとさびしそうだ。

父と話してるみたいでなつかしかった。そう言ってたけど……。

「あの……弓子さんのお父さんって……」

「うん。亡《な》くなったんだ、三年前に」

あっと息を呑《の》んだ。さっきからずっとお父さんのことを話すとき、過去形《かこけい》だったと気づいた。

「ごめんなさい、あの……」

「いいんだよ、別に。大丈夫《だいじょうぶ》」

すうっと胸《むね》のなかにもやもやが広がった。

世界の破《わ》れ目。弓子さんも破《わ》れ目の近くにいる。

「怖《こわ》くならない？」

「え？」

「人が死ぬって、怖《こわ》いことでしょう？　そういうのがすぐ近くにある感じがして、怖《こわ》くなることって、ない？」

ぼくはじっと弓子さんを見た。弓子さんもじっとこっちを見た。

「あるよ」

しばらくして、弓子さんは言った。

「怖《こわ》くて、悲しくて、どこかに落っこちちゃいそうな気がすることがある」

「そう……なの？」

ちょっとほっとした。大人《おとな》の人でも……弓子さんくらいの大人《おとな》の人でも、ぼくみたいな気持ちになるんだ。

「広太くん、最近だれか亡《な》くなったの？」

「なんでわかるの？」

「だって、ふつうはそんな話、しないでしょ？」

弓子さんの目尻《めじり》が少し下がる。

「うん」

うなずいて、うつむいた。大人《おとな》って、なんでもわかるんだな。ぼくたちより長く生きてるからかな。なんだかくやしい。

「でもね、亡《な》くなったのは、最近じゃないんだ。もうずっと……十年以上前の話」

「十年以上？　広太くんって、いくつだっけ？」

「十一歳《さい》。亡《な》くなったのは、ぼくが生まれる前。ぼくには姉さんがいたんだって。でも、生まれて三日で死んじゃった」

そうして、これまでのことを話した。それを知ったのがつい最近だということ。あわゆきの骨《ほね》が、ずっと自分の家にあったということ。小さいころそれを見て、ちょっと怖《こわ》いと思ったこと。今度のお墓《はか》まいりのとき、納骨《のうこつ》するということ。

「ずっと、胸《むね》のなかがもやもやしてるんだ。暗くて、重いものがぎっしり詰《つ》まってる感じ。苦しくて、吐《は》き出したいんだけど、ダメなんだ」

涙《なみだ》が出そうになって、うつむいた。

「でもさ、なんでこんな気持ちになるのかわからない。だって、ぼくは会ったこともないんだよ。今までそんなことはずっと知らずにいたし、知らなくてもなにも困《こま》らなかった。だから、忘《わす》れちゃってもいいはずなのに、全然ダメなんだ」

ぶるぶると首を振《ふ》った。

「だいたい、なんでだと思う？　子どもが死んじゃってから、母さんはずっと泣いてた、って父さんが言ってた。三日しか生きてないのに。弓子さんのお父さんはそれまでいっしょに過《す》ごした時間があったでしょ？　だから、悲しいのはわかる。けど、いっしょに過《す》ごしてもいないのに、どうして……？」

なぜかぽたぽた涙《なみだ》が出た。はずかしくてずっとうつむいていた。

しばらくして、肩《かた》にあったかいものが触《さわ》った。弓子さんの手だった。

「父の記憶《きおく》はたくさんあるよ。過去《かこ》の記憶《きおく》はその人がいなくなっても残る。けど、生きていたらいっしょに過《す》ごせたかもしれない時間は？」

弓子さんがゆっくりと言った。

「もし父が生きていたら、もう一度天文台に行けたかもしれない。いっしょに望遠鏡を見て、子どものころみたいに星の話を聞けたかもしれない。いっしょにおいしいものを食べられたかもしれない。きれいなものが見られたかもしれない」

顔を上げて、弓子さんの顔を見た。

「わたしには、父の記憶《きおく》がある。それはずっと宝物《たからもの》だよ。けど、広太くんのお父さん、お母さんには、なくなっちゃった未来。あわゆきと過《す》ごしたかもしれない日々《ひび》。なくなっちゃった未来。あわゆきと過ごしたかもしれない未来しかない」

——三日だもんなあ。まだ目も開いてない。この世界にあるものをなにも見ないうちに消えてしまった……。

父さんの声を思い出す。その子の目は閉《と》じたままで、父さんも母さんもその子の目を見ていない。生きていたらどんなことを話したのか、どんな表情《ひょうじょう》をしたのか、なにが好きで、なにが嫌《きら》いだったのか。なにひとつ知らない。

「それに、広太くんのお母さんはその子とつながってたんだよ。ずっとお腹《なか》にいたんだもんね。だから、なくなったら痛《いた》い。自分の身体《からだ》の一部がなくなるみたいに痛《いた》い。広太くんもそうなんだよ。会ったことはなくても、その子とつながってる。だから、なくなったら痛《いた》い」

「それって……いつか痛《いた》くなくなる？」

ぼくは訊《き》いた。いままでは痛《いた》くなかった。なにも知らなかったから。だけど、知ってしまった。知らない方がよかったとは思わない。けど、このもやもやは……ずっとこのまま、なくならないんだろうか。

父さんも母さんもぼくも、この痛《いた》さを知らないころに戻《もど》れないんだろうか。

「なくならないかもしれない」

弓子さんが言った。

「あとはずっと消えないかもしれない。でも、大事なものだから、痛《いた》くても消しちゃいけないと思う」

「消しちゃ、いけない……」

夢《ゆめ》のなかで、自分の手が砂《すな》のようにくずれていったのを思い出す。

あわゆきは消えてしまった。残ったのはあの小さな壺《つぼ》のなかの骨《ほね》と、父さんと母さんの心の痛《いた》みだけ。

——抱《だ》っこしたとき、ほやほやっとして、淡雪《あわゆき》みたいだと思ったんだ。

——「あわゆき」の名前を紙に書いたのは、その二回だけかもしれないなあ。

ああ、でも……。残ったものがもうひとつある。「あわゆき」という名前だ。

この前弓子さんから聞いた「ファースト名刺《めいし》」のことを思い出した。赤ちゃん用の名刺《めいし》。苗字《みょうじ》も住所もない、名前だけの名刺《めいし》。

「弓子さん、この前、ファースト名刺《めいし》っていうのがある、って言ってたよね？」

「うん」

「それ、ぼくにも作れる？　姉さんのファースト名刺《めいし》を作りたいんです」

ぼくが言うと、弓子さんは目を丸くした。それから、大きく息を吸《す》った。

「いいわよ」

弓子さんが言った。

「なんていう名前だったの？」

「あわゆき。ひらがなで、あわゆき。母さんが考えた名前なんだ」

「あわゆき……。きれいね」

弓子さんが目を閉《と》じる。

「でも、高いって言ってましたよね？　どれくらいなんですか？」

ぼくのお小遣《こづか》いでなんとかなるものなのか。だけど、これは父さんや母さんに頼《たの》むことじゃない。

「そうね、ひらがなで『あわゆき』だけだったらすぐに組めるし……印刷を広太くんが手伝ってくれるなら、タダでいいよ」

「そういうわけにはいかないです。ちゃんと払《はら》います」

「じゃあ、紙代だけもらおうかな。どんな紙にする？」

弓子さんが箱をいくつか持ってきた。

「白い紙がいいなあ」

「白い紙……だったら、このあたりかな」

弓子さんが箱を開けて、机《つくえ》の上に紙を並《なら》べる。

「白っていってもいろいろなのがあるよ。クリーム色っぽいの、真っ白いの……」

たしかにいろんな白があった。厚《あつ》さも、触《さわ》った感じもちがう。薄《うす》いの、厚《あつ》いの、つるっとした紙、ざらっとした紙、透《す》けた紙、模様《もよう》みたいなものが入った紙……。白だけで机《つくえ》の上がいっぱいになる。

「こんなにあるんだ」

「そうなの。名刺《めいし》は紙の印象《いんしょう》が大きいから、お客さんはみんな迷《まよ》うのよ」

弓子さんがもう一枚《まい》、紙を机《つくえ》に置く。

「あ、それ。その紙」

「ああ、雲の紙」

弓子さんから紙を受け取る。ちょっとざらっとして、表に不規則《ふきそく》な凸凹《でこぼこ》がある。

「雲の紙？」

「『雲の紙』っていうのは、わたしが勝手につけた名前。この凸凹《でこぼこ》がふわふわして、雲みたいでしょう？　ほんとの名前は『パルパー』」

紙を透《す》かす。少し厚《あつ》いところと薄《うす》いところがあるから、ふわふわした感じがするのだ。雲に似《に》てる。

「だけど、雪にも似《に》てるね、この紙」

弓子さんが紙を指でなでる。

「この紙にします」

「わかったわ。パルパーの白ね。ちょっと待ってて」

弓子さんが別の箱を開ける。紙をひと束出し、数えた。

「いまねえ、三十枚《まい》ちょっとあるの。これで足りるかな？」

三十枚《まい》？　父さんと母さんとぼくの三枚《まい》だけでいいかもしれないけど。だけど、印刷所でお願いするんだ、そういうわけにもいかない。

「はい」

「じゃあ、ここにあるのを全部使うね。失敗することもあるかもしれないから、三十枚《まい》より少なくなっちゃうかもしれないけど、それでいい？」

ぼくはうなずいた。

「じゃあ、決まり。でも、今日《きょう》はもう無理だね」

壁《かべ》の時計を見る。四時半をすぎている。母さんが帰ってくるまで三十分もない。

「じゃあ、また来ます。明日《あした》でもいい？　塾《じゅく》が終わって帰ってきてから。三時くらいかな」

「いいよ」

それから、いくつか見本を見せてもらって、文字を決めた。大きからず、小さからずの「五号」という大きさ。本に使われているみたいな「明朝体《みんちょうたい》」という形。

「紙を縦《たて》に使う、横に使う、文字を縦書《たてが》きにする、横書きにする……。文字と文字のあいだをどのくらいあけるか。決めなくちゃいけないことがたくさんあるのよ。今晩《こんばん》、家で考えてきてね」

弓子さんがにこっと笑った。

6

夕飯のあと、ぼくは自分の部屋にこもった。スケッチブックの紙を一枚《まい》やぶり取り、学校で作った名刺《めいし》と同じ大きさに切る。名刺《めいし》サイズの紙がたくさんできた。

真ん中に「あわゆき」と書いた。

これじゃ、大きすぎるな。

消しゴムでごしごし文字を消す。

ぼくの字はあまりうまくない。父さんに似《に》たんだ。父さんの字はなんかいつもくちゃくちゃっとして、形が悪い。書道を習っていた母さんの字はすごくきれいで、習字の時間になると、母さんに似《に》ればよかったのに、といつも思う。

もしあわゆきが生きていたら、母さんはきっと「あわゆき」という字を何回も書いたんだろう。ぼくにしてくれたのと同じように。この机《つくえ》には姉さんが座《すわ》って、自分の持ち物に「あわゆき」と書いていたのかもしれない。表札にも、父さんと母さんとぼくの名前といっしょに「あわゆき」と書かれていたのかもしれない。

背筋《せすじ》をぴんと伸《の》ばし、もう一度「あわゆき」と書いた。ぼくにできるかぎり、いちばんきれいに書いた。

名刺《めいし》サイズの紙を縦《たて》にしたり、横にしたり。文字を縦書《たてが》きにしたり、横書きにしたり。何枚《なんまい》も試した。文字を上の方に書いてみたり、下にしてみたり。斜《なな》めにしたり、少しずらしてみたり。

でも、いろいろやってみて、結局最初に書いた形にすることにした。

紙は横長。文字は横書き。名前は真ん中で、少し文字と文字の間を空ける。雪の上に置かれてるみたいでいちばんきれいだ、とぼくは思った。

次の日、昨日《きのう》作った見本を持って三日月堂《みかづきどう》に行った。

「こういう形にしたいんです」

紙を見せて言った。

「広太くん、字、きれいね」

弓子さんが紙を見て言った。

「きれいじゃないですよ。ふだんはぐにゃぐにゃで、いつも先生に、字が汚《きたな》い、って言われてます。それはがんばって、精一杯《せいいっぱい》きれいに書いたんです」

「ふうん……」

弓子さんはなぜか少しうれしそうな顔になった。

「並《なら》び方も、きれいだね。じゃあ、これにできるだけ似《に》せてやってみよう」

はい、とうなずく。きれい、と言われたのが少しうれしかった。

「明朝体《みんちょうたい》の五号だったよね。そしたら、この棚《たな》に入ってるから……」

活字の棚《たな》の前に立つ。小さな四角いものが無数に並《なら》んでいる。これが全部字なんだ、と思うと、ちょっとくらくらした。

「同じ字がこれだけあるんですね」

「よく使われる字ほどたくさんあるのよ。ほら、『の』なんてこんなにたくさん」

「ほんとだ」

「あ」の枠《わく》を見つけ、一本取り出す。銀色の細長い四角柱だ。「わ」「ゆ」「き」と順番に探《さが》す。弓子さんが持ってきた木の箱にそっと入れた。

「そろったわね。じゃあ、並《なら》べてみよう」

箱を机《つくえ》に置いて、椅子《いす》に座《すわ》る。弓子さんが、いくつか四角い金属《きんぞく》を並《なら》べた。

刷るのは「あわゆき」の四文字だけなのに。不思議に思って訊《き》いた。

「それも字ですか？」

「これはね、活字じゃないの。込《こ》めもの。空白を作るためのものなのよ。活字よりちょっと低くて、これを入れたところはなにも印刷されないの」

「へえ」

「活版《かっぱん》印刷では、こうやって活字を並《なら》べて固定して印刷するでしょ？ 隙間《すきま》を空けとくことはできない。だから、込《こ》めものを入れるの。込《こ》めものにはいろんな大きさがあるんだけど、今回の広太くんの案だと、文字と文字のあいだに、一文字分くらいずつ隙間《すきま》が空いてる。だから、この一字分の込《こ》めものを使うの」

「じゃあ、『あ』の次に込《こ》めもの、その隣《となり》に『わ』、また込《こ》めもの、って順番に入れていけばいいんですね」

「そういうこと。文字の向きを間違《まちが》えないでね」

活字と込《こ》めものを並《なら》べていく。四文字しかないからあっという間だった。

「できました」

弓子さんが並《なら》んだ活字をケースから外し、台の上の金属《きんぞく》の枠《わく》に入れた。まわりに金属《きんぞく》のかたまりを隙間《すきま》なく詰《つ》め、端《はし》をジャッキでぎゅっと締《し》める。

四角い枠《わく》を持ち、円盤《えんばん》のついた機械の下の方に取りつけた。

慣《な》れた手つきがかっこいいなあ、と思った。

「これで準備完了《じゅんびかんりょう》」

弓子さんがにこっと笑った。

「で、インキはどうしようか？」

「インキ？」

「そう。文字の色。黒でもいいけど、別の色もできるよ」

「そうなの？」

「インキは何色もあるし、絵の具と同じで、混《ま》ぜればほかの色も作れる。緑とか、紫《むらさき》とか、茶色、グレー、なんでも」

「そうか……。でも、黒にする。最初から決めてたんだ。白地に黒って」

「わかった。じゃあ、刷ってみよう」

弓子さんが円盤《えんばん》に黒インキをのせた。ローラーでよく伸《の》ばす。それから、名刺《めいし》サイズの試《ため》し刷り用の紙を置いて、ぎゅっとレバーを下ろした。

「あ、刷れてる」

紙のうえに少しかすれた字が刷られていた。

何枚《なんまい》か試《ため》し刷りをして、弓子さんはうなずいた。

「本番、刷ってみよう」

雲の紙。パルパーというあの白い紙を機械にのせる。弓子さんがぎゅっとレバーを引く。戻《もど》す。白い紙に、くっきりと黒い文字が浮《う》かび上がった。

あわゆき

姉さんの名前だ。

もうここにはいないのに、名前だけが残っている。

雪の上に、ふんわり置かれたみたいに。

「じゃあ、次からは広太くん、刷って」

左手でレバーを握《にぎ》る。冷たくて、自分の体温が吸《す》い込《こ》まれていくみたいだ。ぎゅっと握《にぎ》って下ろす。弓子さんは軽々《かるがる》とやっていたけど、思っていたよりずっと重い。

片手《かたて》じゃ足りず、両手で握《にぎ》り、止まるところまで下ろした。

「うん、それくらいでいいよ。戻《もど》すときは引っ張《ぱ》られるから気をつけてね」

力を抜《ぬ》く。うわっと持っていかれそうになり、力を入れなおした。

それから、紙を一枚《まい》置いてはレバーを下ろし、戻《もど》し、紙を取り外し、また新しい紙を置いて……。それを繰《く》り返した。

レバーを引くたびに、心のなかで「あわゆき」の名前を呼《よ》んだ。会ったこともない姉さん。生きていたら、ぼくは生まれなかったんだろうか。それとも、あとからぼくも生まれて、きょうだいになって遊んだりしたんだろうか。いっしょにごはんを食べたり、テレビを見たり、旅行に行ったりしたんだろうか。

――三日だもんなあ。まだ目も開いてない。この世界にあるものをなにも見ないうちに消えてしまった……。

――広太は元気に生まれて……あのときは母さん、ほんとうにうれしそうだった。広太のことは大事に大事に育てたんだよ、俺《おれ》から見れば過保護《かほご》に思えるくらい。

父さんも母さんもよく怒《おこ》るし、しかも怒《おこ》ったり怒《おこ》らなかったり気分によって変わるし、こっちから見たら、父さんや母さんもちゃんとできてないくせに、って思うこともある。母さんが帰ってくるのが遅《おそ》くて、玄関前《げんかんまえ》で待たされたこともある。父さんなんかずっと帰りが遅《おそ》くて、全然会えないときもある。

でも……。ぼくは父さんと母さんといっしょにいることができる。夏は暑いし、冬は寒いし、勉強はちょっと面倒《めんどう》くさいけど。でも、いろんなことができる。

レバーが重い。腕《うで》がだるい。

印刷されたものは、少しずつあいだをあけて立て掛《か》ける。そこにいくつも「あわゆき」の文字が並《なら》んでいる。窓《まど》から夕日が差して、その文字を照らしている。なぜか涙《なみだ》が出そうになり、ぶるぶるっと首を振《ふ》った。

刷り終わって、あちこち見ていたとき、壁《かべ》に貼《は》られた古い名刺《めいし》に気づいた。「活版《ぱん》印刷三日月堂《みかづきどう》　月野文造《ぶんぞう》」と書かれ、お店の看板《かんばん》と同じように、三日月《みかづき》とカラスのマークが入っている。

「弓子さん、これ、だれの名刺《めいし》？」

名刺《めいし》を指しながら訊《き》く。

「ああ、それ」

弓子さんが微笑《ほほえ》んだ。

「わたしのお祖父《じい》さん。もう何年も前に亡《な》くなったけどね」

「へえ。お祖母《ばあ》さんは？」

「亡《な》くなったわ。前はふたりでこの上に住んでたんだけどね。わたしも小さいころ一時期、ここに住んでたことがあったの」

「そうなの？」

「うん。母が早くに亡《な》くなったから、ここに預《あず》けられてたの」

「きょうだいは？」

「いない」

前にお父さんが亡《な》くなった、って言ってたけど、お母さんも亡《な》くなって、お祖父《じい》さん、お祖母《ばあ》さんも亡《な》くなってるのか。それにきょうだいもいない。

「でね、いまはここにわたしが住んでるんだ」

「ひとりで？」

「そう、ひとりで」

弓子さんがにこっとした。

「怖《こわ》くない？」

「怖《こわ》くないわよ。大人《おとな》だもの」

弓子さんが得意《とくい》そうな顔をした。

「『生きる』ってなんなのかな？」

壁《かべ》の名刺《めいし》を見ながら、ぼくは言った。

「夜、死ぬこととか考えて、ときどきすごく怖《こわ》くなるんだ。死ぬってなんだろう、なにもなくなるってどんなことなんだろう、って。で、眠《ねむ》れなくなる」

公園にあったセミの死骸《しがい》や、ミミズのミイラのことを思い出す。ぼくも死んだら、あんなふうに空っぽになるのかな。けど、それは身体《からだ》。なかに入っているぼくの心は消えてしまうんだろうか。

「そういうこと、わたしもあったよ、子どものころ」

「だいたい、なんで生きるんだろう？　なにをやったって、いつか死ぬのに。死んだらなにも残らない。よく、亡《な》くなった人がわたしたちの心のなかに生きてる、って言うけど、それはその人たちが覚えてるだけでしょ？　その人はいなくなる。人に覚えてもらってたって、死ぬ怖《こわ》さは変わらない」

「そうだよねえ」

弓子さんはちょっと笑った。

「本人からしたら、そうだよね。でも、あとに残った人にとっては、その人がいたことが支《ささ》えになるかもしれない。心って、きっとひとつじゃないんだよ。身体《からだ》に宿ってる広太くんと、ほかの人のなかにいる広太くん。ほかの人のなかの広太くんは、広太くん本人が死んじゃっても生きてる。それもほんとだと思うよ」

「そうかな」

「ほら、ここにある活字、見て」

弓子さんが部屋を見回す。

「一文字ずつ拾って、組んで、文章を作る。版《はん》はまた使うかも、と思えばそのまま保存《ほぞん》しておくし、解《と》いて、また棚《たな》にしまって、別の文章を作ることもある。わたしたちもこの版《はん》みたいなものかな、ってときどき思うの」

「どういう意味？」

「わたしは、お母さんやお父さんやお祖父《じい》ちゃんやお祖母《ばあ》ちゃんのことを覚えてる。広太くんのことも覚えた。わたしは、その人たちみんなでできてる。わたしもきっと少しずつでもいろんな人に覚えてもらって、その人の一部になってる。わたしが支《ささ》えてもらったように、わたしもだれかを支《ささ》えられるかも、って思うと……」

弓子さんが天井《てんじょう》を見上げる。

「ちょっとだけ、いい気分じゃない？」

「そうかなあ。そうかもしれないけど……。やっぱり死ぬのは怖《こわ》い」

「そりゃ、そうだよね」

弓子さんがははっ、と笑った。すごく怖《こわ》い。だから「ちょっといい気分」くらいじゃ釣《つ》り合わない。

さっき刷った「あわゆき」の名刺《めいし》を見た。

あわゆきも、怖《こわ》かったのかな。

白いふわふわした紙のうえに、あわゆきのあとがくっきりと残っている。触《さわ》ってみたい気がしたけど、弓子さんに、まだインキが完全に乾《かわ》いてないから触《さわ》らない方がいい、と言われた。

7

次の日、引き出しにためていたお小遣《こづか》いを持って、三日月堂《みかづきどう》に行った。弓子さんが箱を出してくれた。白い紙の箱だ。開くとなかに名刺《めいし》が入っていた。ちょうどよさそうな箱があったから、入れといたからね、と弓子さんが言った。

弓子さんに言われた料金（思っていたよりずっと安かった）を渡《わた》し、箱を受け取る。箱をそうっとカバンに入れ、家に戻《もど》った。

それからしばらく父さんの帰りが遅《おそ》い日が続いて、箱はぼくの部屋の机《つくえ》の引き出しのなかにあった。そのうちにだんだん不安になってきた。よく考えたら、こんなの渡《わた》しても、父さんも母さんも喜《よろこ》ばないかもしれない。辛《つら》い思い出なんだから、わざわざ思い出させるものを渡《わた》すのはよくないことかもしれない。

ますます渡《わた》せなくなって、ぐずぐずとお墓《はか》まいりに行く前日になってしまった。今日《きょう》は父さんも早く帰ってきて、明日《あした》からの準備《じゅんび》をしている。だけど、あの壺《つぼ》をどうするのかは、よくわからなかった。

「広太、明日《あした》の支度《したく》、終わったの？」

夕食が終わるころ、母さんが言った。

「うん、だいたい……」

ぼくはうなずく。そして、渡《わた》すなら今しかない、と思った。

——あとはずっと消えないかもしれない。でも、大事なものだから、痛《いた》くても消しちゃいけないと思う。

あの名刺《めいし》、弓子さんといっしょに一生懸命《いっしょうけんめい》作ったんだ。

「あの……ちょっと待ってて」

ぼくは立ち上がり、自分の部屋に入った。引き出しから名刺《めいし》の箱を取り出す。ぎゅっと手のひらに包んで、リビングに戻《もど》った。

「どうしたの？」

母さんが不思議そうな顔をした。

「ちょっと……渡《わた》したいものがあるんだ」

そこまで言って、また不安になる。だけど……。意を決して、箱を差し出した。

「なに、これ？」

母さんが箱を受け取る。

父さんも横から箱を覗《のぞ》き込《こ》んだ。

母さんが箱の蓋《ふた》を開ける。そのとたん、母さんも、父さんも、目を見開いた。

「これ……」

母さんが「あわゆき」の文字に指をのばす。

「名刺《めいし》。母さんが言ってた、活版《かっぱん》印刷の店で作ったんだ」

「え、あの朗読会《ろうどくかい》の？　どうやって……？」

「中谷先生に聞いたんだよ」

「お前、ひとりで行ったのか？」

父さんが驚《おどろ》いたように言う。

「三日月堂《みかづきどう》、って言うんだ。そこのお姉さんが、『ファースト名刺《めいし》』っていうものを教えてくれたんだよ。赤ちゃんの名刺《めいし》。住所も苗字《みょうじ》もない、名前だけの名刺《めいし》」

母さんはなにも言わず、じっと名刺《めいし》を見ている。

「あの、ぼく……『あわゆき』っていい名前だと思うんだ。淡雪《あわゆき》って春の雪でしょう？　雪が消えたら春が来る。母さんはきっと、春が来ることを思ってこの名前をつけたんだ、だから、あったかい、いい名前だとぼくは思う」

父さんも母さんもなにも言わない。どうしたらいいかわからなくなった。

「ごめんなさい。けど、三日月堂《みかづきどう》のお姉さんと話したんだ。悲しさは消えないけど、大事なものだから消しちゃいけないんだ、って。ぼくはあわゆきのことを知らない。だけど、覚えていたかったんだ、だから……」

名刺《めいし》は雪のように白くて、「あわゆき」の文字は足跡《あしあと》みたいだった。あわゆきと父さんと母さんとぼくが雪の上を歩いていくのが見えた。もしかしたら、そういう日があったのかもしれないんだな、と思った。

「悪くないよ、広太」

母さんが言った。笑おうとしているが、目には涙《なみだ》がたまっている。それを見ていたら、ぼくも泣きそうになった。

「あわゆきのお骨《こつ》、やっぱりお墓《はか》に納《おさ》めましょう」

母さんが言った。

「さびしくないのか」

父さんが言った。

「さびしく……ないよ」

母さんが泣いた。ぼくも泣いた。なぜかわからなかったけど、ただ涙《なみだ》が出た。

富山のお寺は、海の近くにある。だからちょっとだけ、海の匂《にお》いがする。セミの声がして、住職《じゅうしょく》さんのお経《きょう》が聞こえて、ここにはこういう夏がずっとずっと繰《く》り返されているんだ、と思った。ひいじいちゃんもひいばあちゃんも、そのなかで眠《ねむ》っている。

お経《きょう》をあげたあと、あわゆきのお骨《こつ》を納《おさ》めるために、お墓《はか》を開けた。父さんと叔父《じ》さんとぼくで石の蓋《ふた》を持ち上げる。蓋《ふた》は思ったよりずっと重かった。ちょっとやそっとじゃ動かなかった。

なかには骨壺《こつつぼ》が並《なら》んでいた。ひいじいちゃんの、ひいばあちゃんの、そのお父さんとお母さん。父さんがひいじいちゃんの壺《つぼ》のそばにあわゆきの壺《つぼ》を置いた。それだけとても小さかった。

母さんは泣いていた。だけど、ぼくは泣かなかった。父さんから、広太は男だから泣いちゃいけない、と言われたのだ。

——あわゆきの名刺《めいし》、ありがとうな。

今朝《けさ》、ふたりになったときに父さんが言った。

——あれができるのは、きっとお前しかいないんだ。父さんが同じことをしてもダメ。母さんの両親でもきっとダメだ。あわゆきと同じように母さんから生まれたお前だけができること。お前は、自分で考えてそれをしたんだ。立派《りっぱ》だよ。

そうなのかな。よくわからなかった。

ぼくがなにをしたって、あわゆきがいなくなったことは変わらない。きっと母さんのなかには、ずっとあわゆきのあとが残っている。

空は晴れていて、白い雲がもくもくして、セミの声がした。地面にはぼくたちの影《かげ》が濃《こ》くうつって、「あわゆき」の黒い字を思い出した。

法事が終わって、住職《じゅうしょく》さんと親戚《しんせき》と近くのお店で食事をした。十三回忌《かいき》ということもあって、父さんのいとこたちもずらっとそろって、全部で三十人近かった。

ぼくは父さんに言われ、食事の席で「あわゆき」の名刺《めいし》を配った。みんな名刺《めいし》を手のひらに大事そうに包んで、ほうっと言った。

父さんのいとこの昌代《まさよ》さんが、きれいな名刺《めいし》ですねえ、と言った。母さんは、ぼくがひとりで印刷所に頼《たの》んだのだ、と話した。昌代《まさよ》さんも川越《かわごえ》に住んでいるから、川越《かわごえ》に活版《かっぱん》の印刷所があることに驚《おどろ》いていた。

大人同士《おとなどうし》の話が続いてちょっと退屈《たいくつ》していると、住職《じゅうしょく》さんに「広太くんはいくつかな」と話しかけられた。

「十一歳《さい》。五年生です」

「五年生か。将来《しょうらい》の夢《ゆめ》はあるの？」

住職《じゅうしょく》さんに訊《き》かれて、ちょっと迷《まよ》った。去年の二分の一成人式のときにも、将来《しょうらい》なにになりたいか書きなさい、って言われた。みんなスポーツ選手とか、いろいろなことを言っていたけど、ぼくはよくわからない、と思っていた。

「まだ決まってないか」

住職《じゅうしょく》さんがちょっと笑う。

「うーん……まだよくわからないです。いまと同じように、みんなと楽しく過《す》ごせればそれでいいような気がして」

ぼくが答えると、住職《じゅうしょく》さんが笑った。

「そうか、広太くんは毎日楽しいのか。いいことだねえ。でも、それはちょっとむずかしいかもしれないよ。生きてるってことは、まあ、ときどきはそういう楽しいことがあるかもしれないけど、それはほんのちょっと。人生の大部分はね、戦い」

内心、そんなことは知ってる、と思った。これから受験だってあるし、大人《おとな》になればもっと大変なことがいっぱいあるって、ぼくだって知ってる。だけどいまは

「みんなと楽しく過《す》ごしている」ということを言葉にしてはっきり形のあるものにしておきたかった。

「ひとりで生きて、ひとりで死ぬ。それが、人間。だれだって、死ぬときはひとりだよ。楽しくても、日々《ひび》は過《す》ぎて、どんな人でもやがては老いて、亡《な》くなって、お墓《はか》に入る。生きてるのは、ほんのちょっとのあいだの、夢《ゆめ》みたいなものだ」

住職《じゅうしょく》さんの声を聞くうちに、むかし公園で見た虫たちの死骸《しがい》を思い出した。

「でもね、とてもいいことだよ。そうやって元気に生きているのは。この仕事をしていると、亡《な》くなった人とばかりいっしょにいるようなものだからねえ」

住職《じゅうしょく》さんがにこにこ笑った。


夜は海の近くの旅館に泊《と》まった。夕方、父さんと母さんと三人で海岸を歩いた。もう日は沈《しず》んで、空は暗くなってきている。

「ここはむかしとちっとも変わらないなあ。父さんが子どもだったころと全然変わってない。むかし、夏になるとここに来て、あの消波《しょうは》ブロックの近くで遊んだ」

父さんが言った。ずっと波の音がしていた。

「あわゆき、お墓《はか》に入って、安心してるかなあ」

歩きながら母さんが言った。

「してるよ」

父さんが答える。

「そうだよね。壺《つぼ》をお墓《はか》に並《なら》べたとき、そんな気がした」

母さんが息をつく。

「あわゆきはもうわたしが守らなくてもいいんだと思った。きっといままでもそうだった。あわゆきは空に行ったんだから。ほんとはあわゆきがわたしたちを守ってくれてるのかもしれない」

「そうだね」

父さんがうなずいた。星がひとつ出ていた。

父さんが靴《くつ》を脱《ぬ》ぎ捨《す》て、うおーっと声をあげて、波打ち際《ぎわ》に走っていく。

「ねえ、母さん」

ぼくは母さんを見る。

「なに?」

「あのさ。ぼくが生まれてよかったと思う?」

ぼくは訊《き》いた。

「なに言ってるの」

母さんが笑う。そして、ぼくをじっと見た。

「よかったよ。決まってるじゃない」

そう言って、笑った。

母さんもサンダルを脱《ぬ》ぎ、うおーっ、と叫《さけ》んで、走り出す。

砂《すな》の上にいくつも父さんと母さんの足跡《あしあと》ができていた。

ぼくも靴《くつ》を放り出す。足がずぶっと砂《すな》にめりこみ、足跡《あしあと》ができる。

父さん、母さん、あわゆき……。

怖《こわ》いことはたくさんある。人はいつか死んじゃうものだとも思う。でも、生きなきゃ、と思った。辛《つら》いことがたくさんあっても、いっぱいあとがついても、ちょっとのあいだだったとしても、ぼくは生きているんだから。

波の音がした。

波打ち際《ぎわ》に向かって、ぼくも走った。

海からの手紙

1

ひとり暮《ぐ》らしをしていると、家ではしゃべるということがない。週末も、出かけるあてがなく近所のスーパーに行くくらいであれば、下手《へた》をすると一日じゅうだれとも言葉を交わさない。ときどき、まだ声は出るのかしら、と不安になる。

「暑いなあ」

夕方、窓《まど》の外を見ながらつぶやいてみる。よかった、声はまだ出る、と思う。

ひとりでいるのはきらいじゃない。あまりさびしさを感じたことはない。でも、自分がだれにとってもなんでもないものになっていくようで、そういうものにこの世にいる意味があるのか、という虚《むな》しさみたいなものはときどき感じた。

窓《まど》を開けると、むわっと暑い。もう日は沈《しず》みかかっているのに。ひぐらしの声が響《ひび》く。もう八月も終わりだが、まだまだ暑さは続くのだろう。窓《まど》を開けるのはあきらめて、もう一度エアコンのスイッチを入れた。

テーブルの上に重なった書類を片《かた》づけはじめ、手が止まった。

あわゆき。

テーブルの隅《すみ》に立てかけてあった紙。名刺《めいし》サイズの真っ白い紙で、厚《あつ》みにムラがあるため、雲のような、雪のような質感《しつかん》がある。

八月の法事のときに、親戚《しんせき》の子ども、広太からもらったものだった。広太自身の名刺《めいし》ではなく、生まれてすぐに亡《な》くなった広太の姉のための名刺《めいし》である。

広太はわたしのいとこ・田口健介《けんすけ》の息子《むすこ》だ。健介《けんすけ》の家には、広太の前にあわゆきという女の子がいたが、生まれて三日で亡《な》くなった。もう十年以上前のことだ。今回は祖父《そふ》の十三回忌《かいき》で、家に置いていたあわゆきのお骨《こつ》も墓《はか》に納《おさ》めることになったのだそうだ。

名刺《めいし》は広太が作ったものらしい。法事のあとの会食の席で、広太が親戚《しんせき》に一枚《まい》一枚《まい》配っていた。白い雪のような紙に黒い文字がくっきりと刻《きざ》み込《こ》まれている。思わずそっと文字を指先でたどり、しばらくじっと見入っていた。

――活版《かっぱん》印刷で刷ったんですよ。近所に活版《かっぱん》の印刷所があって、広太がそこの店主さんに頼《たの》み込《こ》んで刷ってもらったみたいなんです。

広太の母親の理子《さとこ》さんが言っていた。

――川越《かわごえ》に活版《かっぱん》の印刷所が？

わたしも同じく川越《かわごえ》に住んでいるから、気になって訊《き》いた。

——そうなんです。鴉山《からすやま》神社の近くで「三日月堂《みかづきどう》」っていうんですよ。

大学時代、わたしは銅版画《どうはんが》を学んでいた。銅版画《どうはんが》は凹版《おうはん》、活版《かっぱん》印刷は凸版《とっぱん》。だが、版《はん》にインクをのばして、紙に押《お》し付けるという点では同じだ。黒い文字を見たときなつかしさを感じたのはそのせいだったのかもしれない、と気づいた。

インクの匂《にお》いが立ち上ってくるようで、あわゆきの名刺《めいし》に顔を近づける。理子《さとこ》さんはかあわゆきが生まれてすぐ亡《な》くなったときのことはよく覚えている。

なりふさいでいる、と聞いた。励《はげ》ましたい気持ちはあったけれど、なんと言えばいいのかわからず、顔を合わせるのも怖《こわ》くて、結局会いに行かなかった。

二年後、久《ひさ》しぶりに会ったときには広太が生まれていた。その後、健介《けんすけ》のところは子どものことで忙《いそが》しく、わたしも親戚《しんせき》の集まりにあまり行かなくなり、間遠《まどお》になってしまった。この前は十三回忌《かいき》だから、ということで、久《ひさ》しぶりに顔を出すことにしたのだ。

目の前に成長した広太が現《あらわ》れ、子どものころの健介《けんすけ》にあまりにも似《に》ているのでびっくりした。広太があわゆきのことを知ったのは納骨《のうこつ》の少し前のことらしい。五年生ともなれば、姉の死についてなにか思うところがあったのだろう。

家族というのは不思議なものだ。あたりまえのように見えて、人とずっと暮《く》らし続けるというのはずっと波にさらされているようなものだと思う。

わたしも、もしあのとき幸彦《ゆきひこ》と結婚《けっこん》していたら、子どもがいたら。家族という形でいまも続いていたのだろうか。

幸彦《ゆきひこ》と別れたあと、ずっとひとりで暮《く》らしてきた。もう二度とああいう激《はげ》しい波に身をさらすのは嫌《いや》だ、と思っていた。

2

土曜日の夕方、少しだけ涼《すず》しい風が吹《ふ》いてきたので、外に出た。

川越《かわごえ》は小江戸《こえど》と言われるが、この時間になるとほんとうに時代劇《じだいげき》の舞台《ぶたい》のようになる。重そうな瓦《かわら》の屋根に、分厚《ぶあつ》い壁《かべ》。いつもなら人の多い一番街《いちばんがい》は避《さ》けるが、街並《まちな》みに誘《さそ》われるように歩いた。

店先にエッグバウムという看板《かんばん》が出ている。たまご形のバウムクーヘンだ。大きなたまごの真ん中にクリームが詰《つ》まっている。カスタード味とキャラメル味があるらしく、かわいらしい形に心惹《こころひ》かれてふたつ買ってしまった。

けっこうボリュームもあるし、ひとつ食べたらお腹《なか》いっぱいになりそうだ。ひとり暮らしなのにふたつ買ってどうするんだ。店を離《はな》れてからそう思ったが、お菓子《かし》を買うなんて久《ひさ》しぶりで、なぜか心が弾《はず》んだ。

そういえば、あわゆきの名刺《めいし》の印刷所は、鴉山《からすやま》神社の近くだったっけ。たしか三日月堂《みかづきどう》という名前だった。理子《さとこ》さんの話を思い出し、角を曲がった。

行ってどうするのだろう。印刷所に頼《たの》むようなものなどなにもない。事務員《じむいん》の自分に名刺《めいし》も必要ないし、年賀ハガキだってほとんど出さない。

それでも、活版《かっぱん》印刷という言葉に惹《ひ》かれた。インクの匂《にお》い、鉄の機械の油の匂《にお》い。銅版画《どうはんが》を作っていたころのことが頭をよぎった。

一番街《いちばんがい》から一本入った道も、途中《とちゅう》までは店が立ち並《なら》んで、にぎわいを見せている。だが鴉山《からすやま》神社の近くまで来ると、さすがにがらんとした。畑や一戸建てが並《なら》ぶなかに白い町工場のような建物があり、あれだろう、と近寄《ちかよ》った。

入口の横に「活版《かっぱん》印刷三日月堂《みかづきどう》」と看板《かんばん》が立っている。

ガラス戸のなかをのぞき、あ、と声をあげそうになった。

壁一面《かべいちめん》、活字に覆《おお》い尽《つ》くされている。

扉《とびら》には「お気軽にお声がけください」という小さな札がかかっている。頼《たの》むものがあるわけではないが、その札に勇気づけられ、思い切ってドアを開けた。

機械の前にいた女性《じょせい》がふりかえり、くぐもった声で「こんにちは」と言った。

「あの……こちら、活版《かっぱん》印刷の印刷所なんですよね」

「そうです」

女性《じょせい》は三十前に見えた。化粧《けしょう》っ気もなく、黒い髪《かみ》を後ろに結んでいる。

「お店の方ですか？」

「ええ。わたしが店主です」

彼女《かのじょ》が名刺《めいし》を差し出す。「活版《かっぱん》印刷三日月堂《みかづきどう》　月野弓子」と書かれていた。

「店主さん？」

こんな若《わか》い女性《じょせい》が？　少し驚《おどろ》いて訊《き》く。

「ええ。祖父《そふ》の店を継《つ》いだんです。今日《きょう》はなにか？」

弓子さんが少し微笑《ほほえ》み、わたしをじっと見た。

「いえ、別に頼《たの》みたいものがあるわけではなくて……。前を通りかかったんです。この前親戚《しんせき》の子からもらった『あわゆき』っていう名刺《めいし》のことを思い出して……。ここで印刷されたとか」

「『あわゆき』？　ああ、広太くんのですね？」

弓子さんが微笑《ほほえ》んだ。

「はい。法事で、広太がみんなにあの名刺《めいし》を配ったんです」

「ええ。広太くんから聞きました」

「文字がとてもきれいで……。紙に根づいているような……。活版《かっぱん》印刷だって聞いて、そういうことだったのか、って思いました」

「ありがとうございます」

弓子さんが言った。

部屋のなかを見回す。これが全部文字……。言葉で世界を表そうと思ったら、これだけの量が必要なのか。

むかしから、版画《はんが》と印刷、本作りには密接《みっせつ》な関係がある。装画《そうが》、挿絵《さしえ》もあるし、蔵書票《ぞうしょひょう》のような文化もあった。文学者と親交の厚《あつ》い版画家《はんがか》も多かった。わたし自身も本作りに興味《きょうみ》があって、製本《せいほん》の集中講座《こうざ》を取ったことがあった。

「わたし、大学時代に銅版画《どうはんが》を学んでたんです」

「そうですか、銅版画《どうはんが》を……」

「あの名刺《めいし》を見て、そのころのことを思い出して……。これ、印刷機ですか？」

弓子さんの前の機械に触《ふ》れた。鈍《にぶ》く光る鉄がひんやりと冷たかった。ローラーや歯車が並《なら》ぶむかしながらの重厚《じゅうこう》な機械だ。

「そうです。いまは動かせないんですが」

「動かせない？」

「ここはもともと祖父《そふ》の印刷所で……。わたしも手伝ってはいたのですが、継《つ》ぐつもりはなかったんです。祖父《そふ》も自分の代で畳《たた》むつもりで。再開《さいかい》したのは祖父《そふ》が亡《な》くなってからなので、機械も手探《てさぐ》りで動かしていて……」

「じゃあ、あの『あわゆき』の名刺《めいし》は？」

「この手《て》キンで刷りました」

弓子さんは円盤《えんばん》のついた機械をさして言った。わたしが店に入ってきたとき動かしていた機械だ。

「手動式で、単純《たんじゅん》な機械なんですが、小さいものならこれでじゅうぶんなんです。これはむかしからよく使っていたので、使い方もよくわかってますし」

「広太もこれで？」

「ええ。やってみますか？　いまは一番街《いちばんがい》のお店のショップカードを刷ってたところで……」

弓子さんにうながされ、機械の前に立つ。

「このレバーを上下すると版《はん》にインキがつきます」

言われるまま、レバーを握《にぎ》り、上下に動かす。ローラーが版《はん》の上を行き来した。

「もう大丈夫《だいじょうぶ》です。それで今度は下まで下げます」

レバーを下ろす。なかなか重い。機械の左側についているから、左手で下げる仕様なのだろう。右手で紙をセットし、左手でレバーを下げ、右手で紙を外す。効率《こうりつ》的な作りだが、片手《かたて》で下げるには重い。何百枚《まい》も刷るとなったら大変だろう。

「それくらいで大丈夫《だいじょうぶ》ですよ」

弓子さんに言われ、レバーを戻《もど》す。版《はん》と紙が離《はな》れた。

「きれいですね。線がくっきり出ている」

印刷された文字を見ながら言った。

「これ、圧力《あつりょく》は手加減《てかげん》で決まるんですか?」

「いえ、印圧《いんあつ》は最初に調整してあるので、押《お》してもそれ以上はいきません」

「こうやって面で押《お》すだけでつくんですね、凸版《とっぱん》は」

わたしがそう言うと、弓子さんが不思議そうな顔をした。

「銅版画《どうはんが》は凹版《おうはん》なので……しっかり圧力《あつりょく》をかけないと刷れないものですから」

「凹版《おうはん》……高校の美術《びじゅつ》で習ったような……」

「活版《かっぱん》印刷や木版画《もくはんが》は凸版《とっぱん》ですよね。インクをつけるところが出っ張《ぱ》っている。でも、銅版画《どうはんが》はインクをつけるところが凹《へこ》んでいるんです」

銅版画《どうはんが》の手法はいろいろあるが、どれも凹版《おうはん》だ。

「刃《は》で削《けず》ったり薬品で腐食《ふしょく》させて作った版《はん》の全体にインクを塗《ぬ》り、表面は拭《ふ》き取ります。そうすると、凹《へこ》んだところにだけインクが残るでしょう？　そして、濡《ぬ》らしてインクを吸《す》いやすくした紙と合わせて、圧力《あつりょく》をかける。そうすると……」

「凹部《おうぶ》にたまっているインクが写されるんですね」

「そうです。だから、面で押《お》すのでは足りない。木版画《もくはんが》も紙を乗せて上からバレンで押《お》さえる感じですよね。でも、銅版画《どうはんが》の場合は、ローラーのついた機械でぎゅうぎゅう押《お》しつけないとダメなんです。面じゃなくて、線で押《お》す」

「あっちの大型《おおがた》の印刷機はローラーがついていて、線で押《お》すんですよ。大きな紙に印刷するときは、面で押《お》すのではうまくいかないんです。均一《きんいつ》にならない。手キンで刷れるのはA５サイズくらいまでです」

弓子さんが大型《おおがた》印刷機を見る。

「ただ、ぎゅうぎゅうって感じじゃないですね。ぱっとついてぱっと離《はな》れる感じです。圧《あつ》をかけると大事な活字や印刷機の消耗《しょうもう》が早くなりますし。だから印圧《いんあつ》がほとんどない状態《じょうたい》が理想なんです。『キスタッチ』って呼《よ》ばれてたみたいですね」

「へえ、キスタッチ。やっぱりちがうんですね」

「そういえば、銅版画《どうはんが》ではインクって言うんですね。印刷ではインキって言うので、ちがうんだなあ、って……」

「そうなんですか」

「これ、どうぞ」

弓子さんがさっきわたしが刷ったショップカードを差し出した。

「もらっちゃっていいんですか？」

「大丈夫《だいじょうぶ》ですよ。お店の宣伝《せんでん》にもなりますし。大正浪漫夢通《たいしょうろまんゆめどお》りのカフェなんです。kuraっていう土蔵《どぞう》を生かしたお店です」

こっちに戻《もど》ってきてから、川越《かわごえ》の町をゆっくり歩いたことはなかった。家と駅を往復《おうふく》するだけ。いくら素敵《すてき》な店があっても、ひとりで入る気にはならない。

「すみません、頼《たの》むものもないのに話し込《こ》んじゃって……」

「いえ、『あわゆき』の感想をいただけて、うれしかったです。広太くん、この前ワークショップで自分の名刺《めいし》も作ったんですよ。夏休みの自由研究で、活版《かっぱん》印刷の方法といっしょに提出《ていしゅつ》するって言ってたけど、うまくまとまったのかな」

「ワークショップもされてるんですか？」

「ええ。ときどき。この前は広太くんといっしょに小学生が何人か来たので、すごくにぎやかでした」

小学生がここを見たらきっとびっくりするだろう。ハンコみたいな文字を並《なら》べるのは楽しいだろうし、重厚《じゅうこう》な機械に惹《ひ》かれる子もいるかもしれない。

「そうだ、ついさっき、一番街《いちばんがい》で買ったお菓子《かし》があるんです。お礼と言ってはなんですが、これ、いかがですか?」

手に持っていたたまご形バウムクーヘンの袋《ふくろ》を差し出す。

「あ、エッグバウム。いいんですか? 前から食べてみたかったんです」

「え、ええ、どうぞ」

弓子さんの笑顔を見ているとこちらもなんだかうれしくなって、思わず笑ってしまった。家でひとりで食べるより、この人に食べてもらった方がいい。

「ふたつ入ってるじゃないですか。そしたら、今いっしょに食べませんか? お茶をいれますから、ちょっと待っていてください」

弓子さんは奥《おく》に入っていき、しばらくしてお盆《ぼん》を手に戻《もど》ってきた。

エッグバウムは、弓子さんがカスタード、わたしがキャラメルを食べた。人と話しながらお菓子《かし》を食べるなんて久《ひさ》しぶりのことだった。

なぜか話が弾《はず》んで、弓子さんは、これまで三日月堂《みかづきどう》で請《う》け負った仕事のことを話してくれた。印刷所を再開《さいかい》して、一年半。最初は手探《てさぐ》りではじめたが、紹介《しょうかい》してくれる人もいて、少しずつ仕事も増《ふ》えてきた、と言っていた。

「銅版画《どうはんが》っておっしゃってましたけど、どんな作品を作ってらしたんですか?」

「おもにドライポイントです。メゾチントも少し。どちらも直刻法《ちょっこくほう》ですね」

「直刻法《ちょっこくほう》?」

「刃《は》で版《はん》を直接彫《ちょくせつほ》る技法《ぎほう》です。銅版画《どうはんが》には、薬品で腐食《ふしょく》させて版《はん》を作る方法もあるんですよ。エッチングとかアクアチントとか。でも、わたしは刃《は》で彫《ほ》る方が好きでした。その方が手応《てごた》えがあるというか……」

「ドライポイントとメゾチントというのはどうちがうんですか」

「ドライポイントはニードルで金属板《きんぞくばん》を引っ掻《か》いて、削《けず》れた部分にインクを詰《つ》めて刷るんです。だから、線は黒くなり、背景《はいけい》は白い。でもメゾチントは、版《はん》全体に細かな傷《きず》をつけておくんです。彫《ほ》った部分はなめらかにして、インクをつけたあと拭《ふ》き取ります。だから背景《はいけい》は黒く、描線《びょうせん》が白くなる」

言葉で説明するのはむずかしかったので、スマートフォンで長谷川潔《はせがわきよし》の作品の画《が》像《ぞう》を呼《よ》び出した。晩年《ばんねん》のメゾチントが有名だが、ドライポイント、エッチングなどあらゆる技法《ぎほう》を手がけた人だ。

「素晴《すば》らしいですね。静謐《せいひつ》だけど、生命を感じます」

弓子さんがつぶやく。わたしも、久《ひさ》しぶりに目にした画像《がぞう》にしばし見入っていた。

「二十世紀銅版画《せいきどうはんが》の巨匠《きょしょう》」と称《しょう》され、わたし自身もっとも好きだった作家だ。

「昌代《まさよ》さんは、いまはもう作っていないのですか？」

そう訊《き》かれたとき、胸《むね》がちくりとした。

「ええ。プレス機のある場所がないと作れないんですよ。前に住んでいたところには、近くに工房《こうぼう》があったんですけど」

プレス機は大きくて高価《こうか》なものだから、版画《はんが》作家はたいていプレス機のある場所に所属《しょぞく》する。以前通っていたのは、登録している人が自由に使える工房《こうぼう》だった。

こちらに越《こ》してきたときはもう銅版画《どうはんが》もしないと決めていたから、新たに探《さが》すことはしなかった。ほんとは、工房《こうぼう》が近くにないから、というのは言い訳《わけ》に過《す》ぎない。前の家を出るとき、もう銅版画《どうはんが》はやめると決めたのだ。

「すみません、長居《ながい》をしてしまって。いろいろありがとうございました」

「こちらこそごちそうさまでした。版画《はんが》のお話を聞けたのも楽しかったです。機会があったら、作品、見てみたいです。またお立ち寄《よ》りくださいね」

ええ、とあいまいにうなずき、三日月堂《みかづきどう》をあとにした。

3

家に帰り、物入れの奥《おく》にしまったままの段《だん》ボール箱を引っ張《ぱ》り出した。むかしの自分の作品や銅版画《どうはんが》の道具を入れた箱だ。引っ越《こ》す前に梱包《こんぽう》したきり、ここに来てからは一度も開けたことがない。

箱のなかからスケッチブックが出てくる。これはなんだろう。思い出せないまま開いて、ああ、と声が出た。どのページにも貝がらが描《えが》かれていた。巻《ま》き貝に二枚《まい》貝《がい》。ひとつずつ、スケッチとともに図鑑《ずかん》で調べた名前が書かれている。

幸彦《ゆきひこ》と同居《どうきょ》していたころ、わたしたちは海の近くに住んでいた。マンションの一室だったが、窓《まど》から海が見えるような場所だった。幸彦《ゆきひこ》がいない昼間、わたしはよく海岸に出て、貝がらを拾っていた。

美大で銅版画《どうはんが》を学び、卒業後は近くの会社でアルバイトの事務員《じむいん》をしながら、銅《どう》版画《はんが》の制作《せいさく》を続けていた。

幸彦《ゆきひこ》はわたしがバイトしている会社の正社員だった。転勤《てんきん》が決まって引っ越《こ》すことになり、わたしも引っ越《こ》し先でいっしょに住むことになった。わたしはもとの会社を辞《や》め、新居《しんきょ》の最寄《もよ》り駅の近くでバイトをはじめた。

銅版画《どうはんが》も、最初のうちは前の工房《こうぼう》に通っていたが、片道《かたみち》一時間半かかるので、道具を持って移動《いどう》するには遠い。時間ももったいない。それで新しい工房《こうぼう》を探《さが》した。沿線《えんせん》で何軒《なんけん》か訪《たず》ね、自由に制作《せいさく》できる場所を見つけた。

海の近くに越《こ》したせいか、海のものを作品にしたい、と感じるようになった。はじめは風景を描《えが》いてみたが、なにかちがう。近くに水族館があったので、日々《ひび》通っては魚をスケッチした。しかし、それも彫《ほ》ってみると納得《なっとく》がいかなかった。

ある日、遊びで描《えが》いた貝がらに目がとまった。試《ため》しに彫《ほ》って刷ってみると、なぜかしっくり来た。それから貝がらの絵を彫《ほ》るようになった。水族館のショップや、海辺の露店《ろてん》、雑貨店《ざっかてん》などを探《さが》すと、貝がらをいくつも買うことができた。

巻《ま》き貝の螺旋《らせん》、表面の筋《すじ》、突《つ》き出たトゲ。ひとつひとつ少しずつ形がちがい、見ていると時間を忘《わす》れた。わたしの棚《たな》はしだいに貝がらでいっぱいになり、いつも海の匂《にお》いがした。幸彦《ゆきひこ》は、貝がらのお店みたいだ、と笑った。

スケッチブックにはそのころの貝がらのスケッチが並《なら》んでいた。サクラガイ、ハマグリ、イタヤガイ、テングニシ、ツメタガイ、オダマキ、ホタルガイ、アオイガイ、タコブネ、ネジガイ、ハツユキダカラ、アラレガイ……。

貝がらを彫《ほ》った版《はん》も残っていた。どれも小さなものだった。最初は大きく描《えが》いていたが、作品が増《ふ》えるにつれ、だんだん小さくなった。貝がらの実物の大きさに近くなり、名刺《めいし》サイズやそれ以下、切手ほどの作品もあった。

物入れのさらに奥《おく》から小さな箱を引っ張《ぱ》り出した。開けるとごろごろと貝がらが出てきた。捨《す》てようと思ったけれど、捨《す》てることができなかったのだ。

あの家を出たとき、もう銅版画《どうはんが》はしない、と決めた。だが、版《はん》を見ていると、無《む》性《しょう》に刷ってみたくなった。彫《ほ》っただけで、刷らずに終わってしまった版《はん》もたくさんあった。それを形にしてみたくなった。

しかし、プレス機がなければ刷ることはできない。気が進まないが、以前通っていた工房《こうぼう》に電話をかけた。時間が遅《おそ》いのでだれも出ないかと思ったが、すぐに電話はつながり、主宰《しゅさい》の内山《うちやま》先生が出た。

「久《ひさ》しぶりだねえ、どうしてるの？」

内山先生の声は前と変わらなかった。理由も話さずにやめてしまったことを謝《あやま》り、刷りたいものがあると話した。いまの住所を伝えると、うちに来てもよいが、知人が川越《かわごえ》の近くで工房《こうぼう》をしているから、そこを訪《たず》ねてはどうか、と言われた。

「今泉治人《いまいずみはると》っていう版画家《はんがか》でさ。田口さんも前に会ったことあるよね？　いっしょに個展《こてん》に行っただろう？」

「ああ、そういえば……」

聞き覚えがある名前だった。内山先生の大学時代からの友人で、名の知れた版画《はんが》家《か》だ。個展《こてん》を見に行ったこともある。作品は重厚《じゅうこう》で、幻想的《げんそうてき》な世界に圧倒《あっとう》された。本人に会って挨拶《あいさつ》もした。声が通り、自信にあふれた人だった。

「あそこならプレス機もいろんな種類を揃《そろ》えてるし、やりやすいと思うよ。田口さんにも合ってるんじゃないかな」

「むかしの版《はん》で二、三枚《まい》刷ってみたいものがあるだけですから」

そう言うと、内山先生は、はははっと笑った。

「刷りはじめたら変わるんじゃないの？」

そんなことはないです。頭のなかで唱えたが、口には出さなかった。

翌日《よくじつ》、今泉版画工房《いまいずみはんがこうぼう》に電話をかけた。内山先生から連絡《れんらく》がいっていたらしく、土曜は初心者向けの版画工房《はんがこうぼう》があるからそれ以外の日に来てください、と言われた。

平日は勤《つと》めがあるので、次の日曜に訪《たず》ねることにした。

ネットで調べた地図を頼《たよ》りに、工房《こうぼう》を訪《たず》ねた。本川越《ほんかわごえ》の隣《となり》の南大塚《みなみおおつか》という駅から徒歩数分。廃線《はいせん》になった西武安比奈《せいぶあひな》線の古い線路が見える場所にあった。にぎやかな川越《かわごえ》近辺とはちがい、どこか荒涼《こうりょう》とした風景だった。

インタフォンを押《お》すと、無精髭《ぶしょうひげ》の男の人が出てきた。以前、個展《こてん》の会場で会ったときとあまりにもちがうので別人かと思ったが、今泉《いまいずみ》さん本人だった。

「田口昌代《まさよ》です。内山先生から紹介《しょうかい》されて……」

「ええ、聞いてますよ」

今泉《いまいずみ》さんはうなずき、工房《こうぼう》のルールを説明してくれた。会員とビジターという制《せい》度《ど》があるらしい。少し刷るだけだし、ビジターでお願いすることにした。

「で、刷りたいものというのは？」

今泉《いまいずみ》さんはやわらかな声で言った。声も前と変わった気がした。前に会ったときは迫力《はくりょく》があって圧倒《あっとう》される感じだったのに、ずいぶんおだやかになった。

「これです。以前彫《ほ》るだけ彫《ほ》って、刷らずに終わってしまったもので……」

カバンから持ってきた版《はん》を出し、手渡《てわた》す。今泉《いまいずみ》さんの指は細かった。うつむいた顔の頬《ほほ》を横から見て、そうか、あのころより痩《や》せたんだ、と気づいた。印象《いんしょう》が変わって見えたのもそのせいだったのだろう。

「ドライポイントですか。なかなか達者ですね」

今泉《いまいずみ》さんが顔をあげた。

「内山も褒《ほ》めてましたよ。辞《や》めてしまってもったいないと思ってたって」

手のなかで版《はん》を並《なら》べ、じっと見た。

「貝ばかりなんですね。面白《おもしろ》い」

「え、ええ。それを作っていたころは海の近くに住んでいたので……」

「でも、そればかりじゃないでしょう？　海にはほかのものもたくさんある。貝だけなのは、心に語りかけてくるものがあったからじゃないですか？」

心に語りかけてくるもの。そういえばそうなのかもしれない。風景や魚を描《えが》いたときにはちがうと感じたのに、貝だけはしっくり来たのだから。でも、わからない。なぜ貝だったのだろう？

「小さいものばかりですね」

わたしが答えられずにいるうちに今泉《いまいずみ》さんが言った。

「はい。だいたいもとの貝と同じ大きさに彫《ほ》っていて……。だから、大きな貝は大きな版《はん》になるんですが、だんだん小さい貝を彫《ほ》ることが楽しくなって……」

「面白《おもしろ》いねえ。貝がらっていうのは死骸《しがい》でしょう?」

「貝はイカやタコと同じ軟体《なんたい》生物なんだそうです。自分のやわらかい身体《からだ》を守るために、分泌物《ぶんぴつぶつ》で殻《から》を作る。身体《からだ》が大きくなるにつれて、縁《ふち》に分泌物《ぶんぴつぶつ》を足して貝がらを大きくしていくんだそうです」

「家でもあり、鎧《よろい》でもある、という感じかな。そして持ち主が死ぬと、一生かかって作り上げた殻《から》だけが残る。貝自体はぐにゃぐにゃした不定形のものなんだろうけど、貝がらの形こそ、その貝のほんとうの形なのかもしれないなあ」

思わず今泉《いまいずみ》さんの顔を見た。そんな発想ははじめてだった。

「貝は内側から自分の貝がらの形を作っていきます。一生かかって自分の形を作り上げ、死ぬのだとも言えます。でも、貝自身は自分の貝がらを外から見たことはない。このトゲも、この筋《すじ》も、きっと知らない」

そうして、波に削《けず》られて穴《あな》が空いたり割《わ》れたりして形が変わって、最後は砂《すな》になる。貝がらは炭酸《たんさん》カルシウムでできている。生き物が作った鉱物《こうぶつ》だ。貝がらが砕《くだ》けて海底にたまったものが石灰岩《せっかいがん》。それが変成してできたのが大理石《だいりせき》。

いろいろな形、いろいろな色のうつくしい貝たちが、最後は砕《くだ》けて、みんな混《ま》ざって固まって、石になる。生き物はみんな生まれて、死んで、その名残である貝がらも形を変えて大地を作る。

「それにしても、いろんな形があるもんだ」

ホネガイやイチョウガイ、チマキボラ。わたしはひとつずつ貝の名前を言った。

「くわしいですね。これなんか、宮殿《きゅうでん》みたいだ。ほんとにこんな形なの？」

クダマキガイの版《はん》を指す。

「そうです。全部、実物の形そのままですよ」

「神秘《しんぴ》的だねえ。ほんとに不思議なもんだなあ」

今泉《いまいずみ》さんが笑った。


インクを出し、練る。ゴムベラですくい取ったインクを版《はん》にのせ、伸《の》ばす。そして寒冷紗《かんれいしゃ》とラシャ、さらに人絹《じんけん》で拭《ふ》き取る。

今泉《いまいずみ》さんも離《はな》れた場所で自分の制作《せいさく》をはじめた。今日《きょう》はほかにだれもいない。外からの音もなく、工房《こうぼう》のなかはとても静かだった。

版《はん》を持ち、プレス機の前に立った。ベッドプレートの紙のうえに版《はん》を置き、湿《しめ》らせた版画《はんが》用紙をのせる。クッション用の布《ぬの》とフェルトをかぶせた。プレス機の圧力《あつりょく》を調整し、ハンドルを回す。ベッドプレートがローラーの下を通っていく。

フェルトと布《ぬの》を外し、版画《はんが》用紙の端《はし》を持って、ゆっくりと持ち上げる。貝の絵柄《えがら》が見えた。少し薄《うす》い。

「ああ、きれいですね」

いつのまにか今泉《いまいずみ》さんがうしろにいた。

「これはなんていう貝なんですか?」

「ネジガイです。二センチくらいの小さな貝なんです」

今泉《いまいずみ》さんは横から紙をのぞきこむ。

「インクが少し薄《うす》いかな?」

「そうですね。もう少し圧力《あつりょく》をかけた方がよかったかもしれません。久《ひさ》しぶりなので、いろいろ忘《わす》れてしまっています」

「いやいや、これだけ刷れるんなら、講師《こうし》として働いてもらいたいくらいです」

「いえ、いまは版画《はんが》はもう……」

やめたと言おうとした口をつぐんだ。

「もったいないですね。働くというのは冗談《じょうだん》としても、制作《せいさく》は続けてもいいんじゃないですか。お仕事、忙《いそが》しいんですか」

「いえ。ただ……。表現《ひょうげん》することがなんなのかわからなくなってしまって……」

口ごもり、うつむいた。

「表現《ひょうげん》は翼《つばさ》ですよ」

今泉《いまいずみ》さんの言葉に思わず顔をあげた。自信に満ちあふれた顔で、遠くを見ている。

翼《つばさ》？　わたしはぽかんとした。

「ええ、まあね、受け売りですけれど」

今泉《いまいずみ》さんが苦笑いし、わたしを見た。

「精神《せいしん》の翼《つばさ》というのかな」

今泉《いまいずみ》さんが見ていた方を眺《なが》め、はっとした。壁《かべ》に版画《はんが》がかかっている。海の上に翼《つばさ》が浮《う》かんでいる。鳥ではなく、翼《つばさ》だけ。不思議な図柄《ずがら》だ。

「飛ぶことに意味はない。飛びたいから飛ぶ。飛べるから飛ぶ。それだけ。だけど、飛ぶためには技術《ぎじゅつ》が必要です。持って生まれたものだけじゃなくて、技術《ぎじゅつ》……。飛びたくても、それを身につけていない人は飛べないでしょう？」

今泉《いまいずみ》さんが大きく息をつく。

「飛べる人は飛ぶべきだ。僕《ぼく》はそう思うんですよ」

「そうかもしれません。でも……」

少し言い淀《よど》んだ。

「むかしは友人たちと展示《てんじ》をしたこともありましたが、急に虚《むな》しくなってしまったんです。なんのために、というか、だれのために作っているのかわからなくなってしまった。自己満足《じこまんぞく》にしか思えなくなって……」

「でも、展覧会《てんらんかい》にはお客さんも来てくれたんでしょう?」

「ええ、少しは……。ほとんど知人だけですけど」

「最初はそういうものですよね。だから手応《てごた》えがないと感じる」

そうじゃない、と思った。わたしは知り合いに見てもらえるだけでじゅうぶんだった。別に有名になりたかったわけじゃない。ただ、自分の大事な人に自分の作っているものを認《みと》めてもらいたかったのだ。深く受け止めてもらいたかったのだ。

「投壜通信《とうびんつうしん》って言葉があるでしょう? ツェランだったかな。詩は海に投げられた壜《びん》に入った手紙みたいなものだって。いつかどこかの岸に、ひょっとしたら心の岸に打ち寄《よ》せられるかもしれないという……」

「投壜《とうびん》通信……」

大学の授業《じゅぎょう》でそんな言葉を聞いた覚えがあった。

航海者《こうかいしゃ》が遭難《そうなん》しそうになったとき、手紙を瓶《びん》に封《ふう》じ込《こ》め海へ投げる。何年も経《た》ってそれがどこかの浜《はま》に流れ着き、見知らぬだれかが開封《かいふう》する。詩を書くとはそういうもの、というような話だったと記憶《きおく》していた。

「でもねえ、壜《びん》はそう簡単《かんたん》に岸にはたどり着かない。だからたくさん投げないといけないんですよ。そうしたらそのうちだれかが拾ってくれるかもしれない」

今泉《いまいずみ》さんは笑った。

4

その日は三枚《まい》だけ刷って、工房《こうぼう》をあとにした。

作品は乾燥《かんそう》させるために工房《こうぼう》に置いてきたが、版《はん》は持ち帰ってきた。少し直したいところもあった。そこまでする気じゃなかったのに。家に帰り、しばらく考えていたが、結局箱を開け、道具を出した。

次の日曜も今泉版画工房《いまいずみはんがこうぼう》に行った。直してきた版《はん》で刷り直す。二、三枚《まい》、ちょっと刷ってみるだけ、と思っていたのに、いつのまにか何枚《なんまい》も刷っていて、帰るころには町は薄暗《うすぐら》くなっていた。

まったく、なにやってるんだろう。苦笑いした。

一番街《いちばんがい》を歩いていると、三日月堂《みかづきどう》のことを思い出した。弓子さんは版画《はんが》に関心を持ってくれた。納得《なっとく》はいっていないけど、先週の作品なら持っている。寄《よ》ってみようか。

鴉山《からすやま》神社に続く路地に入った。もう七時過《す》ぎだ。こんな時間までやっているんだろうか、と思いながら行くと、三日月堂《みかづきどう》のあかりはついていた。

「あ、昌代《まさよ》さん」

機械の前で作業していた弓子さんが顔を上げた。

「この前はごちそうさまでした」

「こちらこそいろいろ見せていただいて、ありがとうございました」

「お仕事ですか？」

「はい。イベントのフライヤーです」

弓子さんの前の機械には、ハガキサイズの紙がセットされていた。

「これも印刷機なんですよね？」

機械を指して訊《き》いた。四角い機械だ。

「デルマックスという小型《こがた》自動印刷機です。ハガキや名刺《めいし》をたくさん刷るときに使います。ところで、今日《きょう》は……？」

「あ、いえ、今日《きょう》も別に用事というわけではなく……」

「そういうことではなくて、なにかいいことがあったのかな、と。この前とちょっと表情《ひょうじょう》がちがう気がして」

弓子さんが微笑《ほほえ》む。はっとした。いいこと……。いいことなのか、わからない。だが、たしかに「なにか」はあった。

「実は、あのあと、版画《はんが》を刷ってみたんです。むかしの版《はん》を出して。この近くに版画工房《がこうぼう》が見つかったので」

「ほんとですか？　見てみたいです」

「実はいまもその帰りで……」

ポートフォリオを開け、版画《はんが》を出す。弓子さんに手渡《てわた》すと、うわあ、と声をあげた。

「貝がら……？　きれいですねえ」

「いえ、これはまだまだ……。先週刷ったけど納得《なっとく》がいかなくて、そのあともう少し彫《ほ》り直したんです。今日《きょう》刷り直しをしたんですけど、そちらは乾燥《かんそう》させるために置いてきてしまって……」

「でも、これもとてもきれいです」

弓子さんは版画《はんが》を両手にのせ、じっと見た。

「とても繊細《せんさい》ですね、もわっと曖昧《あいまい》な線が……」

「版《はん》もありますよ。見ますか？」

カバンから版《はん》を取り出し、手渡《てわた》す。弓子さんは目を近づけて見たあと、机《つくえ》からルーペを出した。

「ああ、凹《へこ》んでいるところにインクをためるって、こういうことだったんですね」

ルーペをのぞきながら弓子さんが言った。

「ようやくわかりました。高校のときに刷ったことがあるから、頭ではわかっていたつもりだったんですが」

版《はん》をかたむけたり、目を近づけたりしながら版《はん》を眺《なが》めている。

「凸版《とっぱん》だとインクをつけたい部分を出っ張《ぱ》らせないといけないけど、凹版《おうはん》は描線《びょうせん》がそのまま刷れるんですね」

「そうなんです。線が銅版画《どうはんが》の魅力《みりょく》なんです。エングレーヴィングという手法では、ニードルではなくビュランという刃物《はもの》を使います。筆記用具では描《えが》けないほど細い線、髪《かみ》の毛の十分の一くらいの線まで彫《ほ》ることができる」

「すごいですね」

「ドライポイントの場合、ニードルで引っ掻《か》いたあとには『まくれ』っていう盛《も》り上がった部分ができます。そこにもインクがたまって、こういうもやもやっとした曖昧《あいまい》な線ができるんですよね。そこが面白《おもしろ》いところで……」

「版画《はんが》、お好きなんですね」

弓子さんが微笑《ほほえ》む。

「だからなんですね、今日《きょう》は表情《ひょうじょう》がとても……楽しそうでした」

「え、そうですか？」

夢中《むちゅう》でしゃべってしまっていたことに気づき、なんだか恥《は》ずかしくなった。

「ところで、さっき刷ってたのは……？」

話をそらしたくなり、自動機の方を見た。

「ええ、今度川越《かわごえ》で開かれるイベントの案内状《あんないじょう》で……」

弓子さんは版《はん》を置き、刷り上がったハガキを一枚《まい》差し出した。

「豆本マーケット……？」

「菓子屋《かしや》横丁の近くの小さな古書店で開催《かいさい》するんですよ。一番街《いちばんがい》の観光案内所に知り合いがいて、そこから紹介《しょうかい》されたんです。活版《かっぱん》印刷に合いそうなイベントだからお願いしたいって。豆本の作家さんが集まって、展示販売《てんじはんばい》するんだそうです」

豆本……。ハガキを裏返《うらがえ》すと、作品のカラー写真が載《の》っていた。

「カラー写真……これもここで印刷したんですか？」

「いえ、うちで印刷したのは文字だけです。写真は先にオフセットで印刷して、文字だけ上から印刷したんですよ」

「そういうこともできるんですね」

写真をじっと見た。どれも手のひらに乗るほどの小さな本だが、ハードカバーで製本《せいほん》されている。中身にも文字が印刷され、読めるようになっている。

「すごいですね、小さいのにちゃんと本になってる」

「そうなんですよ。実物を見るともっと驚《おどろ》きますよ」

弓子さんが奥《おく》の机《つくえ》の引き出しから小さな四角いものを出してきた。

「これ、その古書店の店主さんからいただいたんです」

五センチ角ほどの小さな本だった。ハードカバーで布張《ぬのば》りの表紙。背《せ》の近くには表紙を開くためのミゾがちゃんとついていて、タイトル部分は四角くくぼませて、別の紙が貼《は》られている。『雲を集める』というタイトルだ。

きちんと見返しがあり、遊び紙が入って、扉《とびら》。本文は一ページに一枚《まい》ずつ日々《ひび》の雲の写真が印刷され、下に日付、見た場所、雲の種類の名前が記されていた。

「小さいけどちゃんと『本』ですね。花布《はなぎれ》やスピンまでついてる」

花布《はなぎれ》というのは背表紙《せびょうし》の内側についている布《ぬの》のことだ。綴《と》じを補強《ほきょう》するためのものだが、装飾《そうしょく》としての意味合いも強い。スピンは栞代《しおりが》わりについている紐《ひも》のこと。表紙、見返し、花布《はなぎれ》、スピンの組み合わせに本作りのセンスが問われるのだ。

「いまこんなにしっかりした造《つく》りの本はそうそうないですよ」

「そうですよね。わたしもときどき眺《なが》めてるんです。小さいから余計《よけい》本の世界に引き込《こ》まれる。佐藤《さとう》さとるさんの『コロボックル物語』って知ってます？」

「ええ。子どものころ読みました」

コロボックルという小さな人たちが出てくる児童文学だ。

「『コロボックル通信社』っていうのが出てくるんですけど、覚えてますか？」

「ああ、コロボックルたちの新聞ですね」

「はい。わたし、小さいころから、あれがすごく気になってたんです。ここに住んでいたせいでしょうか。コロボックルたちの活字ってどれくらい小さいんだろう、って想像《そうぞう》して、その新聞を見てみたいなあ、ってわくわくして。ルビに使う小さな字を使って新聞を作ろうとして、祖父《そふ》に叱《しか》られたこともありました」

「ここにいたら作ってみたくなるかもしれませんね。実はわたし、大学時代、授業《じゅぎょう》で製本《せいほん》も習ったんですよ。製本《せいほん》や本の修復《しゅうふく》を学ぶ集中講義《こうぎ》があったんです」

「そうなんですか。だから本の造《つく》りにくわしいんですね」

『本』というものが好きだったんです。ふつうの本は何冊《なんさつ》も製本《せいほん》したことがあります。蔵書票《ぞうしょひょう》にも関心がありましたし……」

「蔵書票《ぞうしょひょう》って、本の見返しに貼《は》る紙のことですよね？」

「そうです。持ち主がわかるように名前を記した紙です。何枚《なんまい》も作るものですから、版画《はんが》で作られることが多かったんです」

もともとはヨーロッパの習慣《しゅうかん》で、Exlibrisという文字と持ち主の名前、持ち主を象徴《しょうちょう》する絵柄《えがら》が記されている。日本でも明治時代に蔵書票《ぞうしょひょう》が紹介《しょうかい》されると、高名な画家や版画家《はんがか》に作成を依頼《いらい》する蔵書家《ぞうしょか》が増《ふ》えたらしい。

「一般《いっぱん》に見せるものではないので、持ち主のプライベートな趣味《しゅみ》が出るんです。持ち主と画家が親密《しんみつ》なほどよいものができたとか。コレクターもいるそうですよ」

「昌代《まさよ》さんも作ったこと、あるんですか？」

「ええ、何度か知人に頼《たの》まれて。その人のための小さな世界を作るみたいで、ふだんの制作《せいさく》とはちがう面白《おもしろ》さがありました。依頼主《いらいぬし》と相談しながら作るので、自分では作らないようなものを作りますしね」

小さな世界は魅力《みりょく》的だった。貝がらの作品がどんどん小さくなったのも、蔵書票《ぞうしょひょう》作《づく》りの影響《えいきょう》かもしれない。

「額《がく》に入れて壁《かべ》にかけるんじゃなくて、手のひらに入れて鑑賞《かんしょう》する、近くでこっそりひとりで見てもらうような、そんなあり方に憧《あこが》れていたのかもしれません」

手のひらに包んで、息がかかるくらい近くで、だれかにこっそり見てもらう。そういう作品が作りたかった。

この豆本みたいに。

「博物館でむかしの豆本を見たこともあります。でも、触《さわ》ったり、開いたりしたのははじめてです。作ってる人がいるんですね」

「愛好家がけっこういらっしゃるみたいです。このイベントもそういう人たちに参加を募《つの》ってるみたいですよ。ほら、ここに……」

弓子さんがもう一度さっきのフライヤーを差し出し、宛名面《あてなめん》の隅《すみ》の方を指さした。エントリーの方法が記されている。締《し》め切りは一週間後だった。

まだ間に合う。

頭のなかで声がした。なにを考えてるんだ、と首を振《ふ》る。エントリーしたって出すものがないじゃないか。

でも。イベントまでは二ヶ月近くある。いまから作れば……。

「実は、わたしも出てみたいなあ、と思ってるんです」

弓子さんの声がした。

驚《おどろ》いて、呆然《ぼうぜん》とその顔を見る。

「この豆本を見ていたら、なんだか無性《むしょう》に……。活版《かっぱん》印刷で『本』を作ってみたいなあ、って。無謀《むぼう》なんですけどね」

ははは、っと笑った。

「わたしにできるのは、組版《くみはん》と印刷だけです。製本《せいほん》はできない。でも、細長い紙に印刷したものを蛇腹《じゃばら》折りにして箱に入れれば、豆本っぽくなるかなあ、って。でも、なにより内容《ないよう》が……。なにを書けばいいのか、さっぱり……」

「いっしょに作りませんか？」

考える前に声が出ていた。

今度は弓子さんがぽかんとした顔でこっちを見た。

「すみません、知り合ったばかりなのにこんなことを言うのはちょっと変ですよね。でも、わたしも作ってみたいと思ってたんです、この豆本を見て。ふつうの大きさの本なら製本《せいほん》したことがありますし、大きさがちがっても応用《おうよう》はできるかと」

「ほんとですか？」

「ええ。この貝がらの版画《はんが》を本にできたら、って……」

手のひらに包まれるような作品。

手の上でだれかひとりに見てもらう作品。

本の形ならそれがかなう。

「版画《はんが》を本に……？」

何枚《なんまい》か連《つら》なった形になることにも惹《ひ》かれたし、文字と組み合わせることにも魅力《みりょく》を感じた。絵は一枚《まい》で成り立つべき、文字をつければ弱くなる。よくそう言われた。だけど、もう版画《はんが》の世界から離《はな》れて久《ひさ》しい。縛《しば》られることはない気がした。

「そんなことができたらすごく素敵《すてき》ですけど……」

「問題はどうやってふたつを組み合わせるか、ですよね」

わたしが言うと、弓子さんがうなずいた。

「銅版画《どうはんが》に文字を入れることは簡単《かんたん》です。同じようにニードルで手書きにするなら。でも、手書きだと絵の一部のようになってしまうし、ドライポイントのもやっとした線じゃなくて、活版《かっぱん》のきりっとした文字にしたいんです」

「版画《はんが》を刷った紙にあとから文字を刷ることはできると思います」

弓子さんが言った。

「そうなんですか？」

「ええ。このフライヤーと同じです。版画《はんが》に使う紙ならインキものると思いますし。版画《はんが》の上となると緊張《きんちょう》しますが、手《て》キンで一枚《まい》ずつ慎重《しんちょう》に刷れば……」

「じゃあ、あとは綴《と》じ方ですね」

版画《はんが》を両面に刷ることはできないから、見開きで刷ってのり綴《と》じにするか、一枚《まい》ずつ刷って和綴《わと》じにするか……。

「ただ、全ページ本物の版画《はんが》で作るとなると、おそろしい価格《かかく》になりそうですね」

弓子さんが笑った。

「そうですねえ。あまり高いものを作っても売れないですよね」

わたしも苦笑いした。

「でも、そもそもそんなにたくさん売れるものじゃない気もしますよ。そもそもドライポイントはあまり数が刷れないんです。せいぜい五十枚《まい》くらい。さらに手で綴《と》じるとなればできる数に限《かぎ》りがあります。価格《かかく》がすごく高くて、限定《げんてい》数十冊《さつ》。いつか物好きが買ってくれる。それでもいいんじゃないですか？」

「そうですね。中途半端《ちゅうとはんぱ》はかえってよくないかもしれません」

文字はなにを入れよう。貝の名前もいいかもしれないが、詩や短歌を配置した方が奥行《おくゆ》きが出るかもしれない。話すうちにイメージがどんどん広がっていく。

「いつのまにか、作ることに決まってしまいましたね」

なんだかおかしくなって、自然と笑みがもれた。

「すみません、なんだか巻《ま》き込《こ》んでしまったみたいで」

弓子さんが謝《あやま》る。

「いえ、こちらこそ。まだここに来たのが二回目だというのに……」

ほっとため息をつき、広太からもらった「あわゆき」の名刺《めいし》のことを思い出した。

「あの『あわゆき』の名刺《めいし》を見たとき、心に響《ひび》くものがあったんです。文字がとてもはかないものに思えて」

「はかない？」

「ええ。しっかり刻《きざ》まれている、と思いました。だけど、はかない、とも思った。草のように、紙にしっかり根付いている。だけど、いえ、だからこそ、生きものみたいにはかないな、って」

白い雲のような紙に刻《きざ》まれた文字が、頼《たよ》りなく温かいものに思えた。生きものみたいにそこに息づいて、いつか死んで、消えてしまうような。

あわゆきは生まれてすぐに亡《な》くなったけど、あの名刺《めいし》の文字は足跡《あしあと》みたいに残っている。だけど、それだって……。

「紙もはかないものですからね」

弓子さんが言った。

「すぐに破《やぶ》れるし、燃《も》えてしまう。石に刻《きざ》むのとはちがいます」

紙は意外と強くて、保管状態《ほかんじょうたい》がよければ千年でももつ、と聞いたことがある。そうやって残っているものもある。だけど、燃《も》えたら終わり。

「印刷物は言葉の仮《かり》の姿《すがた》だと思うんです。『残す』というより、言葉を複製《ふくせい》し、多くの人に『届《とど》ける』ことが目的。ほんとうに大事なのは言葉ですよね。その紙がなくなっても、書かれていた言葉が人の心に残れば、それでいいと思うんです」

言葉の仮《かり》の姿《すがた》。

でも、それを言うなら、人だってはかない。わたしたちだって、魂《たましい》の仮《かり》の姿《すがた》かもしれない。身体《からだ》はいつか淡雪《あわゆき》のように消え、あとを残さない。

「あの名刺《めいし》に導《みちび》かれて昌代《まさよ》さんがここに来てくれたのも、なにかの縁《えん》だったのかもしれませんねえ」

弓子さんが息をつく。

「豆本、いっしょに作りたいです。これは仕事じゃなくて、わたしにとっても『表《ひょう》現《げん》』っていうか……」

言葉を探《さが》すようにちょっと宙《ちゅう》を見た。

「つまり……昌代《まさよ》さんとわたしのコラボレーションです」

力強く言って、真剣《しんけん》な顔でわたしを見た。

「コラボレーション？」

「昌代《まさよ》さんが版画《はんが》、製本《せいほん》。わたしが組版《くみはん》、印刷。文章はふたりで考える。かかった費用《ひよう》を足して二等分し、豆本の売り上げで清算する。どうですか？」

「わかりました。作りましょう、いっしょに」

ゆっくり答えた。


版画《はんが》といっしょに入れる文章については、弓子さんに心当たりがあるらしい。貝がらが出てくる童謡《どうよう》のような詩で、子どものころどこかで読んで心に残っているが、タイトルも作者も忘《わす》れてしまった。今度図書館で探《さが》してみます、と言っていた。

帰り道、暗くなってきた一番街《いちばんがい》を歩く。まだ胸《むね》に火が灯《とも》っているようで、少し熱い。エッグバウムの店の前を通ったとき、不思議な気持ちになった。

最初はあれを持って立ち寄《よ》っただけだったのに、大変なことになってきた。

でも……。

やっぱり、ものを作るのは楽しい。人といっしょにいるのは楽しい。

街の灯がきらきら輝《かがや》いて見えた。

5

その日から、毎日家に帰ってから版《はん》を作った。

「まくれ」による抑揚《よくよう》はほしいが、貝がらの硬質《こうしつ》な感じを出すために、あまりにじませたくない。そこでダイヤモンドニードルを使うことにした。ふつうのニードルよりなめらかに彫《ほ》れる。さらにスクレーパーで「まくれ」を少し削《けず》った。

会社の帰りに今泉版画工房《いまいずみはんがこうぼう》に寄《よ》ることもあった。平日の夜に行くと、工房《こうぼう》に所属《しょぞく》している作家や研究生の人たちもたくさんいた。雰囲気《ふんいき》のよい工房《こうぼう》だった。今泉《いまいずみ》さんが常《つね》にやわらかい空気を醸《かも》し出しているからかもしれない、と思った。

家で貝がらやむかしのスケッチブックを眺《なが》めていると、海の近くに住んでいたころのことを思い出した。

幸彦《ゆきひこ》とふたりで住んでいたけれど、家族という感じはしなかった。いつかは結婚《けっこん》するのだろうか、と思ったこともあったが、子どもを産んで、一生この人と暮《く》らすと決めることができずにいた。

貝がらの版画《はんが》を作りはじめてから、わたしは取り憑《つ》かれたように制作《せいさく》を続けた。ようやく自分の作りたいものを見つけた気がした。バイトが終わると家に帰って版《はん》を彫《ほ》り、休みの日は工房《こうぼう》に通い詰《つ》めた。

あのころは「なにか」になりたかった。「なにか」になりたくて焦《あせ》っていた。有名になりたいのではない、お金を儲《もう》けたいわけでもない。ただ「自分はこういうものです」と人に胸《むね》を張《は》って言えるようになりたかった。

グループ展《てん》のほかのメンバーにギャラリーから声がかかったとか、大学時代の友人が大きな賞《しょう》を取ったらしい、という噂《うわさ》を聞くと、内心おだやかではなかった。

でも結局、人が欲《ほ》しがるものを作ることも、自分の作品を強く売り込《こ》むこともできなかった。ぼうっと自分の好きなものを作って、だれからも文句《もんく》を言われない場所でひっそりと展示《てんじ》して、いつかだれかに見つけてもらいたい。そんな都合のよいことを考えていた。

つきあいはじめたころ、幸彦《ゆきひこ》は、わたしの創作《そうさく》活動に好意的だった。工房《こうぼう》のグループ展《てん》も見に来てくれて、芸術《げいじゅつ》のことはよくわからないけれど、自分の世界を持っている人はいい、と言っていた。

だが、わたしにはその言葉が表面的なものに思えた。幸彦《ゆきひこ》がどれほどわかってくれているのかが気になった。感想を求めても、わたしが思うような言葉は返ってこなかった。いいんじゃない？　きれいだと思うよ。さらりと言われるたびに、心に小さなささくれが立った。

——そうじゃなくて、どう感じた？

——どういう意味？　きれいだな、って思ったよ。さっきも言ったけど。

——だから、そうじゃなくて、もっと、もっと……。

そこまで言って詰《つ》まった。もっと、なんなんだろう？　どんな言葉を求めているんだろう。自分でもよくわからなかった。

——だから、版画《はんが》の技術《ぎじゅつ》とか、芸術《げいじゅつ》のむずかしいことは僕《ぼく》にはわからない、って。きれいだっていうだけじゃダメなの？

幸彦《ゆきひこ》は悲しそうな顔になり、黙《だま》る。ほんとは無関心なんじゃないか、と思う。わたしが気を悪くしないように褒《ほ》めているけど、作品には興味《きょうみ》がないんじゃないか？

——君の言いたいことは……。いつもよくわからない。

わからない。その言葉が心を刺《さ》す。自分の作品がだれの心にも届《とど》かないものに思えてくる。自分の望みがないものねだりのわがままに思えてくる。

わたしは幸彦《ゆきひこ》に作品を見せなくなった。またああいうことを言われたら、作り続けられない。部屋でひとりで制作《せいさく》を続け、幸彦《ゆきひこ》はだんだん帰ってこなくなった。

そうして、いつのまにか幸彦《ゆきひこ》はほかの女性《じょせい》と付き合うようになっていた。はじめは気づかなかった。

思えば、わたしはむかしから、人の心に鈍感《どんかん》な人間だった。身近な人が悲しんでいても苦しんでいても、頭ではわかってもぽかんとするだけだったのだ。

そちらに子どもができて抜《ぬ》き差しならない状態《じょうたい》になって、幸彦《ゆきひこ》がその女性《じょせい》を連れてきたときも、わたしはただぽかんとして、あ、そう、としか言えなかった。なにを言えばいいのかわからなかった。

自分の心にも鈍感《どんかん》だった。ほんとは、身体《からだ》が全部ばらばらになったみたいだった。だけど、その気持ちは悲しみとも絶望《ぜつぼう》とも名づけられなかったし、どうふるまえばよいのか、泣けばよいのか怒《おこ》ればよいのかさえもわからなかった。

——わたし、産みたいんです。

彼女《かのじょ》が目に涙《なみだ》をため、必死な顔で訴《うった》えたときも、わたしは、そうですか、としか言えなかった。身体《からだ》がぱっくりと裂《さ》けて、なかが全部抜《ぬ》けてしまったような気がしたが、目の前の女性《じょせい》を憎《にく》いとか、許《ゆる》せない、とかいう気持ちにはなれなかった。どう答えればいいのかもわからなかった。わかったのは、この人はこれだけ必死なのだから、自分が譲《ゆず》るべきなのだろう、ということだけだ。

いったん彼女《かのじょ》が外に出て行って、幸彦《ゆきひこ》はわたしに「すまない」と言った。わたしはなにも答えなかった。幸彦《ゆきひこ》はこれまでのことを話し出した。途中《とちゅう》から聞きたくなくて、耳を塞《ふさ》いだ。

——なぜなにも答えないんだ。

幸彦《ゆきひこ》は突然《とつぜん》声を荒《あら》らげた。

——こうなったのは君のせいだ。

なぜそんなことを言われるのかわからなかった。さびしかったのだ、と幸彦《ゆきひこ》は言った。気持ちが通じ合わない、君は僕《ぼく》を必要としていない、とも言った。そんなことはない、とわたしは言った。だが、ほんとうのところよくわからなかった。

必要とするとはどういう意味だろう？　ぽかんとして幸彦《ゆきひこ》を見た。

——もうダメだな。君はいつも、貝のように心を閉《と》じてて……。

貝のように……。その言葉がぐいっと身体《からだ》の深いところに刺《さ》さった。

――もしかしたら、と思ったけど……。

もしかしたら、なんなのか。わたしになにを期待しているのか。

幸彦《ゆきひこ》は自分からは結論《けつろん》を言いたくないようだった。だからわたしは一週間だけ待ってくれ、と言った。荷物をまとめながら、次の家を探《さが》した。

次の家は実家に近い川越《かわごえ》にした。どこでもよかったのだ。新しいことを始める気力はなかった。だからよく知っている土地にした。小さなアパートを借り、荷物を運び、鍵《かぎ》を置いて海の近くの家を出た。

新しい家に着くと、なつかしい匂《にお》いがした。一晩畳《ひとばんたたみ》に丸まって寝《ね》た。もう版画《はんが》はやめよう、と思った。さびしかったんだ、と幸彦《ゆきひこ》は言った。わたしの版画《はんが》は、人をそんな気持ちにさせてよいほどのものじゃない。

どうせ結局なににもなれない。作品を残すこともできない。なのになぜ作り続けているんだ？　見栄《みえ》？　だれかに受け入れてもらいたい？　なにを？　ほんとの自分？　そんなどこにもないもののために、大事なものをなくしてしまった。

大事な……。

幸彦《ゆきひこ》のこと、大事だったんだろうか。

すうっと部屋のなかに風が吹《ふ》いた。自分にはなにも残っていない気がした。

版画《はんが》関係の箱は押入《おしい》れの奥《おく》にしまった。いつのまにか、なにかになりたい、なんて気持ちは忘《わす》れてしまっていた。いまになってみると、あのころの息苦しさはもうよくわからない。

なのに、わたしはまたこうして版《はん》を彫《ほ》っている。

——昌代《まさよ》はいいよなあ。

いつだったか幸彦《ゆきひこ》が言っていたのを思い出した。貝がらを集めるようになったころのことだ。夜、家で集めた貝がらを見せていたら、幸彦《ゆきひこ》はそう言った。

——なにがいいの?

——ひとりの世界を持っているところがいい。なにを考えているのか僕《ぼく》にはよくわからないけど、きれいなものが家にある、って思えるんだ。

そう言って、うれしそうに笑った。

——僕《ぼく》にとっては、昌代《まさよ》がその貝がらみたいなものなんだ。

あのときは、うれしかった。

涙《なみだ》が出ていることに気づいた。貝がらみたいと言われたときは、うれしかったんだ。それも、最後には「貝のように心を閉《と》じてる」に変わってしまったけれど。

そのとき電話が鳴った。はっとして電話を取る。

「田口さん?」

内山先生の声がした。

「いや、特別用があったわけじゃないんだ。今泉《いまいずみ》の工房《こうぼう》に行ってるんだって?」

「はい。ちょっと作りたいものができて、ここのところ何度か」

「そうか、よかった。ちょっとそれが気になっていたから……」

心配してくれてたんだ。先生の笑顔を思い出し、うれしくなった。

「それで、どう? 今泉《いまいずみ》のところは?」

「とてもいい工房《こうぼう》ですよ。プレス機もそろってますし、雰囲気《ふんいき》もとてもいいです。今泉《いまいずみ》さんも工房《こうぼう》のほかの人も、みんな感じのいい方で……」

「それはよかった。今泉《いまいずみ》は元気かな?」

「ええ。以前会ったときとはずいぶん変わりましたね。最初は別人かと思いました。でも、いまはとてもおだやかで……。話していると落ち着きます」

おだやかなだけじゃない。以前は精力的《せいりょくてき》で、ひたすら自作について語り続ける人という印象《いんしょう》だったが、この前はずっとわたしの話を聞いてくれた。それに洞察力《どうさつりょく》があって、話しているうちに何度もはっとさせられた。

「彼《かれ》、作品は? 作ってる?」

「はい。なにか刷っているみたいです。来年大きな個展《こてん》をするとか……」

工房《こうぼう》の古いメンバーが噂《うわさ》していたのを思い出し、そう言った。

「じゃあ、調子はいいんだな。よかったよ」

内山先生が大きく息をついた。

「調子がいい、って……今泉《いまいずみ》さん、なにかあったんですか？」

「いや……。そうか、まだだれからも聞いてないのか」

なんだか気になる言い方だった。なにかあったのか。たしかに、あの変わり方は単に年月のせいとは言えない気がする。

「田口さん、前に個展《こてん》に行ったとき、今泉《いまいずみ》の奥《おく》さんに会ったの、覚えてないかな？澄子《すみこ》さんっていう、小柄《こがら》な人」

奥《おく》さん？　そういえば……。あのとき今泉《いまいずみ》さんといっしょにいた。今泉《いまいずみ》さんの助手も務《つと》めていて、刷り師《し》をしているとか……。

「ええ、覚えてます。刷り師《し》をしている、と言ってた方ですよね。あの方も大学で同期だった、っておっしゃってたような……」

「今泉《いまいずみ》も、澄子《すみこ》さんも大学で同期だった。あのふたりは在学時《ざいがくじ》から付き合っていて、卒業してすぐに結婚《けっこん》した。彼女《かのじょ》自身もいい版画《はんが》を作る人でね」

「どんな作品だったんですか？」

「エッチングで、いつも翼《つばさ》の絵だった。卒業制作《せいさく》に出した『翼《つばさ》』っていう作品は、本当によかった」

翼《つばさ》。はっとした。工房《こうぼう》の壁《かべ》に飾《かざ》られていた、あの作品。もしかしてあれが……。

「海の上に翼《つばさ》が浮《う》いている作品ですか？」

「そうそう」

「見ました。工房《こうぼう》の壁《かべ》に飾《かざ》られてました」

「あの作品もすごく評価《ひょうか》が高かったんだよ。だけど、今泉《いまいずみ》が在学中《ざいがくちゅう》に大きな賞《しょう》を取って売れっ子になってしまっていたから、結婚《けっこん》してからは、彼女《かのじょ》は今泉《いまいずみ》の刷り師《し》に徹《てっ》していたんだ。だけどね」

内山先生の声がそこで少し止まった。

「亡《な》くなったんだよ、澄子《すみこ》さん」

「え？」

「田口さんがうちを辞《や》めてすぐのころかな。交通事故《じこ》だよ。旅先のバスでね。今泉《いまいずみ》とふたりで乗っていて、今泉《いまいずみ》はかすり傷《きず》だったのに、隣《となり》の澄子《すみこ》さんは亡《な》くなった」

そんな、と思ったが、声にならなかった。

「今泉《いまいずみ》はしばらく立ち直れなかったんだ。ふたり同じバスに乗って、隣同士《となりどうし》だった。澄子《すみこ》さんが窓側《まどがわ》、今泉《いまいずみ》が通路側。納得《なっとく》できないよなあ。もう版画《はんが》は作れない、って言って、閉《と》じこもってしまった」

そうか、と思った。今泉《いまいずみ》さんの外見が変わったのは、そのせいなのだ。前にあったときの今泉《いまいずみ》さんは自信にあふれていた。望んだことはなんでも手に入るような顔をしていた。

「だけど、三年くらい前かな、急に工房《こうぼう》をはじめるって言い出したんだ。これからの人が制作《せいさく》できる場を作りたい、って」

——飛べる人は飛ぶべきだ。僕《ぼく》はそう思うんですよ。

今泉《いまいずみ》さんの声が耳のなかに響《ひび》く。

「今泉《いまいずみ》は澄子《すみこ》さんが亡《な》くなったあと、ずっと後悔《こうかい》してた。こんなことなら自分の手伝いなんかさせずに、澄子《すみこ》自身の版画《はんが》を作らせておけばよかった、って……。別に今泉《いまいずみ》が無理に手伝いをさせてたんじゃないんだよ。澄子《すみこ》さんが進んでやってたんだ。大学を卒業するころ、澄子《すみこ》さんとふたりで話したことがある。そのとき、彼女《かのじょ》、言ってたんだ。『表現《ひょうげん》は翼《つばさ》だ』って」

——表現《ひょうげん》は翼《つばさ》ですよ。

受け売りですよ、って言ってたけど、あれは澄子《すみこ》さんのことだったのか。

「彼女《かのじょ》はそれまでも翼《つばさ》の絵ばかり刷ってたんだ。最初は鳥の絵だったんだけど、途《と》中《ちゅう》からだんだん翼《つばさ》だけになった。まわりからはよく飽《あ》きないね、ってからかわれてたけど。きっとあれは、彼女《かのじょ》自身の表現《ひょうげん》の翼《つばさ》だったんだなあ」

海の上に浮《う》いた翼《つばさ》。力強く、美しかった。命そのものみたいに見えた。

「卒制《そつせい》の展覧会《てんらんかい》のあと、俺《おれ》は彼女《かのじょ》に感想を言ったんだ。あの翼《つばさ》はとても素晴《すば》らしかった、今までのものより格段《かくだん》に素晴《すば》らしい、魂《たましい》を感じる、って。そうしたら彼女《かのじょ》、笑って言ったんだよ、あれは、今泉《いまいずみ》なんだ、って」

「今泉《いまいずみ》さんの翼《つばさ》？」

「そう。そのころには、彼《かれ》らは卒業したら結婚《けっこん》することが決まってて。彼女《かのじょ》は今泉《いまいずみ》を手伝うつもりだった。そんなんでいいの、って訊《き》いたら、別に一生手伝うわけじゃない、わたしも時が来たら自分の制作《せいさく》をする。でも、いまは今泉《いまいずみ》くんの作品を世に出すことの方が大事だから、って」

内山先生はふうっと息をついた。

「びっくりしたよねえ。俺《おれ》は、今泉《いまいずみ》に先を越《こ》されたことで躍起《やっき》になってたから。だけど、澄子《すみこ》さんは、人生には時期がある、それを逃《のが》しちゃいけないって言うんだ。

人にはみんな翼《つばさ》がある。いまは自分の翼《つばさ》より今泉《いまいずみ》くんの翼《つばさ》の方が大きくて、力強い。だから遠くまで飛ばせてあげたいんだ、って」

そんなふうに考えられる人もいるんだ。わたしもまた驚《おどろ》いていた。内山先生の言いたいことはよくわかる。わたしもそうだった。身近に成功する人がいると、置いていかれたようで落ち着かない気持ちになった。

「彼《かれ》には『やめてくれ』って言われてるんだけどね、って、彼女《かのじょ》、笑ってたんだ。『僕《ぼく》の能力《のうりょく》でいっしょに夢《ゆめ》を見ようとするのは重荷だからやめてくれ』って言われたんだってさ。今泉《いまいずみ》も、澄子《すみこ》さんには澄子《すみこ》さん自身の制作《せいさく》をしてほしかったんだろう。でも、作家生活を始めてみたらそういうわけにはいかなくなった」

「刷り師《し》がいなければ版画家《はんがか》の制作《せいさく》は成り立たないですよね」

「そう。そして、澄子《すみこ》さん以上に今泉《いまいずみ》の意を汲《く》み取れる人はいなかった。澄子《すみこ》さんは最初からそれをわかってたんだよなあ」

先生はまた大きく息をついた。

「かなわないよね。澄子《すみこ》さん、あの翼《つばさ》が今泉《いまいずみ》だっていう話は、ここだけの話だからないしょにしてくれ、って言うんだよ。今泉《いまいずみ》自身にも言わないでくれ、って」

「じゃあ、今泉《いまいずみ》さんは知らないんですか？」

「ああ、俺《おれ》は言ってない。澄子《すみこ》さんが亡《な》くなったあと言おうかとも思ったけど、やっぱりやめた」

「どうして？」

そう訊《き》くと、先生は黙《だま》った。

「ほんとはさ、俺《おれ》も好きだったんだよ、澄子《すみこ》さんのこと。澄子《すみこ》さんも気づいてたんだと思うんだ。だから、翼《つばさ》のこと、俺《おれ》にだけ話したんだよね、きっと」

しばらくして、先生が少し口ごもりながら言った。

「今泉《いまいずみ》が工房《こうぼう》をはじめたのは、たぶん澄子《すみこ》さんのことが頭にあったんだよ。じゅうぶんに翼《つばさ》を広げないまま亡《な》くなってしまった澄子《すみこ》さんのことが」

あの工房《こうぼう》のおだやかな雰囲気《ふんいき》は、たぶんそういう思いから生まれているのだろう。

「とにかく、俺《おれ》は翼《つばさ》のこと、今泉《いまいずみ》には一生言わない、って決めたんだ」

「どうしてですか？」

「だって、癪《しゃく》に障《さわ》るじゃないか。俺《おれ》だって好きだったんだ。ひとつくらい、澄子《すみこ》さんと俺《おれ》だけの秘密《ひみつ》があったっていいかな、って。あ、いましゃべっちゃったか」

先生が、ははは、と笑った。

「最近また今泉《いまいずみ》が制作《せいさく》をはじめたらしい、って噂《うわさ》で聞いてね。工房《こうぼう》に新しい人が来るようになって、今泉《いまいずみ》の翼《つばさ》も少し復活《ふっかつ》してきたのかな、って思ってさ」

心配しているんだな、と思った。もしかしたら、その様子を探《さぐ》るために、わたしに今泉版画工房《いまいずみはんがこうぼう》を紹介《しょうかい》したのかもしれない。それならそれで別にかまわない。わたし自身、あそこに行けて、今泉《いまいずみ》さんに会えてよかったと思っているから。

「田口さんの翼《つばさ》も復活《ふっかつ》したのかな。今度遊びに行くからさ、作品、見せてくれよ」

「内山先生が考えているのとはちょっとちがう形かもしれませんよ」

「ちょっとちがう形？　なんだろう。気になるなあ」

「秘密《ひみつ》です」

ちょっと笑った。豆本だと知ったらどんな顔をするだろう、と思った。

6

週末、三日月堂《みかづきどう》に行って、弓子さんと紙や綴《と》じ方を決めた。

版画《はんが》用紙を何種類か試《ため》し刷りして、活版《かっぱん》と相性《あいしょう》のよいものを選んだ。大きさは縦《たて》五センチ、横四センチ。片面《かためん》に版画《はんが》を刷り、裏《うら》に活版《かっぱん》で文字を入れる。二枚《まい》を和紙で足継《あしつ》ぎして、糸で綴《と》じる。

足継《あしつ》ぎというのは厚紙《あつがみ》や写真など、折ることのできない紙を綴《と》じる手法だ。二枚《まい》を和紙でつないで、和紙の部分を糸で綴《と》じるのだ。

「そうそう、豆本に入れたいと思っていた詩、ようやく見つかりました。あれからずっと考えていて、作者は新美南吉《にいみなんきち》だって思い出して……」

弓子さんが言った。

「『ごんぎつね』の人ですね」

「そうです。それでこの前図書館に行って、借りて来ました。『貝殻《かいがら》』っていう詩です」

弓子さんが『校定新美南吉《なんきち》全集第八巻《かん》』という本を開いた。

貝殻《かいがら》

かなしきときは
貝殻《かいがら》鳴らそ。
二つ合わせて息《い》吹《ぶ》きをこめて。
静かに鳴らそ、

貝がらを。

誰《だれ》もその音を
きかずとも、
風にかなしく消ゆるとも、
せめてじぶんを
あたためん。

静かに鳴らそ
貝殻《かいがら》を。

目の前に海が広がり、波の音が聞こえるような気がした。

「いいですね」

――せめてじぶんを　あたためん。

さびしいけれど、あたたかい。言葉が身体《からだ》にしみこんでくる。

「この詩にしましょう。すごく合う気がします」

「よかった……。わたしも、最初に昌代《まさよ》さんの版画《はんが》を見たとき、なんとなくこの詩のことを思い出したんです」

弓子さんがほっとしたように息をついた。

「一行に一枚《まい》版画《はんが》を合わせるとすると……。空白の行をのぞくと十二行ですから、版画《はんが》も十二枚《まい》必要です」

弓子さんが数えながら言った。

「扉《とびら》にも版画《はんが》を入れたいですね。となると全部で十三枚《まい》……」

「最後に版画《はんが》だけのページがあってもいいですよね。となると、十四枚《まい》。大丈夫《だいじょうぶ》ですか？」

「ええ。使うと決めている版《はん》がもう十一枚《まい》ありますから、これは刷るだけ。新しく彫《ほ》るのが三枚《まい》。なんとかなると思います。でも、製本《せいほん》の手間を考えると、限定《げんてい》二十部くらいにしておきましょうか」

「そうですね」

弓子さんが微笑《ほほえ》んだ。

すでに版《はん》ができていた十一枚《まい》は、会社の帰りに工房《こうぼう》に寄《よ》って少しずつ刷り、できたものから三日月堂《みかづきどう》に届《とど》けた。

あと三枚《まい》。まだ彫《ほ》っていない貝から選び、夜、少しずつ彫《ほ》り進めた。

二枚《まい》は決まったが、最後の一枚《まい》をなににするかがなかなか決まらない。箱のなかの貝を探《さぐ》っていたとき、底の方から大きな貝が出てきた。

テンシノツバサ。

斜《なな》めに細長い形をした二枚貝《まいがい》だ。真っ白くて、両の貝を並《なら》べて置くと、天使の翼《つばさ》そっくりになる。幸彦《ゆきひこ》からもらったものだった。アメリカに出張《しゅっちょう》に行ったとき、露《ろ》店《てん》で見つけたのだ、と言っていた。

——昌代《まさよ》、こういうの好きかなあ、と思って。

トランクからタオルでぐるぐる巻《ま》きにしたものを取り出し、ほどくと真っ白なそれが出てきた。翼《つばさ》みたいだ、と思った。図鑑《ずかん》で見たことはあったが、実物を見るのははじめてだった。

この貝を描《えが》いたことはなかった。大きすぎるから、とか、完璧《かんぺき》すぎるから、と思っていたが、全部言い訳《わけ》だ。ほんとは、幸彦《ゆきひこ》からもらったただひとつの貝だからだ。いっしょに浜辺《はまべ》を歩き、貝を拾ったことはある。旅先でわたしが貝を買うのに付き合ってくれたこともある。だが、幸彦《ゆきひこ》からもらった貝はこれだけだ。

翼《つばさ》のような真っ白な貝を見ながら、これを刷ろう、と思った。

日曜日、出来上がった三枚《まい》の版《はん》を持って、今泉版画工房《いまいずみはんがこうぼう》に行った。工房《こうぼう》はがらんとしていて、今泉《いまいずみ》さんしかいなかった。今泉《いまいずみ》さんは自分の制作《せいさく》を進めているらしく、作業に集中している。

紙を水に浸《ひた》し、版《はん》にインクを詰《つ》める。プレス機の前に立ち、ベッドプレートの上で版《はん》と紙を合わせる。プレス機の圧力《あつりょく》を調整し、ハンドルを回す。

「田口さん、豆本を作ってるんだって？」

何枚目《なんまいめ》かの紙をセットしたとき、声がした。いつのまにか今泉《いまいずみ》さんがプレス機の向こう側に立っていた。

「見てもいいかな？」

「はい」

今泉《いまいずみ》さんが刷り上がった紙に顔を近づけた。台の上に並《なら》んだ版画《はんが》を眺《なが》め、細長い二枚貝《まいがい》のところまで来たとき、今泉《いまいずみ》さんの目がはっと開いた。

「これは……？」

「それは、テンシノツバサです」

「天使の翼《つばさ》？」

「ほんとうはけっこう大きな貝なんです。これまで刷ったことがなかったんですが、二枚貝《まいがい》で少し形が変わったものも入れたいと思って」

「ほんとうに翼《つばさ》みたいな形だねえ。きれいなものだ」

今泉《いまいずみ》さんは顔をあげ、遠くを見た。視線《しせん》の先に澄子《すみこ》さんの「翼《つばさ》」があった。

ああ、と思った。これまで彫《ほ》ることのなかったテンシノツバサを彫《ほ》ろうと思ったのは、あの作品のせいだったのだ、と気づいた。

「あの作品……」

ぼそっと訊《き》いた。

「あれは、僕《ぼく》の妻《つま》が作ったものなんだ。工房《こうぼう》のだれかから聞いたかな？」

「内山先生から聞きました。この前、電話で……」

「内山から……」

「澄子《すみこ》さんには、以前ギャラリーに伺《うかが》ったときにお目にかかりました」

「そうだったのか……」

今泉《いまいずみ》さんが顔をあげ、宙《ちゅう》を見た。

「もうずいぶん経《た》つよなあ」

大きく息をつき、「翼《つばさ》」のかかった壁《かべ》に近づく。

「澄子《すみこ》は、いい作家だったんだ。なのに、僕《ぼく》の作品の刷り師《し》ばかりして……。あのころの僕《ぼく》は、澄子《すみこ》もそれで満足しているものと……いや、ちがうな、途中《とちゅう》からそのことに慣《な》れて、澄子《すみこ》の気持ちなんて考えなくなってた」

「内山先生は、澄子《すみこ》さんは納得《なっとく》して刷り師《し》をしていた、と……」

「納得《なっとく》はしてた。でも……満足していたかどうかはわからない」

今泉《いまいずみ》さんはぐっと唇《くちびる》を噛《か》んだ。

「僕《ぼく》は澄子《すみこ》がやってくれることをあたりまえのように感じてた。あのころは自信がなくて、自分のプライドを保《たも》つので必死だったんだ。だから、澄子《すみこ》にきつく当たったこともあった。澄子《すみこ》は怒《おこ》らなかった。だけど、あとで八つ当たりだったたって気づいて、情《なさ》けなくなる。澄子《すみこ》が完璧《かんぺき》な人間に思えて、逃《に》げ出したくもなった」

澄子《すみこ》さんの版画《はんが》に指をのばした。

「『表現《ひょうげん》は翼《つばさ》だ』って言ってたのは澄子《すみこ》なんだよ。僕《ぼく》は澄子《すみこ》の翼《つばさ》をもいだ。彼女《かのじょ》は自分の世界を作らないうちに、いなくなってしまった」

おだやかな声だが、かすかにふるえている。

「澄子《すみこ》が死ぬまで、身近で死んだ人なんていなかった。親も祖父母《そふぼ》も健在《けんざい》だったし、人が死ぬなんてこと、考えたこともなかった。だけど人は、呆気《あっけ》なくいなくなるんだ。昨日《きのう》までいたのに、今日《きょう》はもういない。そして、二度と帰らない」

今泉《いまいずみ》さんが目を閉《と》じた。

「僕《ぼく》は自分が許《ゆる》せなかった。なにもできず、澄子《すみこ》のものを見るのが辛《つら》くて、澄子《すみこ》の部屋にしまったまま、手もつけずにいた」

「じゃあ、この版画《はんが》も……？」

「彼女《かのじょ》は自分の部屋にしまいこんでいたからね。引っ越《こ》すことになって、仕方なく澄子《すみこ》の部屋に足を踏《ふ》み入れた。なつかしくて、あたたかくて、苦しかった。そのときこの作品の入った箱を見つけたんだ」

そう言って、大きく息をついた。

「箱には見覚えがあったからね。おそるおそる開けた。この作品が出てきて……泣いた。もうこれ以上版画《はんが》を作るのは無理だ、と思っていた。だけど、作品を見ているうちに、この翼《つばさ》に抱《かか》えられるような気持ちになったんだ。澄子《すみこ》の翼《つばさ》はもげたわけじゃない。ここにあったんだ、って思った。こんなに美しい翼《つばさ》があったのに、飛ばずに終わってしまった。だから……。僕《ぼく》はしばらく版画《はんが》は作れないだろう。だけど、翼《つばさ》を持った人に場所を作ることはできる。澄子《すみこ》のように、翼《つばさ》があるのに飛ばずにいる人の手助けをする。それが僕《ぼく》の役割《やくわり》だって」

今泉《いまいずみ》さんの横顔を見つめた。

「それでこの工房《こうぼう》を作った。壁《かべ》にはまず澄子《すみこ》の版画《はんが》を飾《かざ》った。不思議なもんだよね、版画《はんが》を作る人たちが集まってきて、それを見ているうちに僕《ぼく》も少しずつまた飛べるようになってきた」

「そうだったんですね」

「でも、前のような作品は作れない。自分の世界が壊《こわ》れてしまったから。澄子《すみこ》の死で、僕《ぼく》の世界は脆《もろ》いまぼろしのようなものになってしまった」

自信にあふれた今泉《いまいずみ》さんの顔を思い出す。あのときは隣《となり》に澄子《すみこ》さんがいた。

「だけど、版《はん》を彫《ほ》るときには、生きている気がする。澄子《すみこ》がそばにいる気がする。いまはそのことを頼《たよ》りに、版画《はんが》を作っている」

「最近はどんなものを作っているのですか」

そういえば、まだ今泉《いまいずみ》さんの作品を見たことがなかった。

「見てみますか」

今泉《いまいずみ》さんが少し微笑《ほほえ》み、棚《たな》から作品を出した。どの作品にも大きな木が描《えが》かれていた。以前見たような幻想《げんそう》的な世界ではなく写実的な風景だ。光があふれているようで、見ていると胸《むね》が熱くなった。

「ここに工房《こうぼう》を構《かま》えてしばらくたったころのことだ。ある朝近所を散歩していて、大きな木を見た。すごく立派《りっぱ》な木でね。それで、試《ため》しに『ボンジュール！』って言ってみたんだ」

今泉《いまいずみ》さんがくすっと笑う。

「ああ、長谷川潔《はせがわきよし》の《一樹（ニレの木）》ですね」

版画家《はんがか》・長谷川潔《はせがわきよし》の有名なエピソードだ。パリ近郊《きんこう》の通りを歩いていたとき、一本の樹《き》が燦然《さんぜん》と輝《かがや》いて「ボンジュール！」と語りかけてきた。長谷川《はせがわ》もまた「ボンジュール！」と答えた。木に宿る生命に気づき、彫《ほ》ったのが《一樹（ニレの木）》という作品だ。

「『ボンジュール！』という答えは返ってこなかったけど……。木が生きている、ということは痛《いた》いほど伝わってきた。木も僕《ぼく》も生きている。そう思った」

今泉《いまいずみ》さんは目を閉《と》じた。

「いまは木の形が面白《おもしろ》くて……みんなちがうんですよ、種類だけじゃなくて、育ってきた環境《かんきょう》で形が変わっていく。それを見ているだけで面白《おもしろ》くて」

わたしの方を見て、少し笑った。

「田口さんの貝がらとも似《に》ているのかもしれない」

「そうでしょうか」

わたしはなぜ貝がらなんだろう。

ひとつのものにこだわっているところは同じだが、木と貝がらはちがう。木は生きている。これからも変化していく。だが、貝がらはもう変化しない。割《わ》れたり砕《くだ》けたりすることはあるかもしれないが、生きものとしての変化ではない。

なぜ貝がらに惹《ひ》かれたのか。死骸《しがい》だから？　もう終わってしまったものだから？

ちがう。きっと貝がらに残っている命のあとに惹《ひ》かれたのだ。貝がらは、貝が一生かかって作る形だ。きっとそれは貝の魂《たましい》の形なのだ。

だけど……。

今泉《いまいずみ》さんの木はもっとなまなましい。終わってしまったものでない、いま作っている形。生きて、変化していく形。

「前の作品も素晴《すば》らしかったですが、こちらの方がわたしは好きです。作品自体が生き物のようで……」

「あのころの僕《ぼく》とは世界の見え方が変わった。あのころは自分の内側を見ていた。いまは外を見ている。ひとりで、むき出しで、世界のなかに立っている。もう元には戻《もど》れない。でも、いいんだ。それが生きているということだからね」

もう元には戻《もど》れない。生きることはいつも一方通行だ。

わたしも……。次はなにかちがうものを彫《ほ》りたい。それがなにかはわからないが、生きて変化していくものを。

「傷《きず》が線を作る。まっさらな金属《きんぞく》の板では何の像《ぞう》も浮《う》かばない。傷《きず》があるからこそ形が生まれ、命が宿る。傷《きず》がない人生は生きているとは言えない」

窓《まど》の外に木の葉が揺《ゆ》れている。ひらひらと一枚《まい》ずつ、命のように揺《ゆ》れている。あの葉も冬になれば落ちてしまうのだろう。

「見てもらってよかったよ。個展《こてん》を開こうと思っているんだけど、なんだか不安でね。工房《こうぼう》の人たちにも意見を聞きたいけど、なかなか見せられずにいたんだ」

今泉《いまいずみ》さんが、ははは、と笑った。

「内山先生も個展《こてん》を楽しみにしているみたいですよ」

心配していた、とは言わなかった。内山先生も望まないだろう。

それに、「翼《つばさ》」のことも言わないことにした。わたしが話すことじゃない。

あれが澄子《すみこ》さんの翼《つばさ》ではなく、今泉《いまいずみ》さんの翼《つばさ》だということ。今泉《いまいずみ》さんは知らない。

でも、あの翼《つばさ》で羽ばたきはじめた。彼女《かのじょ》はほんとうに賢《かしこ》い人だったのだ。今泉《いまいずみ》さんの翼《つばさ》を、自分がいなくなったあとの世界にとっておいた。

壁《かべ》にかかった「翼《つばさ》」を見る。

翼《つばさ》は二枚《まい》で一対《つい》。一枚《まい》だけでは飛べない。

「長話をしてしまって、悪かったね」

「そんなことはないです。個展《こてん》が楽しみです」

「豆本も楽しみですよ。この小さな世界に豆本は合っている。田口さんの世界はたぶん、壁《かべ》に飾《かざ》るより、手のひらのなかで見るのがふさわしい」

びくんとした。思っていたことを言い当てられた気がした。

「完成したら見せてください」

うなずきながら、胸《むね》に波が打ち寄《よ》せてくるみたいだ、と感じた。


テンシノツバサの版画《はんが》を見ながら、あれも嘘《うそ》じゃなかったんだな、と思った。

幸彦《ゆきひこ》と別れたとき、信頼《しんらい》していたのにあれは全部嘘《うそ》だった、と思った。だけど、ちがう。彼《かれ》が「きれいなものが家にある」と言ったのも、テンシノツバサを買ってきてくれたのも全部ほんとうのことだ。最初からなかったわけじゃない。ちゃんとあって、消えることはない。そのあと変わっただけだ。

時間は流れる。人は変わる。

――それが生きているということだから。

今泉《いまいずみ》さんの言葉が耳の奥《おく》に響《ひび》いていた。

7

土曜日、最後の三種類の版画《はんが》を持って三日月堂《みかづきどう》に行った。

活字はもう組まれていた。版画《はんが》をコピーしたものを使って、文字の位置を調整した。版画《はんが》は黒で刷ったが、同じ黒で微妙《びみょう》にちがうより、別の色にした方がいいと考え、文字は深い青にすることにした。

同じ紙を使って試《ため》し刷りをしたあと、手《て》キンに版画《はんが》をセットする。弓子さんが緊《きん》張《ちょう》した表情《ひょうじょう》でレバーを引いた。

文字がくっきりと浮《う》き上がっている。

「よかった。なんとかうまく刷れそうです」

弓子さんはほっと微笑《ほほえ》んだ。

印刷が終わったとき、外はもう真っ暗だった。版画《はんが》の裏面《うらめん》はすべて文字が入った。印刷は見事な出来栄えだった。

ハードカバーで表紙は文字だけと決めていたので、こちらは版画《はんが》用紙より薄《うす》い紙であとで刷ることになった。

「今回はさすがに緊張《きんちょう》しました。失敗できませんからね」

弓子さんがにこっと笑った。

「でも、楽しかったです、とても。昌代《まさよ》さんの世界を作るお手伝いができた」

かなわないなあ、と思った。こういう人もいるのか。わたしよりずっとずっと若《わか》いのに。こんなことを言える人がいるとは。

「それに、わたし自身もやりたいことに一歩近づいた気がするんです」

「やりたいこと、って、本を作る、ってことですか?」

「ええ、それもあります。でも、単に本を作りたい、っていうのともちがいます。なんて言ったらいいのかな……」

弓子さんが首をひねった。

「うまく言えないんですけど、なんでもできるようになりたいんです」

「なんでもできる?」

「むかしは活版《かっぱん》印刷しかなかった。だから、活版《かっぱん》印刷でなんでも作ってたんです。文字も組んだし、写真も載《の》せてた。飾《かざ》り罫《けい》を作って、装飾《そうしょく》もした」

「飾《かざ》り罫《けい》？」

「ええ。こういうのです」

弓子さんが棚《たな》から長い金属《きんぞく》の板を出してきた。断面《だんめん》に細かい柄《がら》が刻《きざ》まれている。

「罫線《けいせん》なんですよ。でもただの直線や点線だけじゃなくて、いろんな模様《もよう》があるんです。タイトルをこれで囲《かこ》んだり……」

「細かいですね……すごい」

「もっと勉強して、わたしもできるようになりたいと思ったんです。活版《かっぱん》印刷でできていたこと、全部。いまの印刷にはできないけど活版《かっぱん》ならできる、そういうこともあるはずなんです」

「そうですね、今回みたいに版画《はんが》の裏《うら》に文字を刷るなんてことはできない」

「いまうまくできることだけじゃダメなんです。いろんなことを勉強しようって。せっかく生かすチャンスをもらったのだから」

弓子さんの言葉に胸《むね》を打たれた。

「早く形にしたくなってきました」

「ほんとですね。出来上がりが楽しみです」

弓子さんが微笑《ほほえ》む。

「そうだ。昌代《まさよ》さん、お菓子《かし》、食べませんか?」

「そうですね、お腹《なか》もすきました」

笑って答える。考えたら昼からごはんも食べずに印刷してきたのだ。

弓子さんは手を洗《あら》い、奥《おく》に入った。お湯を沸《わ》かす音がした。

しばらくして、弓子さんがお盆《ぼん》を持って出てきた。皿にはエッグバウムがのっている。

「あ、エッグバウム」

「そうなんです。この前とても美味《おい》しかったから。味が二種類あったでしょう?もう片方《かたほう》も食べてみたいと思って」

弓子さんがにこっと笑った。


和紙を細く切り、隙間《すきま》をあけて二枚《まい》の紙をつなぐ。文字の面と版画《はんが》の面が向かい合わせになるように。隙間《すきま》が広すぎると弱くなるし、狭《せま》すぎると開きにくくなる。印刷していない紙で試《ため》して、広さを調節する。

でんぷん糊《のり》を使い、組み合わせをまちがえないように貼《は》り合わせる。貼《は》り合わせたものを重ね、重石《おもし》を乗せて一晩乾燥《ひとばんかんそう》させた。単純《たんじゅん》な作業だが、曲がらないよう、ずれないよう、そりが出ないように注意しなければならないので、一度にたくさんはできない。何日もかけて少しずつ進めた。

貼《は》り合わせ作業が終わりに近づいたとき、三日月堂《みかづきどう》から連絡《れんらく》が来た。表紙が刷り上がったらしい。翌日《よくじつ》、会社帰りに取りに寄《よ》った。

表紙は砂《すな》のような色の紙と決めていた。その上に濃紺《のうこん》のインキで文字が刷られている。「貝殻《かいがら》」というタイトル、その下にタイトルより少し小さな字で「作・新美南吉《なんきち》」「版画《はんが》・田口昌代《まさよ》」「印刷・三日月堂《みかづきどう》」の三行。まわりは飾《かざ》り罫《けい》で囲《かこ》まれていた。古い本のように。

その佇《たたず》まいに胸《むね》を打たれた。

はかない。でも力強い。

しんと動かないが、紙に根を下ろし、生きているみたいだ。

「飾《かざ》り罫《けい》、使ったんですね。すごくいいです。古い本みたいで、なつかしい……」

「ええ。この前もお話ししましたけど、罫線《けいせん》ってたくさん種類があるんですよ。いちばんよく使うのは表罫《おもてけい》と裏罫《うらけい》。罫線《けいせん》に使う金属版《きんぞくばん》の厚《あつ》みが罫《けい》の太さになるんです。

片側《かたがわ》は厚《あつ》みを削《けず》って薄《うす》くしてあるから、細い線になる。これが表罫《おもてけい》。裏《うら》の太い方が裏罫《うらけい》。表罫《おもてけい》はだいたい〇・一ミリ、版《はん》の厚《あつ》みが一ポイントなので裏罫《うらけい》の太さも一ポイントになります」

弓子さんが棚《たな》から何枚《なんまい》も細い金属板《きんぞくばん》を出した。

「ほかに、基本《きほん》的なものとして、子持ち罫《けい》、リーダー罫《けい》、ミシン罫《けい》、カスミ罫《けい》、波《なみ》罫《けい》、星罫《ほしけい》、双柱罫《そうちゆうけい》、それから飾《かざ》り罫《けい》もいろいろ」

「罫線《けいせん》の形ごとに版《はん》があるんですね」

あたりまえのことだが、ものとして形があるとやはり驚《おどろ》いてしまう。

「罫線《けいせん》を使うときは必要な長さに切らなくちゃなりません。ここは太さのある飾《かざ》り罫《けい》なので、罫《けい》切り機で端《はし》を斜《なな》めに切ります。縦横《たてよこ》の角をつき合わせられるように四十五度の角度で。でも、いまは罫線《けいせん》を作っているところがないんですよ。だから、もったいなくてあまり切れない。あるものを組み合わせて使ってます」

「今回は？」

「思い切って切りました。全体のイメージに合わせたくて。罫《けい》切り機はむかし教わって二、三度使っただけだったので緊張《きんちょう》しましたが、なんとかなりました」

弓子さんの笑顔を見ながら感心してしまった。この人、見た目はおとなしそうだけど、けっこう思い切りがいいのかもしれない。

「よかったんでしょうか、そんな貴重《きちょう》なものを……」

「ええ、使わなければ意味がないですから」

弓子さんがさらっと言う。でも、命を削《けず》っていくようで、申し訳《わけ》ない気持ちになる。それだけ大切なものを使ってくれたのだ。大事に作らなければ、と思った。

弓子さんが印刷した紙を裁断《さいだん》し、ボール紙に貼《は》ってハードカバーを作る。ふつうのサイズの本なら作ったことがあるが、小さいので勝手がちがう。細かい作業で、最初は手間取った。

三冊分《さつぶん》の表紙と本文を貼《は》り合わせ、そりが出ないように祈《いの》りながら重石《おもし》をのせた。

次の夜、重石を外すと、小さな本が並《なら》んでいた。手に取り、開く。しっかり開き、ズレもそりもない。

ほうっと息をついた。

貝がらの版画《はんが》。活版《かっぱん》の文字。

ゆっくりとページをめくる。波の音がした。あのころの海が目の前に広がっている。弓子さん、今泉《いまいずみ》さん、内山先生、幸彦《ゆきひこ》……。いろいろな人の声が耳のなかで響《ひび》いた。きっとそのすべてが、この小さな本に詰《つ》まっている。

わたしの貝がら。そっと手のひらに包みこんだ。


週末、出来上がった豆本を持って、今泉版画工房《いまいずみはんがこうぼう》を訪《たず》ねた。豆本を手渡《てわた》すと今泉《いまいずみ》さんはいったん手のなかにくるんで、そっと開いた。

「いいですね。新美南吉《なんきち》の詩と版画《はんが》がよく合ってる」

空が深く青く、よく晴れた日だった。工房《こうぼう》の庭の草たちも少し茶色くなりはじめている。もうすぐ冬が来るんだ、と思う。

「川越《かわごえ》の古書店で開かれる『豆本マーケット』というイベントに出すんです」

弓子さんからもらったイベントのフライヤーを手渡《てわた》した。

「見に行きますよ」

今泉《いまいずみ》さんが言った。

「投壜《とうびん》通信、する気になったんですね」

「まだたった二十冊《さつ》ですけど。手がかかるので、いまはそれで精一杯《せいいっぱい》です」

今泉《いまいずみ》さんが、豆本をこちらに差し出す。

「いえ、これはお渡《わた》しするつもりで……」

「いやいや」

今泉《いまいずみ》さんが笑った。

「ちゃんと会場で買いますよ。せっかくの作品なんだから」

「でも……」

「二十冊《さつ》しかないんだったら、早く行かないと売り切れてしまうかもしれないね。予約済《ず》みってことにできるのかな？」

うれしかった。どうしたらいいかわからないくらい。

「ありがとうございます」

頭を下げる。ありがたく厚意《こうい》を受けようと思った。

壁《かべ》にかかった澄子《すみこ》さんの『翼《つばさ》』を見る。

わたしも飛ぼう。低くても、遠くまで行けなくても。行き先があるかわからなくても。飛べるかぎり飛んでみよう。

それが生きるということだから。

豆本がどこかに流れ着き、人に開いてもらうことを夢見《ゆめみ》た。

我らの西部劇

1

半年ほど前、一度向こうに行った。

向こう、つまり、彼岸《ひがん》のことだ。行きかけた、という方が正確《せいかく》かもしれない。会社で心臓《しんぞう》の発作を起こした。まわりに人がたくさんいたから、すぐに救急車《きゅうきゅうしゃ》で病院に運ばれた。

――よかったですねえ、発見が早くて。

手術《しゅじゅつ》が終わったあと、年齢《ねんれい》のよくわからない髪《かみ》の薄《うす》い医師《いし》に言われた。比較的《ひかくてき》軽い症状《しょうじょう》だったらしい。だが、その後も合併症《がっぺいしょう》予防《よぼう》やらなにやらで、一ヶ月近く病院に閉《と》じ込《こ》められることになった。

会社のことが気になっていた。医師《いし》の許可《きょか》が出たらすぐに職場《しょくば》に復帰《ふっき》するつもりでいたが、見舞《みま》いに来た上司に当面は休むように言われた。

退院《たいいん》してからもしばらく家で静養。ようやく職場《しょくば》に戻《もど》ったものの、閑職《かんしょく》に回された。以前のような残業続きの激務《げきむ》は厳禁《げんきん》、納期《のうき》のきつい仕事は無理、部下を叱《しか》り飛ばすのも無理、取引先との神経《しんけい》をすり減《へ》らす交渉《こうしょう》も無理。

そんな中間管理職《かんりしょく》に居場所《いばしょ》はない。いたたまれなくなって、結局辞《や》めた。社宅《しゃたく》も出なければならなくなったが、しばらくは妻《つま》の収入《しゅうにゅう》に頼《たよ》るしかない。ふつうの家の家賃《やちん》を払《はら》えるわけもなく、川越《かわごえ》のわたしの実家の世話になることになった。

父は三十年前に亡《な》くなり、いまは母だけが住んでいる。比較的《ひかくてき》関係が良好とはいえ、姑《しゅうとめ》との同居《どうきょ》だから妻《つま》の明美《あけみ》には申し訳《わけ》なかった。だが、明美《あけみ》の実家は地方で、明美《あけみ》が仕事を辞《や》めることができないいま、それしか選択肢《せんたくし》がなかったのだ。

かつての祖父母《そふぼ》の家をもらったので、家は広く、部屋数だけはたくさんある。長男・祐也《ゆうや》はかつてのわたしの部屋、長女・あすかは妹の部屋、明美《あけみ》とわたしはかつての父の寝室兼書斎《しんしつけんしょさい》で暮《く》らすことになった。

明美《あけみ》は通勤《つうきん》時間が長くなり、仕事もフルタイムに戻《もど》ったので、日々疲《ひびつか》れている。子どものことを考えて去年までは短縮勤務《たんしゅくきんむ》にしてもらっていた。だが、あすかも小四、収入《しゅうにゅう》のことを考えるとフルタイムに戻《もど》るしかない。必然的に残業も増《ふ》えた。

——だけど、この家だとおばあちゃんがいるから。

明美《あけみ》は文句《もんく》も言わず、笑って言った。家事は母がかなりやってくれるし、帰る時間が遅《おそ》くなっても安心だから、と言う。家にいるのはわたしも同じだが、料理ができるわけじゃない。家でも役立たずなんだな、と苦々《にがにが》しかった。

祐也《ゆうや》は受験を控《ひか》えた中三の夏に引っ越《こ》しになったこと、前より田舎《いなか》になったことが不満なのだろう。越《こ》してきてから、わたしにほとんど口をきかなくなった。

機嫌《きげん》がいいのはあすかだけだ。あすかはもともと母とこの家が大好きだった。

——なんであんな田舎《いなか》がいいんだよ。

——だって、広いじゃない。それに、一軒家《いっけんや》だよ。わたし、一軒家《いっけんや》がいいの。階段《かいだん》あるし、庭もあるし。あああ、わたしもおばあちゃんちに住みたいなあ。

前に祐也《ゆうや》とそんな話をしているのを聞いたことがある。社宅《しゃたく》にはあすかの部屋はなかった。2LDKの間取りで、自分の部屋があるのは祐也《ゆうや》だけ。わたしたち三人はずっといっしょに和室で寝《ね》ていた。あすかはいつも「なんでお兄ちゃんだけ自分の部屋があるの」と文句《もんく》を言っていた。

こちらに越《こ》して、あすかにはあすかの部屋ができた。しかもかなり広い。二階のその部屋からは遠くまで見渡《みわた》すことができて、残っていた家具を使って自分なりに部屋を整え、満足している。

明美《あけみ》がいない夜は、あすかは母を手伝って晩御飯《ばんごはん》の支度《したく》をしていた。前は家の手伝いなどほとんどしなかったのに。母も押入《おしい》れから昔のかき氷器を出してきて、いっしょにかき氷を作って食べたりして楽しそうにしている。そういうあすかの姿《すがた》だけが救《すく》いだった。

十月に入り、川越《かわごえ》まつりの日がやってきた。

絢爛豪華《けんらんごうか》な山車《だし》が何台も町をめぐり、すれちがう。子どもが生まれてから何度か祭りの時期に訪《おとず》れたことがあったが、会社が忙《いそが》しく、何年も来ていなかった。だが今回は川越《かわごえ》に住んでいるのだ。あすかが祭りに行きたい、と言うので、出かけることにした。疲労《ひろう》気味《ぎみ》の明美《あけみ》は、家で休んでいたい、と言い、祐也《ゆうや》はひとりで出かけてしまった。それで、母とあすかと三人で三時過《す》ぎに家を出た。

実家は一番街《いちばんがい》とは川越《かわごえ》駅を挟《はさ》んで反対側にある。一番街《いちばんがい》に行くには、駅を抜《ぬ》け、長い商店街を通って行く。商店街にはずらりと屋台が並《なら》んでいた。

「子どものころ、こんなに屋台、あったかなあ」

ひしめき合う人の群れのなかで母に訊《き》く。

「さあ、どうだったたっけねえ」

母が笑った。

「あ、あれ!」

あすかが叫《さけ》んで道の脇《わき》の屋台に近づく。紙のくじが透明《とうめい》なケースのなかを風でくるくる回っている。近くにはぬいぐるみが積まれ、くじを引いて当たった番号のものをもらえるらしい。

「あんなのやりたいのか。ちゃんとぬいぐるみ買った方がいいんじゃないか」

「でも、あの大きいのもらえるかもじゃん！　あんなの買ったら高いよ！」

あすかはいちばん大きなぬいぐるみを指して言う。

「それは当たったら、だろう？　実際《じっさい》には……」

山のように積まれた小さなぬいぐるみの方を見る。

「お父さんは夢《ゆめ》がないなあ」

「いいじゃない、お祭りなんだから。おばあちゃんが出してあげるから」

母が袋《ふくろ》から財布《さいふ》を出す。

「いいの。わたしちゃんとお小遣《こづか》い持ってきたから」

あすかはそう言うと、自分のポケットから財布《さいふ》を取り出し、くじの機械の前にいる女性《じょせい》に話しかけた。

結局、取れたのは下から二番目の大きさのぬいぐるみだった。

「でも、この大きさなら、お金出して買ってもこんなもんだよね。それにこの子、すごくかわいいし、お店では見たことないし」

強引なこじつけにも思えたが、あすかはうれしそうだ。いちばん小さいのだとあきらかにくじ代より安そうだが、二番目のはとんとんと言ったところだ。

「わたし、まだ射的《しゃてき》とヨーヨー釣《つ》りだけは絶対《ぜったい》やるから」

わけのわからないやる気を見せ、屋台を見逃《みのが》さないよう、目を輝《かがや》かせている。

「どうせたいしたものもらえないんだから、もうやめとけよ」

「まああ、いいじゃないの。お祭りなんだから。そういえば、あんたはこういうの、あんまりしなかったわよねえ」

母が言った。

「ゆかりは好きだったけど、あんたは全然興味《きょうみ》ないって」

「そうだったっけ?」

「ゆかりおばちゃん?」

「そう。片《かた》っ端《ぱし》からやってたわよ。射的《しゃてき》とか金魚すくいとかね。お父さんがまたそういうの好きだったから……」

思い出した。父はお祭りごとも勝負ごとも大好きで、子どもというより自分が夢中《むちゅう》になってしまう人だった。面白《おもしろ》そうと思ったら後先考えない。

「だって、無駄《むだ》じゃないか。景品の駄菓子《だがし》やおもちゃなんて、お金出して買うか、って言われたら買わないものばっかりだよ。むかしあすかが取った光る棒《ぼう》だって、結局何日かたったら捨《す》ててただろ？」

「それはそうだけど……」

あすかがそっぽを向く。

「捨《す》てられるものはまだいいよ。金魚だって……ゆかりがすくった金魚も、結局母さんが世話してたし」

「だから、金魚すくいとか、亀釣《かめづ》りとか、生きもののはやらないよ、わたし。お母さんと約束したし。ほんとは亀釣《かめづ》りはしてみたいけど……」

「まあ、いいじゃないの、お祭りなんだから。生きてるものはあとがいろいろあるし、お母さんと約束したんだもんね。でもせっかくなんだから、楽しまないと」

母が笑った。あすかには甘《あま》いなあ、と思う。むかしはこんなじゃなかった。祭りの屋台で食べ物を買ったり遊んだりしているのは父だけ。母はもっと渋《しぶ》かった。

結局、そのあとも、射的《しゃてき》、輪投げ、スーパーボールすくい。綿菓子《わたがし》も買った。気になる屋台があるたびに引っかかるので、なかなか進まない。

結局一番街に着いたのは五時過《す》ぎだった。薄暗《うすぐら》くなり始めた町のあちこちに、すでに山車《だし》が出て止まっていた。

会所から獅子舞《ししまい》の獅子《しし》が顔を出し、人だかりを作っている。赤ちゃんや小さい子どもを高く持ち上げて獅子《しし》の前に出すと、獅子《しし》が頭を噛《か》む真似《まね》をする。なかには怖《こわ》がって泣く子もいたりで、にぎわっていた。

「あすかも頭を噛《か》んでもらったら?」

「いやいやいや……。やめとく。無理。怖《こわ》いし。あれ、なんかいいことあるの?」

「さあ、それはよく知らないけど……」

健康になる、とか、賢《かしこ》くなる、とかご利益《りやく》があることになっているんだろうけど、よく知らない。母も知らないみたいで、笑いながらそのまま通り過《す》ぎた。

あちこち眺《なが》めたり、店でお茶を飲んで休んだりしているうちに陽が落ちた。蔵造《くらづく》りの町並《まちな》みや山車《だし》にあかりが灯《とも》ると、江戸《えど》の街に来たみたいな気になる。

川越《かわごえ》まつりはなんといっても山車《だし》が有名だ。一六三八年の川越大火《かわごえたいか》で町が焼き尽《つ》くされたあと、松平信綱《まつだいらのぶつな》が川越藩主《かわごえはんしゅ》となり、川越再興《かわごえさいこう》のために、神輿《みこし》、獅子頭《ししがしら》、太鼓《たいこ》を寄進《きしん》、川越氷川《かわごえひかわ》神社の神事に神輿《みこし》が出るようになったのだそうだ。

その後江戸《えど》の「天下祭り」の影響《えいきょう》を受けて、人形山車《だし》が登場するようになる。明治維新《いしん》後、新政府《せいふ》の意向で東京では天下祭りができなくなった。電線が増《ふ》えて山車《だし》を曳《ひ》くこともできなくなり、いまの東京の祭りは神輿《みこし》中心だ。川越《かわごえ》まつりは、天下祭りの伝統《でんとう》を継承《けいしょう》する数少ない祭りらしい。

　山車《だし》は背《せ》が高く、いちばん上に、御神体《ごしんたい》である人形が取りつけられている。弁慶《べんけい》や牛若丸《うしわかまる》、日本武尊《やまとたけるのみこと》に木花開耶姫《このはなのさくやびめ》、菅原道真《すがわらのみちざね》、家康《いえやす》や家光《いえみつ》。神話、民話、雅楽《ががく》や能《のう》の登場人物、徳川幕府《とくがわばくふ》や川越藩《かわごえはん》ゆかりの人物などいろいろだ。ほとんどの山車《だし》は三階建ての構造《こうぞう》で、移動《いどう》中は低くなるが、止まると縦《たて》に伸《の》びる。中段《ちゅうだん》に小さな舞台《ぶたい》があり、そこに乗った人が囃子《はやし》を演奏《えんそう》し、面をつけて踊《おど》る。

　いちばんの見どころは、移動《いどう》する山車同士《だしどうし》がすれちがうときだ。山車《だし》と山車《だし》が向かい合わせになり、囃子《はやし》を激《はげ》しく交わす。「曳《ひ》っかわせ」といい、山車《だし》が町中を曳《ひ》き回されているあいだ、あちこちで見ることができる。

　山車《だし》の移動《いどう》するルートははっきり決まっておらず、次にどこに移動《いどう》するかはわからない。見物する人も山車《だし》が見えるとつられるように移動《いどう》しては、曳《ひ》っかわせを見て、またなんとなく移動《いどう》して、ということを繰《く》り返す。

　あすかは新しい山車《だし》を見ては追いかけようとするが、わたしも母もそこまで速く動けない。それでもいくつかの山車《だし》を追い、華《はな》やいだ町をふらふらと歩いた。

　ああ、むかしもこうやって家族で歩いたなあ。

わたしは父が嫌《きら》いだった。山車《だし》だ山車《だし》だと騒《さわ》いで追いかける父が鬱陶《うっとう》しくて、ひとり離《はな》れた場所を歩くうちに迷子《まいご》になったこともあった。

「あれ、お兄ちゃん？」

あすかが遠くをさす。見ると、道の向こうに、祐也《ゆうや》に似《に》た男子が同じ年ごろの男の子たち数人といっしょに歩いていた。新しい学校の友だちだろうか。あすかが、お兄ちゃん、と呼《よ》びながら手を振《ふ》る。祐也《ゆうや》は気づかないのか、こっちを見ない。わたしはなにげなく道を渡《わた》り、祐也《ゆうや》の方に近づいた。

祐也《ゆうや》がこっちを見る。目が合った、と思い、手を振《ふ》った。だが祐也《ゆうや》はふいっと目をそらし、なにごともなかったように友だちと歩いて行く。

「あの人、いま手を振《ふ》ってなかった？　知り合い？」

遠くから声が聞こえる。いっしょにいるひとりが祐也《ゆうや》に声をかけていた。

「いや。知らない」

聞き慣《な》れた声が耳に入った。

知らない。

その声で足が止まった。祐也《ゆうや》たちは人ごみにまぎれ、姿《すがた》が見えなくなった。

「なに、あれ」

いつのまにか隣《となり》に来ていたあすかが怒《おこ》っている。

「知らんぷりしちゃって。なんなのよ、まったく」

「友だち同士《どうし》でいるから、家族と顔を合わせるのが恥《は》ずかしかったんじゃない？　よくあることじゃないの」

母が笑いながら言った。よくあること。そうだ、たしかによくあることだ。わたしだって経験《けいけん》がある。友だちといるときに親と顔を合わせるのはバツが悪かった。祐也《ゆうや》もそういう歳《とし》になった。さびしいが、ただそれだけのことだ。

そのときメッセージの着信が鳴った。明美《あけみ》からだ。少し眠《ねむ》ったら具合もよくなったし、町の方に出てきた。合流したいけどどこにいるの、というものだった。

時の鐘《かね》の付近は人が多すぎて会うのがむずかしそうだ。少し離《はな》れた札《ふだ》の辻《つじ》で待ち合わせることにした。あすかは明美《あけみ》が来るのがわかってうれしかったのだろう。祐《ゆう》也《や》のことについてはそれ以上なにも言わなかった。

2

月曜日、子どもたちは学校、明美《あけみ》は仕事に出かけて行った。母も今日《きょう》は友だちと食事の約束があるらしく、昼前に出かけて行った。家にひとりでいるのも気詰《きづ》まりで、川越《かわごえ》の街まで行ってみることにした。

一番街《いちばんがい》は最近すっかり観光地のようになって、平日の昼間でも人がたくさんいる。それでもわたしくらいの大人《おとな》の男がこんな時間にふらふらしていると変に思われそうで、情《なさ》けなくなる。

そろそろ再就職《さいしゅうしょく》のことも考えなければならない。だが、前のようには働けないだろうし、給料が落ちるのもあきらかで、そもそもいまの時代、自分のような人間を雇《やと》ってくれるところなどないかもしれない。

なんでこんなことになってしまったのだろう。ずっと堅実《けんじつ》に勤務《きんむ》してきた。同期に後《おく》れはとったが、なんとか部長にもなった。

家も買うつもりだったし、子どもの進学だって……。手術《しゅじゅつ》と入院で金がかかったが、保険《ほけん》があったのでそこまでの打撃《だげき》はなかった。実家にいる分には家賃《やちん》はかからない。だが、これが長引けば……。ふうっと大きくため息をついた。

いつのまにか菓子屋《かしや》横丁の近くまで来ていた。

ああ、このあたりだったなあ、母がむかし勤《つと》めていたのは。ふいに思い出して足をとめた。

わたしの父・片山隆一《かたやまりゅういち》は、編集者崩《へんしゅうしゃくず》れのライターだった。仕事へのこだわりが激《はげ》しく、編集者《へんしゅうしゃ》とよく言い合いになり、干《ほ》されることもしょっちゅうだった。

——いろいろ断《ことわ》ってたらさ、仕事、なくなっちゃったよ。

家でへらへら笑いながら言う父に怒《いか》りを感じたこともあった。いちおうエディタースクールの講師《こうし》だけはなんとか続けていたが、収入《しゅうにゅう》はいつも不安定。そのくせ金《かね》遣《づか》いは荒《あら》い。結局母が菓子屋《かしや》横丁の近くの飲食店で働きながら生計を支《ささ》えていた。

小学生のころ、働いている母を訪《たず》ねてよくこのあたりに来た。忙《いそが》しい母はときどき少しだけ小遣《こづか》いをくれ、ひとりで菓子屋《かしや》横丁で時間を潰《つぶ》した。

蔵造《くらづく》りの建物が続き、町並《まちな》みはむかしとあまり変わらない。けれども店のなかは変わってしまったところも多かった。

——もうずいぶん前になくなったよ、あの店は。いまはなんだったっけ、古本屋さんだったかな。

母が言っていたのを思い出す。古本屋っていっても、ちょっとした雑貨《ざっか》なんかも置いてある変わった店。母はたしかそう言っていた。

ああ、あれかな。狭《せま》い間口の向こうに本棚《ほんだな》の並《なら》ぶ店が見えた。そういえば建物の形に見覚えがある。ふらっとなかに入ってみた。店の両側の壁《かべ》には高い棚《たな》が並《なら》び、古書がぎっしり詰《つ》まっている。

中央のテーブルには、小さな本がところ狭《せま》しと並《なら》んでいた。

「豆本マーケット」

テーブルの真ん中にそう書かれた札が立っていた。

豆本……？　並《なら》んでいるのは大きくても一辺五センチ程度《ていど》の、おもちゃのような本だった。だが、手に取ってみるとちゃんと開く。しかもきちんと文字が書いてあり、読めるようになっている。

面白《おもしろ》いもんだな。こういうの、あすかが見たら喜《よろこ》ぶかもしれない。いくつかの豆本を手に取ってはテーブルに戻《もど》す。内容《ないよう》はどれも大人《おとな》向《む》けで、あすかが好むものではなさそうだ。

一冊《さつ》の豆本を開いたところで手が止まった。『貝殻《かいがら》』というタイトルで、新美南《なん》吉《きち》の詩と貝がらの絵が並《なら》んでいた。新美南吉《なんきち》というのは『ごんぎつね』を書いた人だろう。こういう詩も書くのか、と少し驚《おどろ》いた。叙情的《じょじょうてき》でさびしい内容《ないよう》だが、海の音が聞こえてくるようで、引き込《こ》まれた。絵も素人《しろうと》のものとは思えなかったし、文字にも不思議な存在感《そんざいかん》がある。

「その本、一ページずつすべて銅版《どうはん》画《が》で作られているんですよ」

うしろから声がした。ふりかえるとお店の人らしい若《わか》い男が立っていた。

「銅版画《どうはんが》？」

「ええ。銅版画《どうはんが》を製本《せいほん》したんだそうです。すごい完成度で、高価《こうか》なんですが、いちばん人気でした。もうそれ一冊《さつ》しか残っていないんですよ」

見ると、小さな本とはとても思えないような値《ね》がついていた。だが、一ページずつが銅版画《どうはんが》、それがこの枚数《まいすう》あるのだと考えれば安いのかもしれない。

「はじめて豆本を作ったっていう作家さん……いえ、銅版画《どうはんが》の作家さんと、活版印刷《かっぱん》の人のふたり組で……そうそう、文字は活版《かっぱん》印刷なんですよ」

「活版《かっぱん》印刷……」

印刷　三日月堂《みかづきどう》
表紙の文字を見て、はっとした。

三日月堂《みかづきどう》？　目を疑《うたが》った。

あの三日月堂《みかづきどう》なのか？　カラスの親父《おやじ》さんがやってたあの……？　ということは、親父《おやじ》さんはまだ店をやってるのか？　まさか。親父《おやじ》さんは父より十は年上だったはず。生きているとすれば九十すぎ。印刷所を営業《えいぎょう》しているはずがない。

「あの、三日月堂《みかづきどう》の人っておじいさんですか？」

「おじいさん？」

店の人が不思議そうな顔をする。

「いえ、若《わか》い女性《じょせい》ですよ。二十代後半の」

若《わか》い女性《じょせい》。じゃあ、店名は同じだが、別の店なのか。

「ああ、でも、おじいさんの店を継《つ》いだ、って言ってましたね」

「店を継《つ》いだ？」

「ええ。むかしおじいさんがやってた三日月堂《みかづきどう》って印刷所を継《つ》いだんだ、って。川《かわ》越《ごえ》にあるんですよ」

親父《おやじ》さんの孫？　二十代後半なら、年齢的《ねんれいてき》につじつまは合う。

「お客さん、むかしの三日月堂《みかづきどう》を知ってるんですか？　おじいさんは亡《な》くなったみたいですね。しばらく店をしめてたんですが、去年だったか、孫の自分が戻《もど》ってきて再開《さいかい》したんだ、って言ってました」

「ちゃんと営業《えいぎょう》してる、ってことですか？」

「ええ。豆本は自主制作《せいさく》みたいですけど、この豆本マーケットのフライヤーを作ったのも三日月堂《みかづきどう》さんですよ。川越《かわごえ》のあちこちのお店のショップカードも作ってるし、わりと繁盛《はんじょう》してると思いますよ」

そうなのか。あの三日月堂《みかづきどう》が……。がしゃんがしゃんという大きな機械の音とインキの匂《にお》いがよみがえった。

もう一度豆本に目を戻《もど》す。活版《かっぱん》印刷の文字。なつかしかった。

「これ、買います」

自分で言ってから驚《おどろ》いた。いまの自分の身の上を考えれば、こんな無駄遣《むだづか》いをしている場合じゃない。だが、どうしてもあきらめられなかった。

これじゃ、あすかのことを叱《しか》れないな。

店を出て、小さな包みを撫《な》でながら苦笑いした。

おぼろげな記憶《きおく》を頼《たよ》りに三日月堂《みかづきどう》まで行ってみることにした。

子どものころ、よく父に連れられて三日月堂《みかづきどう》に行った。三日月堂《みかづきどう》に行くのは、名刺《めいし》を作るためだった。父は、大学卒業後出版社《しゅっぱんしゃ》に就職《しゅうしょく》したが、わたしが物心ついたころにはもう会社を辞《や》め、フリーになっていた。会社勤《かいしゃづと》めのころは会社の名刺《めいし》がある。だがフリーになれば自分で作らなければならない。それで三日月堂《みかづきどう》にいつも頼《たの》んでいたのだ。

いまなら、パソコンとプリンターがあれば名刺《めいし》なんて簡単《かんたん》に作れる。ネットで業者に発注すれば、安価《あんか》にきちんとしたものを作れる。だが、そのころはまだこうやって印刷所に来て頼《たの》むしかなかったのだ。

——三日月堂《みかづきどう》で作ってもらった名刺《めいし》はゲンがいいんだ。

父はよくそう言っていた。三日月堂《みかづきどう》の名刺《めいし》に変えたとたん、仕事がたくさん来るようになった、と言っていた。

真偽《しんぎ》はよくわからない。ほんとはただ父が三日月堂《みかづきどう》の店主のことを好きだったからなんじゃないか。店主は父より十ほど上で、年の離《はな》れた兄のような存在《そんざい》だったんだと思う。

父は映画好《えいがず》きで、映画《えいが》の紹介文《しょうかいぶん》を書くのがおもな仕事だった。とくに好きだったのが西部劇《せいぶげき》だ。「カラスの親父《おやじ》さん」も西部劇《せいぶげき》が好きだったみたいで、三日月堂《みかづきどう》に行くたびにあれはよかった、とか、いまひとつだった、みたいなことを話していた。

自分の原稿《げんこう》が雑誌《ざっし》に載《の》ると、「たまたま持ってた」と言っては親父《おやじ》さんに渡《わた》していた。「たまたま」がそんなに続くわけないから、準備《じゅんび》して持って行っていたのだろう。子どものわたしにもわかるのだから、親父《おやじ》さんも察していたと思う。

映画《えいが》の仕事だけでは食べていくことができず、父はいろんな仕事をしていた。なかにはあまり人に言えないようなものもたくさんあって、母が表札から筆名を消しては夫婦喧嘩《ふうふげんか》になっていた。わたしも父の文章を読んだことはほとんどない。親父《おやじ》さんに、その手の文章は見せていなかったみたいだが、親父《おやじ》さんはなぜか父の仕事のことをよく知っていて、「あれは面白《おもしろ》かった」とか、「ああいう仕事はよくない」とか、意見することもあった。

ふたりが話しているあいだ、隅《すみ》にぽつんと座《すわ》っていたわたしをかわいそうに思ったのだろう、職人《しょくにん》さんが印刷所のなかを見せてくれたこともあった。がしゃんがしゃんと大きな音を立てて動く巨大《きょだい》な印刷機は、えらくかっこよかった。

いらなくなった活字や、亜鉛《あえん》の凸版《とっぱん》をお土産《みやげ》にもらったこともある。それもまた魔法《まほう》の道具のようでカッコよく、これで本を印刷している、と思うと、同級生の知らない世界の裏側《うらがわ》を自分だけが知っているような気がした。もらった活字や凸版《とっぱん》を引き出しに入れ、勉強の合間に取り出しては眺《なが》めた。

当時の三日月堂《みかづきどう》はいつも仕事に追われていた。親父《おやじ》さんはきっちりした職人《しょくにん》で、現場《げんば》の職人《しょくにん》さんたちに信頼《しんらい》され、怖《おそ》れられてもいた。親父《おやじ》さんがいなければ工場は回らない。工場を切り盛《も》りするとは大変なことなんだ、と思った。

後先考えない父とは全然ちがう、と感じた。家では自慢話《じまんばなし》ばかり。そのくせ仕事は行き当たりばったりで、すぐ周りと喧嘩《けんか》する。金遣《かねづか》いも荒《あら》くて、母のなけなしの貯金《ちょきん》はすぐに切り崩《くず》されてしまっていた。

三日月堂《みかづきどう》からの帰り道、父はいつも、三日月堂《みかづきどう》で本を作れたらなあ、と言っていた。自分の本が出るときは、版元《はんもと》にかけあって、三日月堂《みかづきどう》で印刷してもらいたいんだ、と。名刺《めいし》もゲンがいいから、本もきっと売れるはずだ、と。

本なんか出せるわけがない。わたしは内心そう思っていた。祖父《そふ》か伯父《おじ》がぼやいているのを聞いていたからかもしれない。威勢《いせい》はいいが、いつもツメが甘《あま》くて、ひとつの仕事を完遂《かんすい》できない。

そんな父が嫌《いや》で、大学入学と同時に家を出て、東京に下宿した。バイトしながら真面目《まじめ》に大学に行った。実家とも疎遠《そえん》になり、たまに母と電話で話すだけだった。面倒《めんどう》な父のことは忘《わす》れかけていた。

それが……。なんとあろうことか、卒業式の朝、出かけようとしたその瞬間《しゅんかん》に、父が亡《な》くなった、という電話が入った。心臓発作《しんぞうほっさ》で突然死《とつぜんし》。唖然《あぜん》としながら、スーツのまま家に帰った。

葬儀《そうぎ》が終わって下宿に戻《もど》ると、ポストに父からの手紙が入っていた。なかには原稿用紙《げんこう》に書かれた文章が入っていて、読んでもちんぷんかんぷん。なんだこれは、と思ったが、亡《な》くなった直後だけに捨《す》てることはできず、手近にあった本に挟《はさ》んだ。

父の行き当たりばったりの人生が嫌《いや》だった。夢《ゆめ》ばっかり見て、人に迷惑《めいわく》をかけ続け、そのくせ人の夢《ゆめ》には関心がない。だからわたしはサラリーマンの道を選んだ。堅実《けんじつ》で、安定した仕事を。

なんだろうなあ、人生って。父を見ていたから、堅実《けんじつ》に生きよう、後先考えずになにかするのは控《ひか》え、大樹《たいじゅ》の下で生きよう。それだけを考えてやってきたのに。結局、倒《たお》れて全部台無しになった。

人生博打《ばくち》なのは、どんな道を選んでも結局同じということか。

苦笑いし、ため息をつく。覚えのある路地を曲がり、鴉山《からすやま》神社が見えてくる。そのはす向かいに白い建物があった。

三日月堂《みかづきどう》だ。記憶《きおく》通りの建物で、思わずぼうっとした。父と子どものころの自分のうしろ姿《すがた》が見えた気がして、首をぶるぶるっと横に振《ふ》った。

3

ガラス戸からのぞく。

変わってないな。壁一面《かべいちめん》の活字の棚《たな》を見て、ほっと息をつく。だが、印刷機は少し減《へ》った気がする。エプロンをかけた若《わか》い女性《じょせい》が手《て》キンを動かしているのが見えた。

あれがお孫さんか。たしかあのころ、親父《おやじ》さんには大学生の息子《むすこ》がいた。わたし
より十いくつか年上だ。あのくらいの娘《むすめ》さんがいてもおかしくはない。でも、その
息子《むすこ》さんはどうしたのだろう？

「あの……」

ガラス戸をあけ、声をかける。若《わか》い女性《じょせい》が顔を上げた。

「ここ、三日月堂《みかづきどう》さんですよね？」

「ええ、そうですが」

「あなたは……前の店主さんのお孫さんですか？」

「はい、そうです。もしかして、祖父《そふ》を知っているんですか？」

「子どものころ、よく父に連れられてきてたんです。父はここで名刺《めいし》を作ってもら
っていて。父は店主さんのことを『カラスの親父《おやじ》さん』って呼《よ》んでました」

「『カラスの親父《おやじ》さん』。そういえば、その呼《よ》び名で呼《よ》ぶ人も多かったですね」

彼女《かのじょ》はにこっと笑った。

「亡《な》くなった、って聞きましたが」

「ええ、そうなんです。もう五年以上経《た》ちます。祖母《そぼ》もその後すぐ亡《な》くなって」

彼女《かのじょ》は部屋のなかをぐるっと見回した。

「機械、少し減《へ》りましたね」

「ええ。職人《しょくにん》さんが定年でやめたときに、大型《おおがた》の自動機は二台、処分《しょぶん》したんです。その機械はやめちゃった職人《しょくにん》さんしか動かせないし、注文もほとんどない。もう持っていても仕方がないって」

「あれは?」

真ん中にある巨大《きょだい》な機械を指差した。

「あれは、本を作るときに使う大きな版《はん》を刷る機械なんです。あれだけは祖父《そふ》の機械だった。むかしはここでも本の印刷をしてたそうで」

印刷機が減《へ》った以外は、あのころとあまり変わらない。だが、なにかがちがう。あのころ感じた迫力《はくりょく》というか、生気のようなものがない気がした。

「活字の棚《たな》はむかしと同じですね。わたしが来ていたときと同じ。でも、なんとなく変わったような……雰囲気《ふんいき》がちがう」

「音がしないからじゃないですか?」

はっと気づいた。そうだ、音がないんだ。あのころはモーターの回る音やら、がしゃんがしゃんという音やらが響《ひび》いて、耳が痛《いた》くなるほどうるさかった。

「この印刷所、ほんとは祖父《そふ》の代で畳《たた》むつもりだったんです。続けるのはむずかしいだろうから、って。でも、祖父《そふ》が引退《いんたい》したあとも活字や道具は捨《す》てなかったんです。処分《しょぶん》したら祖父《そふ》ががっくりきてしまうんじゃないか、と思ってそのままにしてた」

「そうだったんですか」

「長いことここは空き家でした。いろいろあって、久《ひさ》しぶりにこの家に戻《もど》ってきて活字と機械を見ているうちに、なんとかしたいなあ、って。できるかどうか自信がなかったし、お客さんが来てくれるのかわからなかったけれど、声をかけてくださる方もいて……」

「それで印刷の仕事を……」

「ええ。でも、もともと継《つ》ぐつもりじゃなかったので、すべてを教わってたわけじゃない。いまも手探《てさぐ》りです。あの大きな機械もいつかは動かしたいと思ってるんですが、なかなか」

「お父さんは継《つ》がなかったんですね」

「父を知ってるんですか?」

「いいえ、知ってる、ってほどでは。ただ、父とわたしが来ていたころ、たしか大学生の息子《むすこ》さんがいたなあ、って」

「たぶんそれが父ですね。父は継《つ》がなかったんです。自分の好きな天文学の研究をしたい、って言って」

「そうなんですか。あのころはここの仕事を手伝ってたような気がしたんですが」

「ええ。高校くらいまでは小遣《こづか》い稼《かせ》ぎに手伝ってたって。でも、父はあんまり好きじゃなかったみたいですね。文選《ぶんせん》はまだいい、とくに返版《へんぱん》が嫌《いや》だった、って」

「返版《へんぱん》？」

「組んだ版《はん》が不要になると、解版《かいはん》、つまりバラして活字を棚《たな》に返すんです。伝票でも名刺《めいし》でも、繰《く》り返し注文される方が多いので、たいてい組んだまま保管《ほかん》しておく。でも、そのとき限《かぎ》りのものは解版《かいはん》して、使える活字は棚《たな》に戻《もど》します。小さい活字はそのまま活字屋さんに引き取ってもらうんですが……」

「引き取ってもらう？」

「メツ活字は活字屋さんで溶《と》かされて、再鋳造《さいちゅうぞう》されるんです。だけど、込《こ》めものや大きな活字はたいてい棚《たな》に戻《もど》します。わたしもしょっちゅうやらされましたが、これがまた面倒《めんどう》で……」

彼女《かのじょ》が笑った。

「活字は大きさごと、文字ごとに棚《たな》に入ってますから、拾うときはその場所から出せばいい。でも、戻《もど》すときは、まず活字の文字面を見て、それがなんの字かどの大きさか、見分けなくちゃいけない。込《こ》めものも種類が無数にありますから」

たしかに、活字を拾うより戻《もど》す方が大変そうだ。

「しかも、面白《おもしろ》くない。活字を組むときは達成感がありますけど、返すときはそれもない。単純《たんじゅん》作業の嫌《きら》いな父は、我慢《がまん》できなかったみたいで」

「気持ちはなんとなくわかります」

「天文学が好きだった、っていう方が大きかったんでしょうけど。印刷なんて小さい世界じゃなくて、広い宇宙《うちゅう》を見たかったんだ、ってよく言ってました。でも、実際《さい》天文学の研究室に入ったら、印刷以上に細かい作業ばかりだった、って」

彼女《かのじょ》が笑った。わたしも、ははは、と声をあげて笑った。

「父が継《つ》いでいれば、オフセットとか、新しいものも導入《どうにゅう》してたかもしれませんね。祖父《そふ》は自分の代で終わり、と思っていたからこそ、新しいものを入れなかった。活《かっ》版《ぱん》印刷が好きだったんでしょう。でも、最後まで自分の思い通りになったし、父も好きな道に進んでくれてよかった、って言ってました」

「親父《おやじ》さんらしいですね。ところで、お父さんはいまどうされてるんですか？」

何気なく訊《き》いた。

「亡《な》くなりました」

耳を疑《うたが》った。わたしより十くらい上、まだ六十そこそこのはずだ。

「癌《がん》だったんです。一昨年《おととし》亡《な》くなりました」

「そう……だったんですか」

じゃあ、さっき言ってた、いろいろあってここに戻《もど》ってきて、というのは……。

「母はもっと前に亡《な》くなってます。わたしが小さいころに。だから、一時期、わたしはここに預《あず》けられてたんです」

ということは、この人は両親ともにすでになく、育ててくれた祖父母《そふぼ》も亡《な》くしている。

……話を聞いている感じ、きょうだいもなさそうだ。だから、ここにいるのか。

「父が亡《な》くなる前、わたしたちは横浜《よこはま》に住んでいました。余命宣告《よめいせんこく》を受けたあと、一度いっしょにこの家まで来たんです。ふつうなら大した距離《きょり》じゃないですけど、けっこう大変でした。自分で思っている以上に体力が落ちていて、あまり歩けなかったんですね」

彼女《かのじょ》が天井《てんじょう》を見上げる。

「それでもなんとかここまで来て。印刷所のなかを見て、悪かったかなあ、って言ったんです。自分が継《つ》いでればよかったのかな、って。活字の棚《たな》や印刷機を眺《なが》めて、こういうものがあったってこと、みんないつか忘《わす》れちゃうんだろうな、って」

たしかにもう若《わか》い人は知らないだろう。技術《ぎじゅつ》が変わり、世の中が変わる。前のことは忘《わす》れられていく。

「親父《おやじ》、ごめん、って手を合わせて、ああ、親父《おやじ》に謝《あやま》ったの、はじめてだった、って笑って……」

彼女《かのじょ》が笑った。

「結局自分はおじいちゃんには勝てなかった、って言うんです。これだけの工場を動かして、職人《しょくにん》を養って、子どもだけじゃなくて、お前の面倒《めんどう》も見てくれた。俺《おれ》が育てたものなんて、ひとつもない、って」

倒《たお》れる前ならちがったかもしれないが、いまは人ごとではない気がした。

「あ、すみません。つい長々《ながなが》としゃべってしまいました。ところで、今日《きょう》はなぜここに……？」

「いえ、すみません、お願いしたいことがあったわけではなく……」

ポケットからガサガサとさっき買った包みを取り出す。

「さっき、菓子屋《かしや》横丁の近くの古書店で買ったんです。この豆本」

「ああ、『貝殻《かいがら》』。買ってくださったんですか？　ありがとうございます」

彼女《かのじょ》が目を丸くし、満面の笑みになった。

「面白《おもしろ》いものですね。豆本なんて見たことがなかったけど、あの店で偶然《ぐうぜん》見かけて、ずいぶん長いこと眺《なが》めてしまいました」

あの店で見た豆本を思い返しながら言った。

「とくにこれが素晴《すば》らしかった。版画《はんが》の実物だって聞きました」

「そうなんです。とても素敵《すてき》な版画《はんが》を作られる方で。大学時代に製本《せいほん》も勉強されたらしくて、これも全部彼女《かのじょ》が製本《せいほん》したんです。豆本ははじめて、って言ったら、ほかの出展者《しゅってんしゃ》にも驚《おどろ》かれました」

「あそこの店の人も、いちばん人気だって言ってました。これ、最後の一冊《さつ》だったんですよ」

「ほんとですか？」

彼女《かのじょ》はうれしそうに言った。

「けっこう高いものなのに。わたしもどうしてもほしくて買ってしまった。そのとき表紙に三日月堂《みかづきどう》ってあるのを見て……。びっくりしました。親父《おやじ》さんがまだ店をやってるのかって。で、お店の人に訊《き》いたら、お孫さんが帰ってきて店を再開《さいかい》した、って言われて」

「それで来てくださったんですね。ありがとうございます。わたし、月野弓子って言います」

彼女《かのじょ》は細い指で、白い名刺《めいし》を差し出す。

わたしは渡《わた》すものがない。会社にいたときなら会社の名刺《めいし》があったが、いまはもう何者でもない。そう思いながら、彼女《かのじょ》の名刺《めいし》を受け取り、店を後にした。


歩いていると、入院していたときのことを思い出した。

あれは何日めのことだっただろう。病室で父の夢《ゆめ》を見た。父が死んでから、父の夢《ゆめ》など数えるほどしか見たことはなかった。父のことが大嫌《だいきら》いだったし、忘《わす》れたいと思っていた。だが、そのときはなぜか父が夢《ゆめ》に出てきた。

ふたりで車に乗っていた。首都高のようなところを走っている。

――最近どうだ?

夢《ゆめ》のなかの父が言った。めちゃくちゃだったあんたに言われたくないよ、と思って黙《だま》っていた。

――この前じいちゃんに会ったよ。久《ひさ》しぶりだったなあ。

じいちゃん、つまり、父の父はクソがつくほど真面目《まじめ》な人だった。謹厳実直《きんげんじっちょく》。無駄遣《むだづか》いはせず、給料はほとんど貯金《ちょきん》。どうしてあんな堅物《かたぶつ》からあの父が生まれたのだろう、と思っていた。そんな祖父《そふ》を父は「金の亡者《もうじゃ》」と言って嫌《きら》っていた。

だが。父の仕事がなくなったとき、助けてくれたのも祖父《そふ》だった。すっからかんになって家賃《やちん》を払《はら》えなくなったわたしたちの一家を呼《よ》び、自分の家に住まわせてくれたのだ。その後しばらくして祖父母《そふぼ》とも亡《な》くなり、その家はわたしたち家族のものになった。それが今住んでいる川越《かわごえ》の家だ。

——お前のこともいろいろ話したよ。しっかりやってるのか、って心配してた。

またしても、めちゃくちゃだったあんたに言われたくないよ、と思う。こっちはちゃんと会社勤《かいしゃづと》めをして、子どももちゃんとふたり育てている。明美《あけみ》も働いているが、母さんみたいな無理はしてない。あんたとは全然ちがう。

だが、父の話し方が、生きていたころとはちがうように思える。はしゃいだところがなく、落ち着いている。

——今日《きょう》は静かなんだね。

わたしは言う。

——そりゃあ、お前ももう大人《おとな》なんだ。静かでもいいだろう？

父が少しさびしそうに言うので、しんみりした気持ちになる。

窓《まど》の外の風景が白い。空港がぼんやり見えてきて、ああ、そろそろ着くな、と思ったとき、目が覚めた。

いったいなぜあんな夢《ゆめ》を見たのか。

夕暮《ゆうぐ》れどきで、空が真っ赤だ。橙《だいだい》のような紫《むらさき》のような雲のなかに飛行機雲がひとすじ伸《の》びて、下の方がにじんでいた。

4

家に帰ると、母が先に帰ってきていた。他愛《たわい》のない話をしながら、母の淹《い》れたお茶を飲む。古書店のことや、三日月堂《みかづきどう》のことを話した。三日月堂《みかづきどう》が再開《さいかい》したことは知らなかったようで、お孫さんが継《つ》いだの、と驚《おどろ》いていた。

「そういえば、父さん、むかし、三日月堂《みかづきどう》で本を作りたい、なんて言ってたよね」

わたしが言うと、母は、そうそう、と急に真顔になった。

「思い出したわ。冗談《じょうだん》じゃなくて、父さん、本気で三日月堂《みかづきどう》で本を作ろうとしてたのよ。というか、作り始めてたみたいで」

「えっ、どういうこと？」

母の話では、父はわたしが大学生のころ、ほんとうに三日月堂《みかづきどう》で本を作るために動いていたらしいのだ。

父は大学時代、映画《えいが》研究会に属《ぞく》していた。映研《えいけん》の出している雑誌《ざっし》に毎号西部劇《せいぶげき》に関するコラムを書いていた。会員にはなかなか好評《こうひょう》で、ファンもいたらしい。

フリーライターの仕事を始めたころ、試写会でかつての映研《えいけん》の仲間に再会《さいかい》した。むかし話で盛《も》り上がり、あのころの仲間でもう一度映画《えいが》関係の雑誌《ざっし》を作ろう、という話になった。

『ウェスタン』という同人雑誌《ざっし》を作り、父もそこに西部劇《せいぶげき》に関するコラムを連載《れんさい》し始めた。気にくわない仕事ばかりで、ストレスが溜《た》まっていたのもあったのだろう。父はそのコラムだけは楽しそうに書いていた。雑誌《ざっし》が届《とど》くと、うれしそうにわたしに見せることもあった。

三日月堂《みかづきどう》の親父《おやじ》さんのところにも、『ウェスタン』は毎号持って行っていた。父の書いたもののなかで、親父《おやじ》さんにいちばん評判《ひょうばん》がよかったのもその連載《れんさい》で、しまいには親父《おやじ》さんも『ウェスタン』を定期購読《こうどく》するようになっていた。

発行部数数百の会誌《かいし》だが、そこでは父の連載《れんさい》はなかなか評判《ひょうばん》だったのだそうだ。

会員のなかには、映画《えいが》関係、出版《しゅっぱん》関係に勤《つと》めている人も多かったから、ぽつぽつ仕事の依頼《いらい》も来たらしい。

「お父さんが亡《な》くなる一年くらい前だったかな、『ウェスタン』が創刊《そうかん》十五年になったとかで、その記念もあって、有志《ゆうし》でお金を出し合って、お父さんのコラムをまとめた本を作る、って話になったのよ」

「みんなでお金を？」

「自費《じひ》出版《しゅっぱん》だから印刷代がかかるでしょ？　それに、編集《へんしゅう》作業もしなくちゃいけない。会員のなかに編集者《へんしゅうしゃ》もいたし、校閲《こうえつ》の仕事をしてる人もいた。それに、三日月《みかづき》堂《どう》の店主さんが印刷を請《う》け負ってくれる、って。で、古い雑誌《ざっし》を引っ張《ぱ》り出して、編集《へんしゅう》して、三日月堂《みかづきどう》に持っていって、もう版《はん》も途中《とちゅう》までできてたみたいで……」

「途中《とちゅう》まで、ってどれくらい？」

「雑誌《ざっし》に掲載《けいさい》されてた分は、全部組んであったみたいよ。ただ、連載《れんさい》最後の原稿《げんこう》を送る前に、父さんが死んでしまって……。父さん、本にするなら絶対《ぜったい》に巻末《かんまつ》につけたい原稿《げんこう》があるんだ、って言ってたの。でも、それを送る前に突然《とつぜん》死んじゃって……」

前々《まえまえ》からタイミングの悪い人ではあったが、ここまでとは。せっかく夢《ゆめ》だった本が実現《じつげん》するところだったのに。驚《おどろ》くというか、呆《あき》れるというか、言葉を失った。

「お葬式《そうしき》のあと、『ウェスタン』の編集《へんしゅう》をしていた人が、追悼《ついとう》として本を刷って配りたい、って言ってきたの。父さんは最後の原稿《げんこう》が完成したようなことを言っていた。自分のところには送られてきてないけど、なにか知らないか、って。わたしはなにも聞いてなかったし、部屋を探《さが》したけど見つからなくて……」

「で、どうなったの？」

「その人が体調を崩《くず》したりで、結局そのままになっちゃった」

そうだったのか。つくづくタイミングの悪い人だ。

「三日月堂《みかづきどう》の店主さんも残念がってたのよねえ。お葬式《そうしき》にも来てくれて、本はいつでも出せるように、版《はん》は保管《ほかん》しておきますから、って言ってくれて……」

そこまで言って、止まる。

「ねえ、もしかして、あの版《はん》、三日月堂《みかづきどう》にそのまま保管《ほかん》されてるのかな」

「え、まさか。だって、もう三十年も前の話だよ」

「さすがにもうとってないか。でも、もしとってあったら悪いなあ、と思って。けっこうなページ数があったのよ。なにしろ十五年分の連載《れんさい》コラムだから」

「そうだよなあ」

一回四ページのコラムだったはずだ。季刊《きかん》だから年四回分。それが十五年分で二百四十ページ。でも、雑誌《ざっし》は細かい字で二段組《だんぐみ》になっていたから、本にするとしたらページはもっとかさむだろう。

「父さんが生きてたころ一度いっしょに三日月堂《みかづきどう》に見に行ったことがあるんだけど、一本ずつ活字を組んだ版《はん》でしょ？　紐《ひも》で縛《しば》られたのが棚《たな》を何段《なんだん》も占拠《せんきょ》してて。全部店主さんが組んだって言ってたっけ。すごいわよね」

活字を紐《ひも》で縛《しば》った……。そういえば子どものころ見たことがある。三日月堂《みかづきどう》の奥《おく》には版《はん》を保管《ほかん》する場所があって、そこをのぞかせてもらったのだ。

「ちょっと気になるわ。もしとってあったら、すごく場所をとるし。杉野《すぎの》さんたちももう歳《とし》をとったし、今さら父さんの本をまとめる、なんてことはないと思うから、処分《しょぶん》してもらった方がいいかもしれない。今度行って訊《き》いてみてよ」

母に言われ、なんとなくうなずいた。

夕食が終わったあと、明美《あけみ》が部屋に戻《もど》ろうとする祐也《ゆうや》を引き留《と》めた。塾《じゅく》のテストの話をしている。夏休みくらいから成績《せいせき》が少しずつ落ちているらしい。

「でもさ」

「でも、じゃないの。言い訳《わけ》したってだれも聞いてくれないのよ。入試は点数だけで決まるんだから」

「そうかもしれないけど、そもそも……」

祐也《ゆうや》は目を伏《ふ》せ、もごもごご口ごもる。

「まあ、いいじゃないか」

雰囲気《ふんいき》が悪くなるのが嫌《いや》で、軽い口調でふたりに話しかけた。

「まだ何ヶ月かあるんだし、これから巻《ま》き返せば……」

「そういう問題じゃないんだよっ」

祐也《ゆうや》がぷいっと横を向く。予想外の激《はげ》しい反応《はんのう》に啞然《あぜん》として祐也《ゆうや》を見た。

「横から無責任《せきにん》なこと言わないでくれよ」

ひどく冷たい口調で言うと、階段《かいだん》をのぼって行ってしまった。明美《あけみ》もなにも言わない。母とあすかは食事の片付《かたづ》けに立った。

余計《よけい》な口出しだったのか。自分が邪魔者扱《じゃまものあつか》いされているようで少し腹《はら》も立った。

だが、心臓《しんぞう》のことを考えると怒《おこ》ることもできなかった。

翌朝《よくあさ》、祐也《ゆうや》はなにも言わずに家を出て行った。明美《あけみ》もそのことはなにも言わない。

あすかと学校の話だけして、いっしょにせかせかと家を出て行った。

家にいてもすることはない。母に声をかけ、三日月堂《みかづきどう》に向かった。

「本の版《はん》、ですか?」

父の本の話をすると、弓子さんはちょっと首をかたむけた。

「昭和三十年代までは本の印刷の仕事もしてたみたいですけど……」

「いえ、そんなにむかしじゃないんです。もう昭和の終わりごろ。印刷も写植やオフセットが多くなってたときで……。でも、父がどうしても三日月堂《みかづきどう》の活版《かっぱん》印刷で作りたい、って言って、ここにお願いしたとか」

「わたしが生まれる前の話なので、ちょっとわからないんですが……。でも、そんな話を聞いたことがあるような……。お父さまのお名前は?」

「片山《かたやま》です。片山隆一《かたやまりゅういち》」

「片山《かたやま》さん……」

弓子さんは目を閉《と》じる。

「聞き覚えがあります」

「ほんとですか?」

「ええ。祖父《そふ》が引退《いんたい》するとき、いっしょに印刷所の整理をしたんです。そのとき、組版《くみはん》もかなり処分《しょぶん》しました。でも、思い入れがあるものも多くて……」

弓子さんが言うには、昭和の終わりごろには、新しい本の組版《くみはん》の仕事はなくなっていた。名刺《めいし》やハガキ、伝票類の依頼《いらい》はあったけれど、組版《くみはん》の専門家《せんもんか》だった親父《おやじ》さんは本の仕事をなつかしく思っていたらしい。

「本の仕事は、同じ大きさの文字、同じ形の組で作るページものなので、組版《くみはん》としては単純《たんじゅん》です。でも、分量が多い。それに校正のたびに赤がたくさん入るので、けっこう骨《ほね》が折れるそうで……」

「そうですよね。父にゲラを見せてもらったことがありますけど、いつもたくさん赤字が入っていました」

父の話では、本や雑誌《ざっし》を作るときは、初校、再校《さいこう》と少なくとも二回は見直しをする。そのときの試《ため》し刷りをゲラというらしい。これに著者《ちょしゃ》、編集者《へんしゅうしゃ》、校閲者《こうえつしゃ》の三人が目を通す。ゲラで見ると、原稿《げんこう》では気づかなかった間違《まちが》いや、流れの悪いところが見つかるんだ、と言っていた。

「赤字にしたがって、一文字ずつ文字を入れ替《か》えていくんです。一行の長さが変わって、ページまでずれることもしばしばで、大変な作業だったみたいです」

「赤を入れる方はペンで書き入れるだけだけど、ここでは活字一本ずつ入れ替《か》えるんだから、大変ですよね」

「そうなんですよ。祖父《そふ》は、作家の書くものはちっとも信用できない、ころころ変わるんだから、って言ってました。誤字《ごじ》だけじゃなくて、新しい書き込《こ》みが大量に入ってたり、おまけに早くしろ、ってせっついてくるんだよ。まったく、著者《ちょしゃ》も版元《はんもと》も、印刷所の苦労なんておかまいなしだから、って」

弓子さんが笑った。

「それで喧嘩《けんか》になることもけっこうあったみたいで……。でも祖父《そふ》は言ってたんですよ、それだけ真剣《しんけん》なんだろうなあ、って。言葉に真剣《しんけん》に向き合っているからこそ直す。文章なんて形のないものを練り上げるんだから、頭が上がらない、って」

――文章ってなあ、いつまでたっても未完なんだと思うんだよ。

むかし父が言っていたのを思い出した。わたしが夏休みの読書感想文を書いていたときのことだ。父は頼《たの》みもしないのに作文用紙を取り上げ、勝手に添削《てんさく》をはじめたのだ。

――文を書くのはむずかしいだろ？　あり得《う》べき形っていうのがどっか遠くに見えて、でも、きちんと見えない。

――あり得《う》べき形？　なんだよ、それ。

——書きたいことを思いつく。けど、言葉にしようとしてもうまく言えなくて、ちがうことになってしまう。読み返して見ると、言いたかったこととずれてる気がする。その文だけ見ると、筋《すじ》は通ってる。でも、やっぱりちがう、と思う。

ぎくっとした。悩《なや》んでいることを言いあてられた気がした。わたしはその本の主人公の行動に納得《なっとく》いかないものを感じていた。その違和感《いわかん》の正体がわからない。どこかで耳にした言葉を書き連ねてみたが、しっくりこなくて悩《なや》んでいたのだ。

——そういうときは、もう一度自分のなかを見据《みす》えるんだ。言葉を探《さが》して、思いに近づける。いくら直しても完璧《かんぺき》になることなんてないけどな。不思議なもんだよ、自分の考えていることなのに、自分でもはっきりとはわからない。

「版《はん》の整理をしていたとき、聞いたような気がするんです。『これは片山《かたやま》さんの本だから』って。場所ははっきり覚えてませんが、どこかにあるはずです」

弓子さんが言った。

奥《おく》の扉《とびら》を開けると、棚《たな》に活字の塊《かたまり》がぎっしり詰《つ》まっていた。

「これ、全部版《はん》なんですよね」

あまりの数に唖然《あぜん》として、思わず訊《き》いてしまった。

「はい。お得意《とくい》さんの伝票や説明書、名刺《めいし》。あと、年賀状《ねんがじょう》や挨拶状《あいさつじょう》は型《かた》が何個《なんこ》かあって、最後の名前だけ組めばいいようになってました。印刷所にとって、これは財産《ざいさん》なんです」

「そうですよね。毎回一から版《はん》を組むんじゃ……」

「ええ。最初一回は組版代《くみはんだい》がかかるけど、刷り増《ま》しは印刷代だけになりますからね。一度うちで作れば、ずっとお得意《とくい》さんになってくれる。会社の名刺《めいし》も、新入社員が入れば、同じ型《かた》で名前だけ変えて作ればいい」

弓子さんは棚《たな》を順番に見ながら言った。

「でも、写植が出てから状況《じょうきょう》が変わったみたいです。写植では、文字を斜体《しゃたい》にしたり、細長くしたり平たくしたりできるでしょう？　そういうのはできないのか、って訊《き》かれて困《こま》った、って言ってました。あと、ワープロが普及《ふきゅう》してからは、いったん横で組んだものをやっぱり縦《たて》にして、とか」

「ああ、機械だと簡単《かんたん》に変換《へんかん》できますからね」

「活字の場合は、全部手で組み直しですからね。だけど、できない、って言ったらほかに行っちゃうかもしれないでしょ？　営業《えいぎょう》には祖母《そぼ》が出ることも多かったので、できるできない、やるやらないで喧嘩《けんか》になったりして、もう辞《や》めたいと思ってた、って祖母《そぼ》は言ってました」

親父《おやじ》さん、頑固《がんこ》そうだったからなあ。奥《おく》さんの方はやさしそうな雰囲気《ふんいき》だったけど、いっしょに商売をしていればぶつかることもあっただろう。

「父がここを継《つ》がなかったのは、それもあったんでしょうね。父は理系《りけい》でしたし、写植を導入《どうにゅう》しないとこれからはやっていけない、って祖父《そふ》に言ったこともあったみたいです。けど、祖父《そふ》は嫌《いや》がった。つるんとして手触りがない、あれは文字じゃない、って」

弓子さんがくすくす笑う。

「頑固《がんこ》でしょ？　そういうところが嫌《いや》だ、って父はよく言ってました」

ここにも、家族の暮《く》らしがあったんだな。夫婦喧嘩《ふうふげんか》があり、父子の確執《かくしつ》があり、従業員《じゅうぎょういん》がいて、山のような仕事と経営《けいえい》の苦労があって、そして、いまはそれが全部なくなって、この孫娘《まごむすめ》と活字と機械だけになった。

ガシャンガシャンというあの音が耳によみがえる。職人《しょくにん》さんたちの大きな声。そのなかで親父《おやじ》さんとうれしそうに話す父。全部、もうどこにもない。

「あ、これじゃないでしょうか」

弓子さんの声がした。中ほどの段《だん》に小さく「片山《かたやま》さん・我《われ》らの西部劇《せいぶげき》」と書かれた紙が貼《は》られていた。

我《われ》らの西部劇《せいぶげき》。父の連載《れんさい》のタイトルだ。

版《はん》に目を近づけてみる。見出しに「ヴェラクルス」という映画《えいが》のタイトルが入っているのはみて取れたが、本文の方はまるで読めない。

「このままじゃ、読めないですよね」

弓子さんが言った。

「そうですね。でも、版《はん》があった、というだけで驚《おどろ》きです」

母は、三日月堂《みかづきどう》に迷惑《めいわく》がかかるから、版《はん》がまだあるなら処分《しょぶん》してもらうように頼《たの》んでくれ、と言っていた。だが、よくよく考えてみると、これは父ひとりのものではない気がする。

本を組んでくれた親父《おやじ》さん、編集《へんしゅう》してくれた人、出資《しゅっし》してくれた人たち。この本はわたしたち家族というより、その人たちのものだ。母とわたしが勝手に行く末を決めていいとは思えない。

「一ページ、刷ってみましょうか？」

「そんなこと、できるんですか？」

「ええ。校正刷りのための機械があるんですよ。その機械ならわたしも使えるので、刷ってみますよ」

「いいんですか？」

「ええ、もちろん。祖父《そふ》は、もう組版代《くみはんだい》まではいただいている、って言ってましたから、ゲラ刷りを出すのは当然の仕事です」

「すみません」

弓子さんは活字の束をひとつ、印刷機の並《なら》ぶ部屋に運んでいった。

結束の紐《ひも》を解《と》き、機械に固定する。

校正機は、機械の真ん中にローラーがあり、ハンドルを回転することで版《はん》を乗せた台が移動《いどう》、版《はん》と紙がローラーの下を通るときに押《お》し付けられるというものらしい。

古い紙で数枚《すうまい》試《ため》し刷りし、インキが安定したところで真っ白な紙を置いた。

スイッチを押《お》す。ごおおおん、と音がした。台が移動《いどう》し、ローラーが回転する。

「ああ、刷れてる」

あたりまえのことなのに、声を上げてしまった。

機械の音がとまり、部屋のなかはまたしんとした。

あるコラムの最初のページで、その回のタイトルの横に、映画《えいが》のタイトル、公開年、監督《かんとく》、主演《しゅえん》などのデータが連《つら》なっている。映画《えいが》の見せ場のダイジェストから本文がはじまり、当時の映画《えいが》の評判《ひょうばん》、興行成績《こうぎょうせいせき》、裏話《うらばなし》などが書き連《つら》ねられ、文の途中《とちゅう》で切れていた。

「あ、これ、途中《とちゅう》で終わっちゃってますね」

紙をのぞきこんで、弓子さんが言った。

「このコラム、一回につき雑誌《ざっし》四ページ分あったんです。二段組《だんぐみ》だったし、この本の組み方だと六ページ分くらいあるかもしれません」

「そうなんですか。途中《とちゅう》までだと続きが気になりますよね。ちょっと待っててくださいね。似《に》たような版《はん》がまわりにいくつかあったので、持ってきてみます」

弓子さんはまたさっきの部屋に行き、活字の束を持ってきた。最初のページを入れて六ページ分。刷ってみるとつながっていて、コラムの終わりまできちんとおさまっていた。

「でも、おかしいですね。同じ組み方の版《はん》はその六ページ分しかないんです」

弓子さんが首をかしげた。

「残りはどこにしまってあるんだろう。あとでちょっと探《さが》してみますね」

本の版《はん》をどうするかこちらでも相談してみます、と言って三日月堂《みかづきどう》を出た。

5

「ああ、たしかにこんなのだったねえ」

家に戻《もど》って校正刷りを見せると、母は文字を目で追った。

「父さん、好きだったよねえ、西部劇《せいぶげき》。わたしはさっぱりわからなかったけど」

さばさばと言う。母は父の仕事の内容《ないよう》にはあまり関心がなかった。父も、女にはわからない、などと偉《えら》そうに言って、母が無関心でも意に介《かい》さなかった。

「この雑誌《ざっし》、もううちにはなかったよね？」

「そうだねえ。父さんの部屋にあった古い雑誌《ざっし》は、けっこう処分《しょぶん》しちゃったから」

父の部屋は本や雑誌《ざっし》が無数に積み上がり、足の踏《ふ》み場もないくらい雑然《ざつぜん》としていた。それで一段落《だんらく》ついてから、母と妹がふたりで片付《かたづ》けたのだ。

「杉野《すぎの》さんのところには全部あるかもしれないね」

母によると、『ウェスタン』の編集《へんしゅう》をしていたのは杉野《すぎの》さんという人で、いままでも毎年年賀状《ねんがじょう》が来ているらしい。

「杉野《すぎの》さんって覚えてない？　ほら、黒い縁《ふち》の眼鏡《めがね》をかけて、背《せ》が高くて。お父さんとよく飲みに行ってて。あんたも何回か連れて行かれて、あの人苦手、って言ってたのよ」

「ああ、あの人か」

なんとなく思い出す。当時父のまわりにいた人はみんなクセがあったけれど、その人はとくに苦手だった。なにかの話の流れで、わたしが「どうせ父のことだから」という言い方をしたとき、「お父さんのことをそんなふうに言うもんじゃない」とたしなめられた。

父が激《はげ》しい性格《せいかく》だったので、息子《むすこ》であるわたしが父のことをけなすのを面白《おもしろ》がる大人《おとな》も多く、当時のわたしはそれで少しいい気になっていた。だが杉野《すぎの》さんは「お父さんは君を養っているんだよ。お金を稼《かせ》いだこともないくせに上に立ったような言い方をするなんて、君はほんとうに子どもだな」と言ったのだ。

凹《へこ》まされて、わたしはそのあと一言も口をきかず、家に帰ってきた。杉野《すぎの》さんを苦手、と母に言ったのも、そのときの苦い思いのせいだろう。

中学、高校になると父の飲み会に連れ出されることもなくなり、大学ではずっと疎遠《そえん》だったから、杉野《すぎの》さんと次に会ったのは父の葬式《そうしき》のときだった。杉野《すぎの》さんはわあわあ泣いていた。母さんに、自分の親が死んだときより悲しい、と言っていた。

全然涙《なみだ》が出なかったわたしは、そんな杉野《すぎの》さんを不思議な気持ちで眺《なが》めていた。

「杉野《すぎの》さん、むかしは出版社《しゅっぱんしゃ》で編集《へんしゅう》の仕事をしてたんだけど、身体《からだ》を壊《こわ》して辞《や》めたのよねえ。そのあとは翻訳《ほんやく》の仕事をしてたとか……」

むかしのことを思い出されるのは気が重いが、父の本のことは杉野《すぎの》さんと相談するほかない。それで、年賀状《ねんがじょう》に書かれた番号に電話してみた。

杉野《すぎの》さんはすぐに電話に出た。わたしのことは覚えていたようで、『ウェスタン』のことで」と言うと、「いつでも家に来てくれ」と言われた。


翌日《よくじつ》、中野にある杉野《すぎの》さんの家に向かった。

電車に乗るのは久《ひさ》しぶりだった。昼に近い時間だから、電車はがらがらだった。通勤《つうきん》していたころは、毎日満員電車にぎゅうぎゅう詰《づ》めになっていた。それがいまは、日の当たる座席《ざせき》にゆったり座《すわ》っている。

あのころはなんだったんだろう。窓《まど》の外のだだっ広い景色を眺《なが》めながら思った。いつも会社のことばかり考えていた。自分の身体《からだ》や心がここにあることも自覚していなかった。同じ景色を見ているのに、全然別のものを見ていた気がする。

杉野《すぎの》さんのところには『ウェスタン』がすべて保管《ほかん》されているのだろうか。なんとなく、むかし父に読まされた回のことを思い出した。

そこには子どもだったころのわたしの姿《すがた》が書かれていた。父から見たわたしは、わたしが思うわたし自身とはかけ離《はな》れていて、違和感《いわかん》を感じたことをよく覚えている。なんの映画《えいが》の話だったのかは忘《わす》れてしまったが、その回だけは読み返してみたい気がした。

杉野《すぎの》さんはすっかり老人になっていたが、黒い縁《ふち》の眼鏡《めがね》はむかしと変わらない。三日月堂《みかづきどう》の営業《えいぎょう》が再開《さいかい》したこと、父の本の版《はん》がそのままになっていることを話すと、驚《おどろ》いていた。

「片山《かたやま》さんのために本にしようと思っていながら……申し訳《わけ》ないことをした」

「そんなことはないです。最後の原稿《げんこう》もなかったわけですし」

「いやいや、あのときわたしが身体《からだ》を壊《こわ》さなければ……」

杉野《すぎの》さんは肝機能《かんきのう》に障害《しょうがい》が出て、会社を辞《や》めた。それからは、編集者時代《へんしゅうしゃ》の伝手《つて》で、翻訳《ほんやく》やフリーの編集《へんしゅう》の仕事をしてきたらしい。

「実は、それから二回引っ越《こ》しをしてね。二度目の引っ越《こ》しで、息子夫婦《むすこふうふ》と二世帯住宅《じゅうたく》になった。そのとき古い雑誌《ざっし》の類《たぐい》をけっこう捨《す》ててしまって」

「じゃあ、『ウェスタン』も……?」

「うん。途中《とちゅう》まではとってあるけど、創刊《そうかん》十年以降《いこう》の雑誌《ざっし》は思い切って処分《しょぶん》した。だから片山《かたやま》さんのコラムも最後までではない。後悔《こうかい》したけどね、もうあとの祭り。片《かた》山《やま》さんの家には残ってないんですか？」

「ないんです。父が亡《な》くなったあと部屋を整理したとき、何冊《なんさつ》か残して、あとは捨《す》ててしまったようで」

「ほかの会員もね。あとで訊《き》いてみたんだよ。でも、全部そろってる人はいないみたいだ。みんなもうこの歳《とし》だし、亡《な》くなった人も多いしね」

「そうなんですか」

「申し訳《わけ》ない。でも、ちょっとうれしいね。慎一《しんいち》くんが片山《かたやま》さんの原稿《げんこう》を探《さが》してるなんて。片山《かたやま》さんが聞いたら、喜《よろこ》ぶかもしれないな」

杉野《すぎの》さんがにやっと笑った。

「こっちは暇《ひま》だしね。慎一《しんいち》くんから電話をもらったあと『ウェスタン』十年分と格《かく》闘《とう》して、片山《かたやま》さんのページだけ全部コピーをとっておいたよ」

「ほんとですか？」

杉野《すぎの》さんはうなずいて、紙袋《かみぶくろ》を出した。

「これがほら、『ウェスタン』の創刊《そうかん》号」

うれしそうに古い雑誌《ざっし》を出す。紙はぼろぼろ、表紙は破《やぶ》れ、外れてしまっている。だが開くと、意外にスタイリッシュなデザインの目次が現《あらわ》れた。

「頑張《がんば》ってたよねえ、このころは。とにかくかっこよく作ろうって言ってさ。写真もちゃんと入れて、デザインもアメリカの雑誌《ざっし》を真似《まね》たりして、ああ、でもいつも原稿《げんこう》はぎりぎりだったからね。けっこう誤植《ごしょく》はあったよ。ここなんか、活字がひっくり返っちゃってる。活版《かっぱん》印刷だったからね、当時は」

杉野《すぎの》さんが笑った。楽しかったんだろうな、と思った。タバコ臭《くさ》い父の部屋が頭をよぎる。散らかった原稿《げんこう》用紙。吸殻《すいがら》でいっぱいになった灰皿《はいざら》。

「とにかく、みんな本気だったよね。怪《あや》しげな記憶《きおく》をたよりに議論《ぎろん》したりしてさ。ほら、当時はビデオなんてなかったから」

杉野《すぎの》さんの顔を見ていると、父の声がよみがえった。高校時代は放課後毎日映画《えいが》館《かん》に通って三本立ての映画《えいが》を見たと言っていた。

「そういうとき、いちばん頼《たよ》りになるのが片山《かたやま》さんでね。なにしろ見た映画《えいが》の記録を全部とってあったんだ。監督《かんとく》、出演者《しゅつえんしゃ》、公開年。しかもそれをほとんど覚えてる。生き字引ってやつ。それで、『ウェスタン』を始める時も、その知識《ちしき》を全部出そうよ、って話になってさ」

父の話を聞くたびに不思議だった。小学校時代、戦争に負けて教科書を塗《ぬ》りつぶしたのが悔《くや》しかったと言っていたのに、なぜアメリカの映画《えいが》が好きだったのか。

「皆《みな》さんどうしてそんなに西部劇《せいぶげき》が好きだったんでしょう？　子どものころ戦争があって、負けたわけでしょう？　住んでいた町も焼けてしまったり、亡《な》くなった人もたくさんいた。アメリカが憎《にく》いとは思わなかったんですか？」

　わたしが訊《き》くと、杉野《すぎの》さんは眼鏡《めがね》の奥《おく》の目を丸くした。その目がすごく小さいということに初めて気づいた。小さな目が一瞬《いっしゅん》丸くなり、また細くなった。

「さあ、どうしてなんだろうね。それとこれとは別物？　いや、そうじゃないよね。とにかく、あの広大なアメリカはわたしたちにとって夢《ゆめ》だったんだ。自由の国。あそこに行きたい、って思っていたんだよねえ、あのころは」

　わかるような、わからないような説明だった。

「戦争に負けた屈辱感《くつじょくかん》はあったと思うんだよ。けど、面白《おもしろ》かったんだ。当時ほんとに面白《おもしろ》いものって言ったら、それしかなかった。かっこよかったんだよ、西部劇《せいぶげき》のヒーローたちは」

　むかし父に訊《き》いたときも似《に》たようなことを言われた気がした。

「そういえば、なんのときだったか、慎一《しんいち》くんにそう問い詰《つ》められたエピソードがあったなあ。慎一《しんいち》くんも妹さんもときどきコラムに登場してたから『ウェスタン』の読者にとっては、君たちは他人と思えなかった」

杉野《すぎの》さんはははは、と笑った。

「そうそう、大事なことを言うのを忘《わす》れてた。さっき渡《わた》したコピーだけど」

「これですか?」

紙袋《かみぶくろ》を差し出す。杉野《すぎの》さんが袋《ふくろ》から紙束を取り出した。

「いちばん上にね、片山《かたやま》さんの原稿《げんこう》のコピーを入れておいた。最終回の原稿《げんこう》だよ。これだけは捨《す》てられなくてとっておいたんだ」

雑誌《ざっし》のコピーの上に、原稿《げんこう》用紙のコピーが重ねられていた。マス目に見覚えのある父の字が並《なら》んでいる。

「でも、最終回の原稿《げんこう》はなかったんじゃ……?」

「うん。それは前半だけなんだ。締《し》め切りが迫《せま》っててさ、とりあえずできてるところまで送ってくれ、って言ったら、前半分だけ送ってきたんだ。後ろはまだ書けない、ちょっと待ってくれ、って」

「そうだったんですか」

「それはコピーなんだ。実物はわたしが持っていてもいいかな」

杉野《すぎの》さんがわたしをじっと見た。

「もちろんですよ」

わたしがうなずくと、杉野《すぎの》さんは、ありがとう、と言って頭を下げた。

帰りの電車のなかで、もらった紙袋《かみぶくろ》を開いた。父の手書きの原稿《げんこう》のコピーを出す。

最終回　はるか遠くへ

タイトルの行にはそう書かれている。いつもはひとつの映画《えいが》を取り上げて書くスタイルだったから、コラムのタイトルのあとに映画《えいが》のタイトル、データが入り、そのあとコラムの本文がスタートする。が、これには映画《えいが》のタイトル、データはない。最終回だから特別なのだろう。

読み始めると、いきなり川越《かわごえ》まつりの思い出話が出てきた。わたしが中学生のころの話だ。徹夜明《てつやあ》けで朦朧《もうろう》としているところに娘《むすめ》がやってきて、お祭りに行こう、と言われる。仕方なく家族で出かけるが、長男はわたしが寝《ね》ているうちにひとりで出かけてしまったらしい、と書かれている。

この前の祭りの記憶《きおく》と重なり、うわあっと思った。祐也《ゆうや》と同じ。わたしも中学生のころ、祭りの日にひとりで家を出たらしい。その後しばらく祭りの描写《びょうしゃ》が続く。そして、こんなふうに書かれているのを見て、おいおい、と声が出そうになった。

さて。長々《ながなが》と本筋《ほんすじ》に関係のない地元の祭りの話を書き続けていたのには実はわけがある。本題はここからだ。

妻《つま》と娘《むすめ》と屋台をめぐり歩くうちに、屋台の向こうに息子《むすこ》の姿《すがた》を見かけたのだ。よせばいいのに、おおい、と手を振《ふ》った。だが息子《むすこ》は見向きもせず、別の方に走って行ってしまった。こちらに気がつかなかったのか？　いや、それはない。はっきりと目は合った。目が合ったのに、無視《むし》して走り出したのだ。

怒鳴《どな》りつけたい衝動《しょうどう》にかられるが、そんなことで動揺《どうよう》はしない。こちらももう十年以上親をやっている。自分だってそういう時があった。思春期にはよくあることだ。親はなにもわかっていない。子どもはそう思うものだが、そう見下したものではない。こっちもたいていのことはわかっている。

まあ、そういうこともある。だから、こっちだって息子《むすこ》の姿《すがた》を見かけても、普通《ふつう》なら手なんて振《ふ》らない。だが、このときはちがった。どうしても知らせたいことがあったのだ。

文章はそこで終わっていた。

この前の祐也《ゆうや》とまったく同じではないか。そういえばそんなことがあったかもしれない。この前は思い出さなかったが、少し記憶《きおく》がよみがえってきた。

当時のわたしは、酔《よ》っ払《ぱら》っている父がとくに嫌《きら》いだった。明け方に帰ってきて、騒《さわ》いで寝《ね》る。あの日もそうだった。父の声がうるさくて目が覚めたのだ。もう一度眠《ねむ》り、朝目が覚めたときには父は寝《ね》ていた。

だが祭りとなれば、昼過《ひるす》ぎに起きてきて、いっしょに行こうと言い出すだろう。それがうっとうしくて、昼前に家を出た。外で父親に手を振《ふ》られたことも、知らんぷりしたこともなんとなく覚えている。

しかし。この文に書かれている「どうしても知らせたいこと」とはなんだったのか。祭りの最中のことも、家に戻《もど》ってからのことも、まったく思い出せなかった。

そういえば、わたしが記憶《きおく》していたのは、いったいいつの回だったのか。杉野《すぎの》さんもさっき言ってたな。わたしが父を問い詰《つ》めるエピソードが出てくる回があったと。わたしが探《さが》しているのはその回だろうか。

杉野《すぎの》さんは、わたしや妹の話が出てきたことが何回かあったと言っていた。でも、大学に入ってからはほとんど会っていないし、高校時代だってほとんど口をきいていない。まだわたしが子どもで父を避《さ》けたりしていなかったころ。小学生か、せいぜい中学一年くらいまでのことではないか。

『ウェスタン』創刊号《そうかんごう》は、わたしが小学校一年の年に出た。杉野《すぎの》さんはそれから十年分はある、と言っていた。つまりわたしが高校一年のときまでだ。だからおそらく探《さが》している回はこのなかにある。紙袋《かみぶくろ》の原稿《げんこう》を取り出し、読みはじめた。

電車に乗っているあいだに、三年分を読み終わった。たしかにわたしや妹が登場するエピソードはいくつかあったが、どれもわたしが探《さが》していた話ではなかった。

考えてみれば当然だ。最初の三年というのは、わたしが小学校一年から三年生ということだ。例の回は、その号が出てすぐに父に見せられて読んだのだから、『ウェスタン』が読める年齢《ねんれい》、少なくとも小学校高学年にはなっていたはず。

しかし、最初から読んだことを後悔《こうかい》はしなかった。文章の端々《はしばし》に当時の風俗《ふうぞく》や流行が垣間見《かいまみ》えて興味深《きょうみぶか》かったし、映画《えいが》も今読むとなかなか面白《おもしろ》そうで、いつか見てみよう、という気にさせられた。

驚《おどろ》いたこともいくつかあった。たとえば、わたしたちが祖《そ》父《ふ》母《ぼ》の家に住むことになったいきさつだ。仕事がなくて首が回らなくなった父を見て、祖《そ》父《ふ》が好意で呼《よ》んでくれたのだと思いこんでいたが、どうやら父が頭を下げて頼《たの》みこんだらしいのだ。「親に頭を下げるのは気に食わないが、背《せ》に腹《はら》は代えられない」と書かれていた。

親に頭を下げる苦々《にがにが》しさはよくわかる。家のことなどなにも考えていないと思っていたが、父なりに務《つと》めは果たしていたのだ。

なぜか母が話に出てくることは一度もなかった。だが、杉野《すぎの》さんらしい人や、映《えい》画《が》研究会の人たち、それに三日月堂《みかづきどう》の親父《おやじ》さんはよく登場した。近所の印刷所の親《おや》父《じ》さん、と書かれていたが、明らかに三日月堂《みかづきどう》の親父《おやじ》さんだ。

飛ばし読みになったところもあるが、いつのまにか夢中《むちゅう》で読んでいて、気がつくと川越《かわごえ》に着いていた。

6

家に戻《もど》ると、明美《あけみ》もあすかももう帰ってきていた。

「お父さん、出かけてたの？　お仕事のこと？」

おやつを食べながらあすかが訊《き》いてくる。

「いやあ、ちがうんだよ」

キッチンにいる明美《あけみ》が気になった。父の本のことは、母が明美《あけみ》に話したみたいだ。なにを調べているのか直接《ちょくせつ》訊《き》いてくることはなかったが、そんなむかしのことを調べている場合じゃない、ということは自分でもわかっていた。

「そうなの？」

あすかが不思議そうな顔をする。

「でも、まあ、いっか。お父さん、前より楽しそうだしね」

ぴょんっと跳《は》ねると、明美《あけみ》といっしょに出かけていった。

今日《きょう》は、あすかの歯の矯正《きょうせい》のために歯医者に行くことになっていた。家にいるのだからわたしがついて行こうかと提案《ていあん》したが、明美《あけみ》は、新しい歯医者にこれまでの経過《けいか》を説明しなくちゃならないから、と言って半休を取ったのだ。

ふたりがいなくなると急に疲《つか》れが出て、ソファに横たわった。

「疲《つか》れたの？」

母の声がした。

「久《ひさ》しぶりに電車に乗ったからかな。情《なさ》けない」

「しょうがないよ。回復《かいふく》には時間がかかるってお医者さんにも言われたんでしょ」

そうだ、だから、職探《しょくさが》しはあとでいい。それまでわたしががんばるから。明美《あけみ》もそう言ってくれている。でも。

「わたしもちょっと夕飯の買い物に行ってくるから。ちょっと休んだら？」

母が毛布《もうふ》を持ってきて、わたしの身体《からだ》にかけた。


しばらくうつらうつらしていたが、次第に目は覚めてきた。杉野《すぎの》さんからもらってきたコピーを袋《ふくろ》から出し、続きを読み始めた。

原稿《げんこう》のなかの父は生き生きとしていた。小学校五年のころといえば、頼《たよ》りにしていた雑誌《ざっし》が廃刊《はいかん》になり、仕事がうまくいっていなかったころだ。それでも『ウェスタン』の原稿《げんこう》のなかでは、父は意気揚々《ようよう》と西部劇《せいぶげき》を、古き良き日を語っていた。

こういうところが嫌《きら》いだったんだ。現実逃避《げんじつとうひ》して、好きなことばかりやって。そのころにはわたしもそういうことがわかるようになっていた。

外が暗くなってくる。もう日が暮《く》れる時間か。こんなに日が短くなっていたのか。思えば、会社にいたころは日が長いとか短いとか、考えたこともほとんどなかった。寒いとか暑いとか感じることはあっても、家を出たら電車に乗って、あとはずっと会社にいて、社内は常《つね》に空調が効《き》いていたし、昼でも夜でも明るかった。

明美《あけみ》もほんとは怒《おこ》っているのかもしれない。呆《あき》れているのかもしれない。職探《しょくさが》しもせず、娘《むすめ》の歯医者の付き添《そ》いもできず、祐也《ゆうや》の受験の話もわからない。夕飯の支《し》度《たく》も買い物もできない。今の自分はまったくの役立たずだ。たいした仕事もできないくせに、と父を疎《うと》ましく思っていた自分が浅はかに思えた。

やりたくてもできないときはある。俺《おれ》だって好きでこうなったわけじゃないんだ。仕方ないじゃないか。酒でも飲みたい。もうずっと飲んでない。医者に禁《きん》じられたのだ。飲むな、塩分は控《ひか》えろ、運動はするな、飛行機には乗るな、怒《おこ》ってはいけない、感情《かんじょう》を高ぶらせてはいけない。医者の言うことは絶対《ぜったい》に聞け。

うわあっと叫《さけ》びたくなる。もうそんなのどうでもいい。このまま生きてたってしょうがない。医者に言われたことなんて全部破《やぶ》ってやろうか、と思う。でも、実際《じっさい》には怖《こわ》くてできない。情《なさ》けない。真面目《まじめ》にやってきたのに。やりたくないことも引き受けて、会社のために働いてきたのに。

「ただいま」

玄関《げんかん》から母の声がした。起き上がり、玄関《げんかん》に出て行く。

「おかえり」

「大丈夫《だいじょうぶ》？　寝《ね》てたんじゃないの？」

「いや、起きてた」

ぼんやりと答える。母にも申し訳《わけ》なかった。

「そういうときもあるよ」

母がぼそっと言った。「そういうとき」というのがどういうときのことをさして
いるのかはわからない。だがその声を聞くとなぜか少し安心した。

明美《あけみ》とあすかが帰ってきたのは七時すぎだった。あすかは母に新しい歯医者のこ
とをあれこれ語っている。

「祐也《ゆうや》は？」

明美《あけみ》が訊《き》いてきた。

「それが、まだなんだよ」

母が答えた。

「おかしいわね。今日《きょう》は塾《じゅく》ないのに」

明美《あけみ》はそう言って、祐也《ゆうや》の携帯《けいたい》に電話をかけた。出ない。

「お母さん、おなか空いたよ」

あすかが言った。

「とりあえずご飯にしましょう」

母に言われ、明美《あけみ》もあきらめて食事をはじめた。

だが、九時を過《す》ぎても祐也《ゆうや》は戻《もど》らない。携帯《けいたい》もつながらない。明美《あけみ》はしだいにいらいらしはじめ、祐也《ゆうや》の友人の家に電話をかけ始めた。

「まあ、男の子だし、友だち同士《どうし》でどこかに行ってるのかもしれない」

わたしがなだめようとすると、明美《あけみ》はきっ、とした表情《ひょうじょう》になった。

「祐也《ゆうや》は友だちとどこかに行くときは、必ずわたしのところに連絡《れんらく》してくるわ」

「うっかり忘《わす》れたのかも……」

「そんなはずないの。だって来週は期末試験なのよ。塾《じゅく》の宿題もあるし、木曜はいつも早く帰ってきてた」

そんなことは知らない。そう言いかけて黙《だま》る。子どもたちの暮《く》らしに無関心だ、となじられる気がした。

「こっちに越《こ》してきてから、祐也《ゆうや》、ちょっとおかしいよね。塾《じゅく》の成績《せいせき》も落ちたし」

明美《あけみ》がつぶやく。

「越《こ》してきたのが悪かった、ってことか？　でも、仕方ないだろう、それしかなかったんだから」

　思わずきつい口調になった。

「そんなこと言ってないでしょ?」

「もうやめようよ」

　あすかが明美《あけみ》の袖《そで》を引っ張《ぱ》る。

「そうだよ、あまり怒《おこ》るとよくない、って言われてるんだろう?」

　母が心配そうに言うと、明美《あけみ》ははっと黙《だま》った。

「ごめんなさい。そういうつもりじゃなかったの。ただなにかあったんじゃないかって心配で……」

　明美《あけみ》がそう言ったとき、玄関《げんかん》の方で音がした。母とあすかが玄関《げんかん》に向かう。

「お兄ちゃん、どこ行ってたの?」

　あすかの声がした。どうやら祐也《ゆうや》が帰ってきたらしい。ほっとして椅子《いす》に座《すわ》った。

　あすかに手を引かれ、祐也《ゆうや》が居間《いま》に入ってきた。

「こんな時間までどこ行ってたの?」

　明美《あけみ》が訊《き》いた。

「別に」

祐也《ゆうや》がそっぽを向く。

「まあ、いいじゃない、帰ってきたんだし」

母がおそるおそる言ったが、明美《あけみ》はおさまらない。

「心配したのよ。なにしてたの。言いなさい」

「うるさいな」

祐也《ゆうや》が明美《あけみ》を突《つ》き飛ばした。あっ、と思った。

「ただ帰ってきたくなかったんだよ、こんな家」

「なんですって」

明美《あけみ》が負けずに祐也《ゆうや》に詰《つ》め寄《よ》る。

「なんで引っ越《こ》したんだよ。こんな田舎《いなか》でどうしろって言うんだよ」

祐也《ゆうや》がカバンを投げ、それがあすかの足に当たった。

「あすか」

母があすかのそばに寄《よ》る。

「なにすんの」

あすかが足を押《お》さえながら言った。

「お兄ちゃん、なに言ってるの。ひどいよ。わたしだって、転校して、前の友だちと会えなくなって辛《つら》いんだよ。でも、仕方ないじゃない。わたしだって、前の学校行きたいよ、でも……」

急にあすかが泣き出す。頭がぐるぐる回った。あすかも無理していたのか。楽しそうに見えていたけど、あれは全部わたしに気を遣《つか》っていたのか。

「祐也《ゆうや》。あすかに謝《あやま》れ」

祐也《ゆうや》の前に立つ。

「うるさい。もとはといえば、全部父さんのせいだろ？　なんで俺《おれ》の受験の年に倒《たお》れたんだよ。全部台無しじゃないか」

祐也《ゆうや》がはき捨《す》てるように言った。

「倒《たお》れたのは仕方ないよ。でもなんで会社辞《や》めたんだよ。休職《きゅうしょく》するって手もあるって言ってたじゃないか。会社に頭を下げていさせてもらえばよかったんだよ。そしたら社宅《しゃたく》を出なくてもよかったじゃないか」

そんなふうに思っていたのか。怒《いか》りと情《なさ》けなさで唇《くちびる》がふるえた。

「会社の迷惑《めいわく》になるとかなんとか言ってたけど、本当は見栄《みえ》だろ？　かっこ悪いから頭を下げたくなかっただけだろ？　俺《おれ》、そんなのの犠牲《ぎせい》になりたくないよ」

「祐也《ゆうや》」

明美《あけみ》が声をあげる。

「なに言ってんの、お父さんのおかげで生活してきたんじゃないの。なんでそんなことが言えるの？」

「黙《だま》れ、偽善者《ぎぜんしゃ》」

祐也《ゆうや》が明美《あけみ》に言い放った。その言葉に、頭が真っ白になった。

「毎晩《まいばん》台所で言ってるじゃないか、疲《つか》れた、って。お前だって、ほんとは内心思ってるんだろう。こんな暮《く》らし、いつまで続くんだろう、って」

明美《あけみ》が呆然《ぼうぜん》と祐也《ゆうや》を見ている。

怒《おこ》ってはいけない。感情《かんじょう》を高ぶらせてはいけない。

そう思っていたのが、プツンと切れた。

「黙《だま》れ」

祐也《ゆうや》を怒鳴《どな》りつける。

「お前の怒《いか》りはわかった。全部俺《おれ》のせいだ。俺《おれ》が不甲斐《ふがい》ないから。その通りだよ。だが、母さんやあすかは悪くない。親を偽善者《ぎぜんしゃ》呼ばわりするやつはこの家に置けない。今すぐ出て行け」

「なに威張《いば》ってんだよ。もう働いてもいないくせに」

祐也《ゆうや》も怒鳴《どな》り返してきた。

「やめてよ」

あすかが泣いた。

「お父さんが死んじゃう。怒《おこ》ったら、また倒《たお》れるかもしれないんだよ。そしたら死んじゃうかもしれないんだよ。そしたらお兄ちゃん、人殺《ひとごろ》しだからね」

あすかが泣き叫《さけ》ぶと、祐也《ゆうや》は黙《だま》った。

「お前はいいよな。なにも考えなくていいから。俺《おれ》はさ、行きたい高校があったんだよ。だから頑張《がんば》ってた。でも全部終わったんだ」

「高校がなんなの？　わたしはお父さんが死んだらやだよ。わたしは、家族がみんな仲良くいっしょにいられれば、それだけでいいよ」

うわーん、と声をあげてあすかが泣いた。

「謝《あやま》れ」

わたしは祐也《ゆうや》に言った。

「母さんとあすかに謝《あやま》れ。謝《あやま》らないなら出て行ってもらう」

祐也《ゆうや》がわたしをにらみ、拳《こぶし》を固めた。殴《なぐ》れるものなら殴《なぐ》ってみろ、と思った。わ
ああっと声をあげて、祐也《ゆうや》が壁《かべ》を殴《なぐ》った。

そのあと、祐也《ゆうや》は自分の部屋にこもり、あすかは泣いたまま眠《ねむ》ってしまった。

「さっきはごめんなさい。言いすぎた。疲《つか》れていらいらしてた」

眠《ねむ》る前、明美《あけみ》が言った。祐也《ゆうや》のことで忘《わす》れていたが、その前の小さな諍《いさか》いのことを言っているのだろう。

「いいんだよ。仕方がない。悪かったよ。俺《おれ》が倒《たお》れたのがいけなかったんだ」

なぜか涙《なみだ》が出た。明美《あけみ》も泣いた。

「俺《おれ》は父が嫌《きら》いだった。行き当たりばったりの父みたいになりたくなかった。だから堅実《けんじつ》に会社のなかで生きてきた。だけど、そんなのは所詮《しょせん》、全部幻《まぼろし》なのかもしれない。結局だれも守ってなんかくれない」

「そうかもしれないね」

「元に戻《もど》れるかな」

「大丈夫《だいじょうぶ》よ。お医者さまだって言ってたじゃない、半年なにごともなければたぶん大丈夫《だいじょうぶ》だ、って」

苦しかった。なにもかも投げ出して、楽になりたかった。

でも、そもそも生きてるってそんなものかもしれない。だれだってそうなんだ。

出口の見えないトンネルのなかを苦しい、苦しい、って言いながら走っていく。出口があるとすれば、それは死ぬときだ。

――家族がみんな仲良くいっしょにいられれば、それだけでいいよ。

あすかがそう言ってくれるのはうれしい。そんなことを言ってくれるのは今のうちだけかもしれない。子どもは成長すれば巣立っていくし、わたしたちもいつかは必ず死ぬ。変わらないものなんてない。

だけど、いまはまだ死ねない。あの子たちを育てなければならないのだから。

「祐也《ゆうや》ね、行きたい高校があるらしいの。なにかわからないけどやりたいことがあって、いっしょにその高校に行こうって、前の学校の友だちと約束したらしいのよ。でも、私立《しりつ》の学校だから、学費《がくひ》が高い。あなたが倒《たお》れて、そこに行くのは無理なんじゃないか、って思ってるみたい。そんなことない、って言ってもきかなくて」

「そうか。だからあんなことを……」

知らなかった。そこまでやりたいことがあったのか。気づいていなかった自分を歯がゆく思うと同時に、祐也《ゆうや》の成長に驚《おどろ》いていた。

「大丈夫《だいじょうぶ》。ちゃんと俺《おれ》から話すよ。それに再就職《さいしゅうしょく》のことも考えるから」

「うん」

明美《あけみ》がうなずく。

「倒《たお》れなかったなあ」

息をつき、笑った。

「怒《おこ》ったら死ぬかと思ってた。でも、意外と大丈夫《だいじょうぶ》だった」

「そうね。でも、無理はしないで。いなくなったら困《こま》るもの」

明美《あけみ》も笑った。笑顔を久《ひさ》しぶりに見た気がした。

「ああ、そうだ」

ふいに思い出し、机《つくえ》の引き出しを開けた。

「見せたいものがあるんだ」

引き出しから『貝殻《かいがら》』の豆本を出し、明美《あけみ》に手渡《てわた》した。

「これ、なに？」

不思議そうな顔で豆本を開く。

「うわあ、きれい……」

「豆本だよ。絵は銅版画《どうはんが》、文字は活版《かっぱん》印刷なんだって」

「へええ。すごいね。それに、この詩もいい」

明美《あけみ》はじっと本に見入っている。子どもが生まれる前、ふたりで海に行ったときのことを思い出した。明美《あけみ》はたくさん貝がらを集め、楽しそうに笑っていた。

このところずっとはりつめた顔ばかりだったが、今はあのときのようなおだやかな笑みを浮《う》かべている。

「あげるよ」

「え、ほんと?」

「プレゼント。お礼だよ」

「ありがとう。大事にする」

明美《あけみ》は本を手のひらで包み、目を閉《と》じた。

そういうつもりで買ったわけじゃない。でもなぜか、はじめからこうしたかったのかもしれない、と思った。

7

いったん眠《ねむ》ったものの、夜中に目が覚めてしまった。明美《あけみ》はぐっすり眠《ねむ》っている。父のコラムの続きが気になって、杉野《すぎの》さんからもらった紙袋《かみぶくろ》を手に、階下のキッチンに下りた。

紙袋《かみぶくろ》から原稿《げんこう》を出し、読み始める。

コラムのなかにはときどきわたしたちが登場した。そのエピソードのほとんどを忘《わす》れてしまっていたが、わたしたちは確実《かくじつ》に成長していっていた。

杉野《すぎの》さんが言っていた、わたしが父を問い詰《つ》める場面もたしかに出てきた。だが、それは話の流れのなかでちらっと出てくるだけで、わたしの探《さが》している場所とはちがった。

輝《かがや》く遠い場所——スター・ウォーズと西部劇《せいぶげき》

読み始めて三十分くらい経《た》ったときだ。そのタイトルではっとした。

スター・ウォーズ。父に連れられて見にいった……。

記憶《きおく》がよみがえってくる。あれはたしか中学生のとき。大ヒット作だったから劇場《じょう》は常《つね》に満員で、父がめずらしく指定席を取ってくれた。

コラムにもそのあたりの様子が克明《こくめい》に描《えが》かれていた。そこまで読んで、わたしが記憶《きおく》していたのはこの回だったのだ、と気づいた。

周囲《しゅうい》の熱気とはじめて座《すわ》る指定席に気後《きおく》れしていたが、映画《えいが》が始まるとそんなことはすべてどうでもよくなった。異星《いせい》の風景と宇宙船《うちゅうせん》と光る剣《けん》を使った戦い。これまで見たことのないような世界に引き込《こ》まれてしまった。

息子《むすこ》はこの映画《えいが》の世界にすっかり引き込《こ》まれてしまったようだ。わたしは、宇宙《うちゅう》という舞台《ぶたい》にはどうにも馴染《なじ》めずにいた。西部劇《せいぶげき》は現実《げんじつ》とつながっている。あったかもしれない出来事だし、撮影《さつえい》も現実《げんじつ》の場所で行われる。だから面白《おもしろ》い。わたしたちは日本の暗い映画館《えいがかん》から一直線にアメリカの砂漠《さばく》に行き、土埃《つちぼこり》の匂《にお》いを嗅《か》ぎ、ヒーローの戦いを目《ま》の当たりにする。

だが、想像力《そうぞうりょく》には限界《げんかい》がある。わたしはアメリカ西部には行けても、宇宙《うちゅう》には行けないらしい。この映画《えいが》には西部劇《せいぶげき》の血が流れている。そのことを頭では理解《りかい》できたが、夢中《むちゅう》になることはできなかったのだ。だがそれはもしかしたら、わたし自身が年をとった、ということなのかもしれない。

わたしの頭のなかには、いつもあざやかに西部劇《せいぶげき》が映《うつ》っていた。目を閉《と》じれば、色褪《いろあ》せることのないあの世界がよみがえる。

でも実際《じっさい》には時は流れ、世界は変わっていっている。息子《むすこ》を見ながらそう思った。息子《むすこ》はこの世界に、あのころのわたしと同じ興奮《こうふん》を感じているのかもしれない。

西部劇《せいぶげき》はつまらなくなった。インディアンと戦うこともできないし、フロンティア精神《せいしん》もない。西部劇《せいぶげき》を作れるわけがない。だから宇宙《うちゅう》なのだろう。宇宙《うちゅう》でならいくらでも冒険《ぼうけん》が可能《かのう》だ。だけど、そこには土埃《つちぼこり》も汗《あせ》の匂《にお》いもないいんじゃないか?

そう思うけれど、それもちがうのかもしれない。西部劇《せいぶげき》に夢中《むちゅう》になっていた高校生のわたしはほんとのアメリカなんて知らなかった。だから行きたい、本物を見たい、と思った。あの世界が輝《かがや》いて見えた。息子《むすこ》にとって宇宙《うちゅう》がそういう場所なら、それでいいのかもしれない。きっとどこだっていいのだ。輝《かがや》く遠い場所さえあれば、旅立つことができるのだから。

映画《えいが》が終わり、世界が薄暗《うすぐら》い映画館《えいがかん》に戻《もど》ったとき、父はわたしに、どうだった、と訊《き》いてきた。まだ映画《えいが》の世界にいたわたしは、しばらくぼうっとしてから、面白《おもしろ》かった、と答えた。それだけしか言えなかった。父はなんとも言えない満足そうな顔をして、それ以上なにも言わなかった。

あのとき、父はこんなことを考えていたのか。

——輝《かがや》く遠い場所さえあれば。

輝《かがや》く遠い場所。タイトルにもあったその言葉に見覚えがあるような気がした。

輝《かがや》く遠い場所……。どこかで読んだ気がする。遠いむかしに。

すうっと霧《きり》が晴れるみたいに、手書きの文字が浮《う》かんだ。父の字だ。

——息子《むすこ》にとっての輝《かがや》く遠い場所を、わたしは見ても理解《りかい》できないだろう。


そうか。あの手紙に書いてあったのだ。

倉庫のようになっている部屋に向かい、ここに越《こ》してきたとき以来開けていなかった段《だん》ボール箱の前に立つ。たしか古い本の入った箱だ。箱に書かれたマジックの文字を頼《たよ》りに、目的の箱を見つけ、開いた。

あの日。父の葬式《そうしき》が終わって、東京の下宿に戻《もど》った日、郵便《ゆうびん》受けに届《とど》いていた父からの手紙。その文章はそこに書かれていた。

ごそごそ本を取り出し、下の方から手紙を挟《はさ》んでいた本を取り出す。開けると、あのときと同じ形に畳《たた》まれた原稿《げんこう》用紙が出てきた。

あのときわたしは『スター・ウォーズ』の情報《じょうほう》を息子《むすこ》に伝えたかったのだ。前日の夜の飲み会の席で、二月に封切《ふうき》りになる『スター・ウォーズ』のことが話題に上った。同じ席に「アメリカで見た」という人がいて、そのとき劇場《げきじょう》で買ったプログラムを持ってきていた。

「とにかくあれはすごい。革命《かくめい》だ。西部劇《せいぶげき》とか活劇《かつげき》とか、映画《えいが》の面白《おもしろ》さを全部足して、舞台《ぶたい》を宇宙《うちゅう》にした。特撮《とくさつ》もすごくて、宇宙人《うちゅうじん》がほんとうに生きてるみたいに動くんだ」

すごい熱弁《ねつべん》だが、言葉だけではぴんと来ない。だが、とにかくすごいものが公開されるということはわかった。彼《かれ》が持っていた英語のチラシを一枚《まい》手に入れ、明け方帰宅《きたく》した。明日《あす》は日曜で、息子《むすこ》も家にいる。目が覚めたら早速この話をしよう。そう思ってそのまま寝《ね》てしまった。

ところが、起きてみると息子《むすこ》はすでに出かけていた、というわけだ。娘《むすめ》にせがまれ、祭りに出ることになった。もしかしたら街中で息子《むすこ》と会うかもしれない。それでチラシをポケットに入れて家を出た。わたしが息子《むすこ》に手を振《ふ》ったのは、そのチラシを一刻《いっこく》も早く息子《むすこ》に見せたかったからなのだ。

手紙を見たときは驚《おどろ》いた。なにしろ死んだ人からの手紙だったのだ。死を予感して、なにか大切なことを伝えようとしたのかも、と思って急いで開いた。だが、読み始めて呆気《あっけ》にとられた。そこにはずいぶん昔、わたしが中学生だったころの話が書かれていた。

たしかにスター・ウォーズには興奮《こうふん》した。だが、なぜいまこの話を送ってきたのか。わからなかった。死ぬタイミングもマイペースだったが、死んだあとまでマイペースな人だ。そう思いながら、この本に挟《はさ》んだのだ。

しかし。さっき読んだ「輝《かがや》く遠い場所——スター・ウォーズと西部劇《せいぶげき》」とあわせて考えると、父が言いたかったことがなんとなく伝わってくる。


あのころ中学生だった息子《むすこ》も、もうすぐ大学を卒業する。大きくなったものだ。これで子育ても一段落《だんらく》といったところか。あっという間だった気もするし、ずいぶん長い道のりだった気もする。

子どもが子ども時代を終えたところで、わたしもこの連載《れんさい》を終わりにしようと思う。わたしの心はこれまでずっと、高校生のころ通いつめた場末の三本立ての映画《えいが》館《かん》にあった。あの広大な風景がわたしの心に広がって、そのなかで生きてきた。

幻《まぼろし》のようなものかもしれない。だが、それがわたしにとってのもうひとつの現実《げんじつ》だった。現実《げんじつ》でなにが起こっても、あの広大な世界が、輝《かがや》く遠い場所があったからここまでやってくることができた。

この拙《つたな》いコラムを読んでくれていた方たちの心にも、そういう幻《まぼろし》のような現実《げんじつ》、輝《かがや》く遠い場所があった。だからこそそのなかでともに遊ぶことができた。そう信じている。

あのときスター・ウォーズを一心に見ていた息子《むすこ》の横顔が忘《わす》れられない。息子《むすこ》もあのときぎっとそういう場所を見ていたのだと思う。宇宙《うちゅう》までは飛べない、歳《とし》をとったわたしの横で。息子《むすこ》にとっての輝《かがや》く遠い場所を、わたしは見ても理解《りかい》できないだろう。だが、それがあると信じる。

これからの息子《むすこ》が、かつてのわたしたちと同じように夢《ゆめ》を追い、ときにそれに裏《うら》切《ぎ》られ、それでも生きていく支《ささ》えとして、幻《まぼろし》の風景を心に持ち続けることを祈《いの》りつつ、いったんこの旅を終えようと思う。


原稿《げんこう》はそう終わっていた。

これが杉野《すぎの》さんのところにあった原稿《げんこう》の後半であることは疑《うたが》いようがなかった。父はなぜあのタイミングでこれをわたしに送ったのか。大学を卒業するわたしへのメッセージのつもりだったのか。

紙を裏返《うらがえ》し、小さな文字を見つけた。

長いこと続けてきたコラムの最終回として書いた。でも、まずはお前に読ませたかった。コピーはとってある。返事が来ても来なくても、明後日《あさって》には『ウェスタン』の編集部《へんしゅうぶ》に送るよ。父

ここにあったのか。

ぽかんとした。父の最後の原稿《げんこう》は、ずっとわたしとともにあったのだ。コピーはとってある、と書かれているが、父の部屋は資料《しりょう》や書類でおそらく散らかっていて、どこになにがあるのか、本人にしかわからない状態《じょうたい》だった。あのときは葬式《そうしき》やらなにやらでばたばたしていたから、見つからなかったのは不思議じゃない。

これをわたしに送らず直接《ちょくせつ》杉野《すぎの》さんに送っていたら、原稿《げんこう》はちゃんと『ウェスタン』に載《の》って、父の本もそのまま印刷されたのかもしれない。

わたしが気づかずに本にはさんでしまいこんでいたから。なんてことだ。本が出なかったのはわたしのせいなのだ。

そのとき、うしろで人の動く気配がした。振《ふ》り返ると祐也《ゆうや》がいた。

わたしは立ち上がり、祐也《ゆうや》の方を見た。祐也《ゆうや》がうつむき、黙《だま》る。気持ちはもうおさまったのだろう。家ではなにもできないダメな父親だが、それくらいはわかる。

「あのさ……。テーブルにこんなの置いてあったけど、なんなの、これ」

祐也《ゆうや》の手に『ウェスタン』のコピーがあった。

「それか。それは、お前のお祖父《じい》さんが書いたものだよ。前に話さなかったか？お前のお祖父《じい》さんは映画《えいが》関係の文章を書いてたって」

「そうなの？　知らなかった。すごいな。こんなにたくさん……。これ、全部西部《せいぶ》劇《げき》でしょ？」

「お前、知ってるのか？」

「知ってるよ。ケーブルテレビやＤＶＤで見たんだ。『荒野《こうや》の決闘《けっとう》』、『アパッチ砦《とりで》』、『黄色いリボン』、『騎兵隊《きへいたい》』、『赤い河《かわ》』、『リオ・ブラボー』、『シェーン』。このあたりはほとんど見てる」

「へえ。詳《くわ》しいんだな」

驚《おどろ》いた。いつのまに見ていたんだろう。ちっとも気づかなかった。

「映画《えいが》の基本《きほん》だからね」

祐也《ゆうや》が大人《おとな》びた口調で言った。

「俺《おれ》……映画《えいが》作りたいんだ」

「え？　映画《えいが》を？」

初めて聞く話に目を見開いた。

「うん。友だちと約束したんだよ。映画部《えいがぶ》のある高校に入って、いっしょに映画《えいが》を作るんだ。『映画甲子園《えいがこうしえん》』って知ってる？　高校生の映画《えいが》のコンテスト。それに出したいんだ」

祐也《ゆうや》の言葉に啞然《あぜん》とした。祐也《ゆうや》の志望校《しぼうこう》、なんでここを志望《しぼう》しているのかよくわからなくて、と明美《あけみ》が言っていたのを思い出した。

「なんで映画《えいが》なんだ？　だいたいいつから映画《えいが》が好きになったんだ？」

「前の学校に映画《えいが》好きの先生がいて、授業《じゅぎょう》でときどき映画《えいが》の話をしてくれたんだ。それでかな。でももしかしたらこの家のせいかもしれない。押《お》し入れになんかすごい古い雑誌《ざっし》があって、ここに来たときはよく眺《なが》めてたんだ。ほかにすることないしね。で、先生の話に出てくる映画《えいが》のなかに、雑誌《ざっし》で見たことのあるやつがたくさんあって、知ってる、って言ったら、先生にびっくりされて……」

わたしも驚《おどろ》いていた。血は争えない、ということなのか。

「先生に勧《すす》められていろいろ見てるうちに、だんだん映画《えいが》が好きになった。それで、自分たちでもこういうの作りたい、って話になったんだよ」

「そうだったのか。その話、母さんにした？」

「言ってない。映画《えいが》作るなんて現実的《げんじつてき》じゃないし。ダメって言われるに決まってる。だけど……行きたかったんだ、約束した高校に……」

祐也《ゆうや》が口ごもる。

「行けるさ」

「え？」

「まあ、入試に受かれば、だけどな」

「でも、学費《がくひ》が……」

「なんとかするよ。もう少ししたら、俺《おれ》も再就職先《さいしゅうしょくさき》を探《さが》す。前と同じ条件《じょうけん》は無理だろう。でもいまの自分にできることを探《さが》す。だからお前もちゃんとやれ。落ちたとき、俺《おれ》のせいにするな」

祐也《ゆうや》の頭をぽんと叩《たた》いた。はっとするほど大きかった。むかしとはちがうんだ、と思った。なにもかも変わっていく。過《す》ぎていく。

「お前はお前のやりたいことをやれ。自分の人生をちゃんと生きろ」

祐也《ゆうや》にも、輝《かがや》く遠い場所はあるのだろうか。それがわたしに理解《りかい》できないものだったとしても。

――だが、それがあると信じる。

父の書いた文字が目の奥《おく》に焼きついていた。


次の日、三日月堂《みかづきどう》から電話がかかってきた。ほかの版《はん》がすべて見つかったらしい。

「この前見つけたのは、試《ため》し刷りのために仮《かり》にあそこに運んだもののようで……。特別な棚《たな》に、全部まとめて並《なら》んでました」

弓子さんが言った。すぐに杉野《すぎの》さんに電話した。版《はん》がすべて見つかったこと、最終回の残り半分の原稿《げんこう》が見つかったことを話すと、杉野《すぎの》さんはえらく驚《おどろ》いたようだった。「版《はん》もあって、最後の原稿《げんこう》もあるなら本が刷れる」と言い、いっしょに三日《みか》月堂《づきどう》に行くことになった。


週末、杉野《すぎの》さんと三日月堂《みかづきどう》を訪《おとず》れた。

部屋のいちばん奥《おく》に、「片山《かたやま》さんの棚《たな》」と貼《は》られた大きな木の棚《たな》があり、結束された版《はん》が整然と並《なら》んでいた。

「たしかに。これは片山《かたやま》さんの本の版《はん》だ。しかもちゃんと番号順に並《なら》んでる」

老眼鏡《ろうがんきょう》をかけた杉野《すぎの》さんが感嘆《かんたん》の声を漏《も》らす。むかし編集《へんしゅう》の仕事をしていた杉野《すぎの》さんは、組版《くみはん》も見慣《みな》れているらしい。

「いま思い出しました。片山《かたやま》さんのお葬式《そうしき》のとき、『カラスの親父《おやじ》さん』が言ってたんです。片山《かたやま》さんの版《はん》は自分にとっても宝物《たからもの》なんだ、って」

「宝物《たからもの》？」

弓子さんが訊《き》いた。

「ええ。西部劇《せいぶげき》は自分たちの夢《ゆめ》だった、って。片山《かたやま》さんはだれよりもそのことをわかっていて、文章にしてくれた。自分が夢中《むちゅう》になって見たものを言葉にして残そうとしてくれていた。そのことがうれしかった、って」

「知りませんでした。祖父《そふ》がそんなことを……」

弓子さんがつぶやく。わたしも少し驚《おどろ》いた。自分の父の書いたものを宝物《たからもの》と言ってくれる人がいたのだ。

「そういえば祖父《そふ》は言ってました。この棚《たな》の版《はん》は自分が動けなくなっても、死ぬまで保存《ほぞん》しておいてほしい、って。これを刷るのは自分の夢《ゆめ》だからって」

「ありがとうございます」

自然と声が出た。ありがたかった。父のことは今でも好きじゃない。でも、親父《おやじ》さんが父の思いを大切に守ってくれていたことは、掛け値《かね》なしにありがたいことだと思った。

杉野《すぎの》さんは、新たに見つかった部分を足して、三日月堂《みかづきどう》ですべてを印刷してもらいたい、と言った。ほとんどの版《はん》はできているから、追加の組版代《くみはんだい》と印刷費《いんさつひ》のみでいい、数十部でよければ校正機で刷れる。弓子さんはそう言った。

「ただ、ページ数があるから時間はかかると思います」

申し訳《わけ》なさそうに言う。

「いいよ、いいよ。いくらかかっても……とはさすがに言えないけど、お金は出すし、急ぎはしない。年寄《としよ》りは気が長いんだ」

杉野《すぎの》さんがははは、と笑った。

「『ウェスタン』の同人はみんな片山《かたやま》さんのファンだった。だから、本を楽しみにしてた。いまじゃみんな八十過《す》ぎだけどね。本が出たらきっとほしがるだろう。向こうで読むから棺桶《かんおけ》に入れてくれ、っていう人もいるかもしれない。数十じゃ足りないかもしれないよ」

「大丈夫《だいじょうぶ》です」

弓子さんが言った。

「そうなったら、あれを動かしますから」

大型《おおがた》印刷機を指差す。

「でも、この前あの印刷機は使えない、って……」

「ええ。でも、動かしたい、ってずっと思ってたんです。これを動かすためには機械の調整が必要です。わたし自身も少し修業《しゅぎょう》しなければ。だからすぐには無理です。でも、ずっと思ってたんです。三日月堂《みかづきどう》を、祖父《そふ》の店を再開《さいかい》したって言うためには、あの機械を動かさなくちゃ、って」

あの機械が動いたら……。三日月堂《みかづきどう》のなかに、印刷機の音が響《ひび》きわたる。そんな日が来たら。

親父《おやじ》さんはいない。奥《おく》さんも職人《しょくにん》さんもいない。客だった父もいない。でも三日《みか》月堂《づきどう》はまだここにある。生きている。

「この前電話で話したとき、慎一《しんいち》くん、片山《かたやま》さんがタイミングの悪い人だって言ってたよね。この原稿《げんこう》も、自分のところに送られてこなければ、って」

杉野《すぎの》さんに言われ、ええ、とうなずく。

「でもさ、考えようによったら、これが片山《かたやま》さんの願いそのものだったのかもしれないよ。だって、結局慎一《しんいち》くんがいちばんはじめにこの原稿《げんこう》を読んだ。そして、慎《しん》一《いち》くんが、この原稿《げんこう》を本の形にしようとしている。これが片山《かたやま》さんの望んでたことなんじゃないかなあ。案外勘《かん》がよかったのかもしれない」

「でも杉野《すぎの》さん、それはすべて『カラスの親父《おやじ》さん』が版《はん》をとっておいてくれたからで……すべて偶然《ぐうぜん》ですよ」

「『カラスの親父《おやじ》さん』かあ」

杉野《すぎの》さんが笑った。

「片山《かたやま》さんのコラムに何回も出てきてたよね。ゲイリー・クーパーが大好きな印刷所の親父《おやじ》さん、って」

杉野《すぎの》さんが笑った。

「ゲイリー・クーパー？」

弓子さんが目を白黒させる。

「俳優《はいゆう》ですよ。ハリウッドの大スター。男前でね。男もみんな惚《ほ》れた」

「親父《おやじ》さん、ときどき帽子《ぼうし》かぶってたでしょう？　カウボーイみたいな」

「え、ええ」

弓子さんがうなずく。

「ゲイリー・クーパーみたいになりたかったんだって。連載《れんさい》に書いてありました」

わたしは言った。

「ほんとですか？　ちっとも知らなかった」

弓子さんの目がますます丸くなった。

三日月堂《みかづきどう》に行くとき、父もよくカウボーイハットをかぶっていた。親父《おやじ》さんとふたりでハットをかぶっていっしょに撮《と》った写真も見たことがある。あの写真、まだどこかにあるだろうか。今度母に訊《き》いてみよう。

「でも、感慨深《かんがいぶか》いねえ。書いた人も、組んだ人ももうここにいないのに、版《はん》が残ってる。これを刷れば、言葉が浮《う》かび上がってくる」

杉野《すぎの》さんが言った。

「そうですね」

みんなでじっと版《はん》を見た。

「この鉛《なまり》の塊《かたまり》、彼《かれ》らの魂《たましい》を形にしたものみたいじゃないか」

そうかもしれない。父の魂《たましい》が鉛《なまり》の塊《かたまり》になって、ここで眠《ねむ》って、わたしが来るのを待っていた。これを刷ったら。父の言葉がもう一度紙の上によみがえる。

「印刷するとき、見学に来てもいいですか？　家族にも見せたいんです」

母にもこの版《はん》を見せたかった。明美《あけみ》も豆本を見てから活版《かっぱん》印刷に興味《きょうみ》を持ちはじめた。映画《えいが》好《ず》きの祐也《ゆうや》には、本ができたら一冊《さつ》プレゼントしよう。あすかもこの古い工場を面白《おもしろ》がるにちがいない。

「ええ、ぜひ」

弓子さんが微笑《ほほえ》む。

「本のこと、同人に声をかけてみるよ。だけど、時間との戦いだからね、お嬢《じょう》さん。修業《しゅぎょう》もいいが、早く頼《たの》むよ。わたしたちが生きてるうちにね」

「わかりました。任《まか》せてください」

弓子さんがにっこり笑った。

――慎一《しんいち》。

川越《かわごえ》まつりの山車《だし》の向こうで、カウボーイハットをかぶった父が手を振《ふ》っている。もう日が落ちて、山車《だし》の光が闇《やみ》のなかで輝《かがや》いている。

――父さん。

わたしも手を振《ふ》り直し、少し笑った。

執筆《しっぴつ》にあたり、九ポ堂の酒井草平《さかいそうへい》さん・葵《あおい》さん、まんまる○の若林《わかばやし》亜美《あみ》さんには、取材や写真撮影《さつえい》など多大なご協力をいただきました。有限会社《ゆうげんがいしゃ》弘陽《こうよう》の三木弘志《みきひろし》さんからは組版《くみはん》についてご教授《きょうじゅ》いただき、長谷川《はせがわ》印刷所の高瀬祥代《たかせさちよ》さんからは昭和《しょうわ》の印刷所の様子、さらに朗読《ろうどく》についての貴重《きちょう》なお話をうかがいました。心よりお礼申し上げます。また、作品の引用をお許しくださったあまんきみこ先生に深く感謝いたします。西部劇《せいぶげき》については亡き父・小鷹信光《こだかのぶみつ》の資料を参考にしました。ここに敬意《けいい》を表します。

Letter Press
Printing
Crescent

特装版
活版印刷三日月堂
海からの手紙

2020年4月　第1刷発行

著　者　ほしおさなえ
発行者　千葉均
編　集　森潤也
発行所　株式会社ポプラ社
〒102-8519
東京都千代田区麹町4-2-6
電話　03-5877-8109（営業）
03-5877-8108（編集）
ホームページ　www.poplar.co.jp
印刷・製本　中央精版印刷株式会社
装　画　中村至宏
ブックデザイン　斎藤伸二（ポプラ社デザイン室）

N.D.C.913/331p/20cm
ISBN 978-4-591-16566-9

P4157002

本書は2017年2月にポプラ社より刊行されたポプラ文庫『活版印刷三日月堂　海からの手紙』を特装版にしたものです。

特装版
活版印刷三日月堂

ほしおさなえ

庭のアルバム

川越の街にも馴染み、少しずつ広がりを見せる三日月堂。活版印刷の仕事を続けていく中で、弓子自身も考えるところがあり……。転機を迎えるシリーズ第三弾。

特装版
活版印刷三日月堂

ほしおさなえ

雲の日記帳

様々な人の言葉を拾い、刷り上げる。日々の仕事の中で、弓子が見つけた「自分の想い」と、「三日月堂の夢」とは——。感動の涙が止まらないシリーズ第四弾。

装画：中村至宏

特装版

活版印刷三日月堂

ほしおさなえ

空色の冊子

弓子が幼いころ、初めて活版印刷に触れた思い出。祖父が三日月堂を閉めるときの話……。本編では描かれなかった、三日月堂の知られざる「過去」が詰まった番外編。

特装版

活版印刷三日月堂

ほしおさなえ

小さな折り紙

三日月堂が軌道に乗り始めた一方で、金子は愛を育み、柚原は人生に悩み……。そして弓子達のその後とは？　三日月堂の新たなる「未来」が描かれる番外編。

装画：中村至宏